UN FLUTURE CU ARIPILE ARSE

~Roman~

Corinne Wandenburg

For my dear good friend Liping Wang, who is far away from me. I hope to see you someday ! With all my love, Corinne !

INFAROM
office@infarom.ro
http://www.infarom.ro

ISBN   978-973-1991-55-9

Editura: **INFAROM**
Autor: **Corinne Wandenburg**
Editor-corector: Dr. Florina Cercel
Design copertă: Liping Wang

Descrierea CIP a Bibliotecii Naţionale a României
WANDENBURG, CORINNE
   Un fluture cu aripile arse ; Am fost odată rege /
Corinne Wandenburg. - Craiova : Infarom, 2013
   ISBN 978-973-1991-55-9

821.135.1-31

PROLOG

Întotdeauna mi-a fost mai puţin lesne să scriu epistole, mereu mi s-a părut că e mai uşor să-i povesteşti omului în faţă ce ai să-i spui. Gândurile mele aşternute pe hârtie par, dacă nu false, ceea ce nu îmi stă în caracter, măcar oarecum altfel decât povestite. Cred că e mai uşor să scapi de cineva scriindu-i decât să-i spui în faţă ce ai avea de spus. Dacă îl minţi pe omul în faţa căruia eşti, în cele mai multe cazuri eşti descoperit, chiar dacă tace. În dialoguri există uneori o anumită stânjeneală, pe care scrisul o suprimă de cele mai multe ori.

Povestea de care o să vă bucuraţi, sper, în paginile următoare, este povestea unei femei care a trecut prin viaţă lovindu-se de absolut tot ce îi stătea în cale. Este, totodată, şi povestea mea, pentru că am copilărit împreună cu ea, iar mai apoi am urmat-o în negrul ei destin în care îşi pusese atâtea speranţe. Eu am urmat-o pentru a-mi însănătoşi sufletul, iar ea a mers pe drumul acesta sperând la bucurii şi fericire, de care însă nu a avut parte. Însă, aceste greutaţi nu au doborât-o, ci din contră, au făcut-o puternică prin tăcerea ei aproape enervantă şi prin rugăciunile pe care le ridica Tatălui Ceresc sub privirile companionilor ei ostili. Aşa i-a trecut tinereţea şi viaţa, tânjind după ţara ei şi după familia ei dragă.

Atunci când a devenit regină, relaţiile dintre noi nu s-au schimbat deloc, eu tot prietena ei am rămas şi curând, după consumarea căsătoriei sale când uşor, uşor, negurile au înconjurat-o, dându-i în fiecare zi cu linguriţa sirop plin de fiere, i-am fost alături şi am plâns una pe umărul celeilalte neţinând cont de faptul că ea era regină iar eu doar doamna ei de companie. Eram prietene cu adevărat, eram nedespărţite. Nimeni nu mi-a ocupat vreodată locul din inima ei şi sunt mândră de acest lucru. Acum ea nu mai este, iar eu trăiesc pentru a scrie despre ea şi bunătatea care îi lumina sufletul.

Aşadar, am să vă spun povestea unei adevărate doamne, pe care am urmat-o toată viaţa şi pe care am însoţit-o înapoi spre casa în care a văzut lumina zilei, după ani petrecuţi cu adevărat printre străini. Multe s-au întâmplat până în acest izbăvitor an 1692. Pentru mine, Catarina de Braganza reprezintă tot ce a dat mai nobil Portugalia la vremea aceea. Sângele ei puternic şi rugăciunile au ajutat-o să treacă peste toate umilinţele pe care le-a îndurat cu fruntea sus în acea ţară de eretici. Singurătatea ne-a unit şi mai mult când soţul ei Charles al II-lea era pe moarte şi a chemat-o, iar ea a refuzat să-l vadă.

Ne-am fost pavăză una alteia când gloatele urlau împotriva religiei noastre, am suferit împreună când pierdea copii nenăscuţi, când lumea şi Parlamentul cereau divorţul, dar mai ales când amantele se perindau prin patul soţului său sfidând-o cu puzderia de bastarzi recunoscuţi şi asta din prima clipă a căsătoriei ei.

Am fost mai liniştite când soţului său i-a urmat la tron fratele său catolic, dar iluziile au trecut ca lumina unui fulger. Apoi ne întoarcem acasă în Portugalia, împreună, două doamne în vârstă, pe care doar spiritul nostru încăpăţânat ne-a ţinut tari în viaţă. Eu am revăzut mormintele familiei mele. dar ea nu va mai revedea niciodată Anglia şi mormântul soţului ei.

Pe vas am avut cabinele una lângă alta, astfel că auzeam perfect când bătea în peretele subţire care ne despărţea. Toţi ne tratau cu un respect rece, cumva înţelegându-se din aceasta că se bucură pentru plecarea noastră din ţara unde am stat atâta vreme. Catarina avea atunci 54 de ani. iar eu 51. Purta haine cernite, deşi sufletul nostru se bucura de întoarcerea în ţară. Dacă a fost vreodată frumoasă, în acel moment nu se mai cunoştea. Doar ochii îi erau la fel de tineri. Din păcate, la curtea Angliei a fost considerată o femeie nu tocmai frumoasă. însă eu nu am văzut-o aşa. A fost frumoasă ca o portugheză, cu tenul mai închis, înaltă, crescută într-o climă blândă. Nu se putea asemui cu nicio doamnă de pe insule, unde ploaia, umezeala şi frigul te făceau să arzi lemne multe în şemineu.

Mă chemase la un moment dat în cabina ei. Când m-a văzut intrând, mi-a zâmbit şi m-a poftit la un fel de mic dejun încropit de buna ei Marisa, servitoarea şi camerista ei credincioasă, care ca şi mine îi era alături din 1662. Restul servitorilor muriseră sau o părăsiseră pe buna regină Catarina.

Regina era îmbrăcată într-o rochie simplă, neagră şi ca podoabă purta o cruce de aur pe care o avea de copilă la gât, pusă pe un lănţişor mai gros, dăruită de mama sa, fie-i ţărâna uşoară. Pe cap avea un aranjament de dantele negre prinse în părul ei încărunţit cu o bijuterie simplă. Îşi luase cu ea aproape doar bijuteriile cu care venise în 1662 în Anglia. Toate erau dăruite de părinţii săi şi purta pe fiecare mână câte un inel. Îmi aduc aminte cum aşteptasem cu nerăbdare plecarea vasului nostru din Portsmouth spre Lisabona. Când vasul s-a desprins uşor, Catarina a scos un ţipăt şi a ieşit din cabină. Pe punte, unde am urmat-o, am surprins-o stând nemişcată, cu faţa către oraşul care o primise plină de speranţă în 1662. Nu a plâns, dar am văzut ceva amestecat cu ură, viaţa îi trecuse jalnic în aceste ţinuturi. Am mai văzut în ochii ei şi nădejde în mai bine într-acolo unde ne îndreptau echipajul şi corabia. Era un vas englez pe care Mary a II-a ni l-a pus la dispoziţie. Fratele Catarinei, Pedro al II-lea, ne aştepta cu braţele deschise, ea având o corespondenţă secretă cu el înainte de această plecare definitivă către regatul părinţilor ei. A durut-o că a trebuit să ceară voie pentru a părăsi Anglia, însă Mary a II-a a lăsat-o să plece cu o evidentă uşurare.

Am auzit-o spunându-mi atunci pe punte că ne întoarcem acasă acum, că am stat prea departe de ţară, iar apoi a mai privit odată oraşul care se făcea tot mai mic şi am intrat în cabină unde Marisa strânsese resturile micului dejun frugal ce-l luasem, lăsându-ne doar ceaiul şi biscuiţii.

Reginei mele întotdeauna i-a plăcut ceaiul...

Aşadar, urmaţi-mă dacă v-am făcut curioşi!

Juliana de Alfambra, fiica cea mare a contelui de Alfambra

CAPITOLUL 1

Draga mea Catarina s-a născut la 25 noiembrie 1638, fiind a doua fiică a Ducelui de Braganza Joao și a soției sale Luiza, în celebra casă a ducilor de Medina Sidonia, decăzută mai apoi când Portugalia s-a despărțit de Spania, iar Joao a devenit rege al țării sub denumirea de Joao al IV-lea.

Tatăl meu era prieten foarte bun cu tatăl ei, astfel că am crescut împreună iar faptul că era fiică de rege nu a contat prea mult. Eram mai mereu în Palatul regal, iar Catarina își luase pentru mine un fel de titlu de mamă. Mă ocrotea, eu fiind mai micuță, mă făcea să râd și doream tot timpul sa fiu cu ea. Îmi era greu să mă despart de ea, însă și despre Catarina puteam spune cam același lucru. Când am mai crescut amândouă, rămâneam peste noapte la ea, acest lucru făcându-ne tare bucuroase. Eram niște fetițe liniștite, crescute oarecum departe de fastul curții pe care Joana, sora mai mare a Catarinei, începea să-l înțeleagă și să-l pândească de printr-un ungher dosnic la vreun bal, nevăzută de nimeni. Cu ea nu ne prea jucam, era diferită de noi. Se plictisea repede și, mai ales, fiind mai mare decât noi, nu ne lua în serios joaca. Prințesa de Beira era visătoare, aștepta să crească să poată purta și ea rochii lungi, bijuterii frumoase și să danseze până dimineața, ceeac e pe mine și pe sora ei nu ne impresiona deloc. Era cu șase ani mai mare decât mine și cu trei mai mult decât Catarina.

Despre băieții familiei, adică puțini, nu știu prea multe. Cu Alfonso nu ne jucam niciodată, era un copil ciudat și plin de toane. Teodosio ni s-a părut prea mare și plin de importanța titlului pe care îl purta și de care tatăl său îl înștiințase. Pedro era prea mic, chiar și pentru mine, și nu prea știu ce să spun despre copilăria lui. Poate și pentru că în 1651, eu și Catarina am intrat la mănăstire pentru a ne desăvârși educația, credința și manierele, ea pentru a se căsători cu un prinț, iar eu cu vreun fiu de conte sau altceva, conform statutului tatălui meu. Aveam atunci 10 ani, iar Catarina 13. Nu doream să ne despărțim, iar maicile și regina au fost de acord să nu ne strice această prietenie, ba din contră. Cine știe ce gânduri o fi avut atunci regina? Se gândea că voi fi doamna de onoare a fiicei sale peste 10 ani? Nimeni nu putea ști, iar noi eram tare fericite împreună chiar dacă o mânăstire catolică întrece prin decență și severitate orice gând de zburdălnicie. Tatăl meu era încântat de această decizie de a o urma pe prințesă, era onorat. Veneam acasă doar de Crăciun și de Paști și atunci pentru o lună de zile.

Pentru maici am fost un material numai bun de șlefuit. Cu trecerea anilor zburdălnicia a trecut, liniștea a pus stăpânire pe noi, manierele ni s-au desăvârșit, iar atunci când prințesa a trecut de 16 ani, mama ei o vizita foarte des și începuse să se îngrijească de educația ei mult mai îndeaproape. Oricum noi locuiam în aceeași cameră largă din mănăstire, așa că știam tot timpul când venea. Mai erau acolo fete, dar noi nu aveam prea mult contact cu ele. Aveam locul nostru de plimbare, precum și maicile noastre care ne supravegheau.

Când Infanta a împlinit 18 ani, ni s-a adus la cunoștință că în curând vom pleca din mănăstire pentru a cunoaște și tainele lumii, nu doar pe cele ale lui Dumnezeu. Îmi aduc aminte ca și cum ar fi fost azi cât am mai plâns. Ne gândeam că o să ne despărțim curând, ea căsătorită te miri pe unde, iar eu rămasă în Lisabona acceptând un mariaj și așteptând scrisori pe care nu ni le va trimite nimeni. Două luni, cât am mai rămas în mănăstire, am trăit o situație tulbure și obositoare. Când am împlinit 16 ani, în ianuarie 1657, ă mai mult prea decât am fost fericită. Știam că la începutul lui februarie aveam să plecăm, ea în palatul regal, iar eu în casa tatălui meu. Nu aveam decât rugăciunea alături de noi. Ne puteam încă trimite bilețele, ne puteam încă vedea, dar nu mai împărțeam camera ca până acum. Trebuia să ne răcim una de alta și poate ne căsătoream curând amândouă.

În ziua în care am plecat din mănăstire în trăsuri diferite, Catarina însoțită de gărzile tatălui ei, iar eu în trăsura cu blazon a tatălui meu, am plâns amândouă fluturându-ne batistele până când drumurile ni s-au despărțit, fiecare mergând într-o direcție diferită.

Catarina rămăsese singura fată a familiei. Din cinci copii, rămăseseră doar trei. Teodosio și Joana muriseră în același an 1653. Îmi aduc aminte că nu am participat la înmormântare. Alfonso era la fel de ciudat și avea din când în când accese de nebunie, care o speriau pe Catarina, mai ales în primele luni petrecute acasă. Doar Pedro, un băiețel de 8 ani, era bucuria ei. Îi plăcea să se joace cu el, însă nu mult pentru că toţi credeau că nu trebuie influenţat şi dădăcit prea mult de femei. Era speranţa la tronul Portugaliei iar de asta, fratele lui mai mare era conştient.

Când ni s-a permis să ne vedem, atitudinea Catarinei faţă de mine, am observat eu bucuroasă, era neschimbată. Doar în public trebuia să se poarte mai rezervat însă când rămâneam singure, sentimentele noastre izvorau singure.

În anul următor, când a împlinit 20 de ani, Catarina a trebuit să-şi aleagă o domnişoară de onoare şi m-a ales pe mine, cu acordul părinţilor noştri. Astfel că la Crăciunul anului 1658, m-am instalat într-un apartament micuţ, lângă cel al prietenei mele. Aveam să împlinesc peste trei săptămâni 18 ani şi aveam să-mi fac apariţia cu tot dichisul la primul meu bal. Contele, tatăl meu, era fericit, iar mama îmi alesese cu multă atenţie rochiile şi bijuteriile. Faptul că eram atât de aproape de familia regală le dădea nădejdi şi celor doi fraţi ai mei în viitoare mariaje strălucite. Am locuit cu Catarina până în în mai 1662, una lângă alta, regăsind-o mai mereu ca fiind aceeşi fată cu care crescusem la mânăstire. Nu prea ieşeam din palat. Luiza, mama Catarinei, acum regentă, avea o teamă, aşa că pot număra pe degetele de la mâini de câte ori plecam la plimbare. Nu duceam însă lipsă de libertate, la mânăstire era mult mai puţină şi nici baluri nu erau.

Ştiam că se dorea o căsătorie pentru prinţesă, aşadar balurile erau multe, iar noi două eram expresia pură a uimirii şi bucuriei unite laolaltă. Eram frumoase, tinere, pline de viaţă, Catarina mai înaltă, eu mai micuţă şi luam totul ca un joc până când m-am îndrăgostit. A venit cu adevărat şi ce am simţit atunci nu am mai simţit niciodată. Catarina era liniştită, ştia că mama ei duce tratative cu casa Stuart pentru a o căsători cu Charles. Îi era indiferent. Dar mie? Ea nici nu-l văzuse pe viitorul ei soţ, dar eu îl văzusem pe alesul inimii mele, la un bal evident. Se sărbătorea semnarea angajamentului de căsătorie dintre Catarina şi Charles al II-lea al Angliei. Prietena mea avea să fie regină şi să plece departe. Cum să povestesc? Sentimentele acelea au fost fierea şi mierea acelei perioade. Catarina avea obiceiul să intre brusc în camera mea şi, astfel, m-a surprins plângând. I-am povestit tot. Îl iubeam pe vărul ei şi cred că şi lui îi plăceam. Vărul său, Gaspar Juan Perez de Guzman, viitor Duce al X-lea de Medina Sidonia, era cel care-mi furase inima, însă era căsătorit şi prins în mrejele soţiei sale Antonia. Nu aveau copii spre marea lui tristeţe. Catarina a încercat să mă împace, să mă consoleze cu ideea că totul trebuie dat uitării, că era imposibilă o căsătorie. Cine ar fi rupt-o pe prima?

- Vei veni cu mine în Anglia, Juliana, îmi vei fi doamnă de onoare. Ai să-l uiţi, spuse prinţesa care-mi ştergea lacrimile cu propria ei batistă, dar mai întâi am să fac ceva pentru tine. Te vei întâlni pe ascuns cu el în apartamentul meu. Eu voi sta în budoar, iar voi veţi putea purta o discuţie decentă şi o să vă explicaţi. O singură întâlnire, iar apoi îl uiţi! Ştii că va pleca în Spania, nu e binevenit aici.

I-am sărutat mâinile şi am încuviinţat, ce puteam face? Poate că şi el era nefericit, poate că nici n-o iubea pe soţia lui. Şi chiar aşa şi era, aveam să aflu curând. Când Marisa, tânăra cameristă a Infantei, îi strecură discret lui Gaspar un bileţel în buzunar, acesta fu tare uimit văzând că e de la verişoara lui şi că trebuia să se prezinte în apartamentul acesteia, ceea ce a şi făcut imediat. Aici însă dând de mine şi nu de ruda lui a fost la început uimit, apoi văzându-mi lacrimile a înţeles. Se apropie de scaunul pe care stăteam atât de emoţionată şi îmi sărută mâna, fără să-i mai dea drumul. Eu nu am avut puterea de a mi-o retrage. Ochii noştri spuneau mai multe decât ar fi spus o mie de vorbe. La un moment dat însă, Gaspar începu să-mi spună că nu o iubeşte pe Antonia, că e nefericit, că nu are un moştenitor şi că soţia sa fusese o alegere proastă, dar necesară la timpul ei. Îmi mai spuse că se îndrăgostise de mine din momentul în care privirile ni s-au întâlnit pentru prima dată în sala de bal. Eu i-am răspuns cam la fel. Apoi, am vorbit de planul meu de a pleca în Anglia cu verişoara lui, pentru a nu mă mai întoarce. I-am spus şi de decizia de a nu mă căsători şi de a-l purta doar pe el în suflet. Gaspar pleca şi el în Spania peste câteva zile, deci fiecare ne urmam drumul vieţii. Îi dădusem apoi, îmi aduc aminte ca şi cum s-ar fi întâmplat acum câteva clipe, ceea ce pregătisem dinainte, o buclă din părul meu ascunsă în medalionul pe care-l purtam la gât şi care îşi schimba astfel proprietarul. Îl sărută şi apoi mă rugă să-l ajut să şi-l încheie la gât. L-a ascuns drept pe piele, lângă inima lui, apoi îmi sărută mâinile care fremătau la atingerea lui. Se gândi ce să-mi dea şi scoase inelul pe care îl avea pe inelarul mâinii drepte. Era un inel cu însemnele lui de duce, iar în interior erau gravate iniţialele lui.

Lacrimile îmi curgeau şiroaie, iar el îndrăzni să mă ia în braţe. Uitasem unde ne aflam, uitasem de prietena mea ascunsă în budoar. Trăiam scurtul meu vis care trebuia să-mi ajungă pentru toată viaţa, însă un foşnet de rochie ne făcu să ridicăm privirea. Catarina, cu lacrimi în ochi, era lângă noi privindu-ne.

- Pleacă, Gaspar, pleacă te rog! Domnul să te aibă în pază! Juliana te va iubi mereu, vezi şi o simţi. Nu o vei mai vedea niciodată. Trebuie să vă despărţiţi şi să vă spuneţi „Adio"! Atât de curând şi atât de năpasnic! Sărut-o şi pleacă iute! Poate ţi se simte lipsa deja. Era desigur o aluzie la soţia lui.

Gaspar şi eu ne unirăm buzele printre lacrimi amare. Sărutul fu atât de scurt, dar atât de apăsat, parcă toate gândurile noastre erau adunate în acea atingere plăcută, dar atât de dureroasă. Îmi mai sărută odată mâna

9

şi cu faţa către mine ieşi din cameră împiedicându-se. O secundă şi chipul său dispăru pentru totdeauna. Dar aveam inelul, aveam la ce mă uita. M-am prăbuşit în fotoliu şi cu mâinile pe faţă am vărsat multe lacrimi, sărutând inelul dragului meu Gaspar. Catarina stătea lânga mine plângând şi ea.

- Oare pe mine ce mă aşteaptă, Juliana? Presimţirile mele îmi spun că nimic bun. Nu ştiu de ce simt că această căsătorie va fi un dezastru. Mă gândesc însă că-mi vei fi alături şi voi plânge şi eu pe umărul tău aşa cum tu plângi acum pe al meu.

Eu am încuviinţat, ştergându-mi lacrimle şi încercând să-mi revin. Mai era mult până atunci, până la despărţirea de ţară. Mai erau ceremonii la care trebuia să fiu fericită şi zâmbitoare. Am cerut voie prinţesei să merg la mine. Trebuia să caut un lănţişor de aur pe care să pun inelul iubitului meu. Avea să stea lângă inima mea pentru totdeauna. Şi acum e acolo. Nu mă voi despărţi de el niciodată.

Într-adevăr, pe Gaspar nu l-am mai văzut niciodată. În anul următor, când infanta s-a căsătorit în lipsă, la Lisabona, nu a venit la ceremonie şi bine a făcut. Imediat începură pregătirile pentru adevărata plecare şi adevărata ceremonie pe pământul Angliei de data aceasta, cu soţul alături. Catarina era deja regină a Angliei, era Catherine acum. Eu aveam însă să mă port la fel cu ea, doar în public trebuia să fiu mai rezervată. Servitorii începuseră să împacheteze lucrurile, iar noi nu aveam altceva de făcut decât să aşteptăm. Mama mă vizita des, îmi adusese bijuteriile ei să le iau cu mine, iar vila în care se născuse ea îmi rămânea mie de drept. Dacă m-aş mai fi întors din Anglia aveam un act pentru această casă. Fraţii mei nu se împotrivirâ, din contră erau căsătoriţi cu partide strălucite poate şi datorită mie. Tatăl meu, contele, a lăsat-o pe mama să facă ce doreşte, astfel că nu se opusese. Mă bucura acest gest, era un refugiu, chiar dacă acum nefolositor.

Şi astfel trecură zilele, iar momentul îmbarcării sosi parcă pe neaşteptate. Pregătirile fuseseră încheiate. Totul era urcat la bordul unei corăbii portugheze cu un căpitan fericit şi onorat, mereu cu zâmbetul pe buze. Îl cunoscusem înainte de ziua cu pricina. Eram nerăbdătoare să plecăm, aşteptarea aceasta mă sâcâia, mai ales că toţi mă felicitau pentru neaşteptatul meu noroc, pe când eu mă simţeam nenorocită că îmi părăseam oraşul, ţara şi familia, ca să nu mai vorbesc de sufletul acela aflat în Spania, aproape de Cadiz, care cine ştie cum o ducea şi cât de nefericit era. Consolarea mea era Catarina.

CAPITOLUL 2

Precum am mai spus, nu l-am mai văzut niciodată pe Gaspar chiar dacă în adâncul sufletului meu am sperat ca un copil să fie acolo în port şi să ne petreacă la plecare. Eram o prostuţă îndrăgostită iremediabil. Îmi aduc aminte cum am urcat la bord în cele mai înalte onoruri, cum ne-am sarutat şi ne-am luat rămas bun de la familia regală şi de la familia mea. Am rămas afară pe punte până ce corabia urma să plece, când deodată un om urcă la repezeală pasarela şi se îndreptă spre mine şi Catarina, apoi a îngenuncheat. Când i s-a poruncit să se ridice, îmi întinse un plic apoi se făcu imediat nevăzut. Îmi era adresat mie şi era de la cel pe care-l doream atât de mult. Mi-am dat seama de asta văzând sigiliul familiei Medina Sidonia. Am ascuns la repezeală plicul în sân, dar totuşi cei de pe ţărm au observat gestul meu, însă nu mai aveau putinţa de a cere explicaţii.

Pasarela fusese ridicată, iar vasul putea porni oricând. Ne-am făcut semne cu mâna şi cu batista până am obosit. Regenta Luiza şi fratele Pedro îi zâmbeau Catarinei şi îi trimiteau sărutări de la distanţă. Familia mea făcea la fel. Alfonso al VI-lea, rege acum sub aripile mamei sale, râdea prosteşte. Era dement şi asta era foarte vizibil. Stătea alături de prietenul lui, contele de Castelo Melhor, singurul prieten mai ales în rele al regelui. Acesta a început să râdă şi să se zbuciume din ce în ce mai zgomotos până când s-a clatină şi fu gata să cadă. Doi servitori însărcinaţi cu grija lui îl luară de braţe spre disperarea lui exprimată prin strigăte răutăcioase. Fu dus la trăsură însoţit de maleficul conte, bunul său prieten. Greu de suportat pentru Catarina să-şi vadă fratele în aşa fel.

- Ăsta e un semn rău, Juliana! Simt asta! Îmi spunea ea mie în clipele acelea.

Când ţărmul însorit al Portugaliei se văzu din ce în ce mai puţin, intrarăm în cabina destinată reginei Angliei. Eu am scos din sân scrisoarea, iar când am deschis-o, o şuviţă din părul dragului meu îmi căzu în poală.

11

Am pus-o imediat la gât într-un medalion, lângă inelul dat mai demult. Era o scrisoare tristă în care-şi plângea dragostea, în care spune că lanţul de la gâtul lui este sărutat ca un odor în fiecare clipă prielnică. Îmi povestea de dizgraţia casei ducale, de răutăţile Antoniei, de viaţa mizerabilă pe care o ducea. Toate acestea Catarina le ascultă liniştită apoi se încruntă, aducând vorba despre veştile pe care le aflase prin diferite moduri despre soţul său. Era un fustangiu, avusese o mulţime de amante, iar zvonurile spuneau că are şi copii din flori. Ne întrebam cum o să fie această căsnicie, ce rol o să aibă ea într-o ţară ostilă a cărei limbă nu o ştia cum trebuie. Mai aflasem că nu era dorită fiind catolică, dar că darul ei de nuntă fusese destul de generos pentru a închide ochii. Apoi, era bătrână pentru o mireasă, avea să împlinească 24 de ani în noiembrie. Oricum am fi întors-o, presimţirile o făceau să tremure. Nici rugăciunile nu reuşiseră să o liniştească, din contră, se gândea dacă i se va permite să fie catolică, mai ales că ne însoţeau doi preoţi ai Sfintei Biserici, iar servitorii noştri aveau această religie.

Astfel, regina, draga mea prietenă, întrezărea destinul nenorocit pe care soarta i-l hărăzise. O văzuse şi în ochii regelui nebun, a cărei imagine îi stăruia în minte. Drept e că nu o invidiam cu nimic, dar ştiam că şi eu voi fi privită cu ostilitate. Încercam să-i abat dragei mele gândurile în altă parte, la rochii, la garnituri, la bijuterii, însă subiectul revenea obsedant. Totul era un semn rău. Eu aveam o consolare: scrisoarea şi bucla de păr a lui Gaspar. Pe mine nu mă aştepta nimeni la porţile Angliei, iar de sărutat aveam ce săruta până aveam să închid ochii. Inelul şi medalionul erau la gâtul meu, le simţeam căldura lângă inimă şi mă gândeam că în viitor, îmi va purta şi el bijuteria până la moarte.

Corabia cu care călătoream era dichisită, fastuoasă şi plină de luxul cu care o prinţesă, de fapt o regină, trebuia să se înconjoare. Era minunat construită, iar eu cu Marisa aveam cabinele lângă cele ale Catarinei, cumva despărţite de ceilalţi nobili care ne-au însoţit. Se făcea de gardă la cabinele noastre de parcă eram pe uscat, la palat. Costumele marinarilor aveau însemnele Casei de Braganza, cusute cu fir de aur pe ele, totul strălucea de curăţenie şi atmosfera era de aşteptare, veselă, contrastând cu simţămintele Catarinei, care era neagră în suflet. Se vedea că suferă deupă familia ei, după locurile unde ne plimbaserăm de atâtea ori. Profesorul de engleză o plictisea îngrozitor, ea preferând să viseze cu ochii deschişi. În jurul nostru era doar apă, iar valurile mângâiau plăcut corabia care-şi urma ireversibil drumul. Mulţi din cei ce ne însoţeau aveau să se întoarcă după ceremonie cu acceaşi corabie, însă erau câteva familii care deciseseră să-i stea alături reginei şi să formeze un fel de Curte portugheză de mici dimensiuni în cadrul marii Curţi engleze.

Cu toții eram catolici și în fiecare zi ascultam liturghia oficiată de cei doi preoți. Ora aceea ne liniștea profund și parcă rugăciunile ne întăreau sufletele în ceea ce avea să urmeze. Ne umpleam gândurile de speranță și speram ca Dumnezeu să fie alături de noi, mai mult decât până acum. În serile plictisitoare ne gândeam amândouă singure în cabină la părinți și la frați, lăsați acolo pe malul apei, la Lisabona dragă nouă, cu oameni calzi ca vremea, cu bisericile și mănăstirile în care pășeam mereu cu sfială, fără a face vreun zgomot, la zâmbetele maicilor și la freamătul îmbrăcămintei lor simple și cernite. Aveam să ducem totul cu noi în Anglia în sufletele noastre, Portugalia noastră dragă pe care o recăpătaserăm de la spanioli acum mai bine de 20 de ani. Gaspar era spaniol și el, dar mie nu-mi păsa. Știam că nu o să mă mai îndrăgostesc niciodată și nici nu o să-mi schimb religia măritându-mă cu vreun englez anglican, cu principii diferite de ale mele. Aveam să fiu singură, slujind-o doar pe Catarina și rugându-mă pentru iubitul meu cel însurat în Spania. Știam că nu-l unește nimic de Antonia, nu o mai iubea și nici copii nu aveau, erau căsătoriți, dar nu își respectau îndatoririle de soț și soție. Mi-a scris despre asta și în scrisoarea venită în chip atât de norocos la îmbarcare și îl credeam din toată inima.

În sfârșit, într-o dimineață devreme, căpitanul bătu la ușa cabinei mele aducându-mi la cunoștiință că țărmurile Angliei se văd prin ochean. Aveam să începem pregătirile de acostare peste câteva ceasuri. Cu vestea aceasta m-am dus la Catarina. Nu dormea, citea dintr-o carte. I-am spus doar atât:

- Catarina, e timpul! Trebuie să te îmbrăcăm cu hainele de regină.

Îmi aduc aminte că a lăsat cartea și s-a ridicat oftând, spunându-mi că este pregătită. Gătelile duraseră două ceasuri, rămânându-mi puțină vreme pentru mine, însă servitoarea mea îndemânatică rezolvă totul perfect. Aveam să fiu prezentată cu titlul tatălui meu, contesă de Alfambra, doamnă de onoare și altele de acest fel. Și eu și Catarina purtam veșminte grele, din materiale scumpe, cusute cu fire de aur și argint. Părul ne fusese pieptănat ca pentru o ceremonie importantă. Catarina era încântată de bijuterii, eu însă îmi lăsasem la gât doar lanțul acela lung pe care erau înșirate sufletul și inima mea și pe care le puteam ascunde în corset. Îmi pusesem pe cap o diademă subțire, iar la urechi cercei asortați, toate dăruite de mama mea la plecare. Catarina, în schimb, purta o tiară grea pe o coafură complicată, rochia ei era de un vișiniu închis și îi stătea tare bine pe trupul ei înalt. Eu preferasem o rochie gri pentru ceremonia de intrare în Anglia.

Eram amândouă obosite și nerăbdătoare de a pune piciorul pe pământ și a ne odihni într-un pat care să nu se legene cu noi, ci să stea

13

locului. Mâncaserăm puţin, era vizibil că ne strângea emoţia de gât pe amândouă. O ţineam pe Catarina de mână în timp ce ea rămânea tăcută şi gânditoare, căutând să rămână calmă, deşi emoţiile ne copleşeau. Marisa aranja totul în jurul nostru, noi nu prea eram în stare de mare lucru. Când ne-am apropiat cu adevărat de Portsmouth, căpitanul ne-a chemat afară, unde gărzile şi nobilii noştri ne aşteptau deja. Fusese întins un covor imens. Toţi ne salutau aşteptând debarcarea. Rămăsesem în centrul grupului ce se formase alături de noi, alături de Catarina care îmi poruncise să nu mă îndepărtez de ea sub niciun chip.

- Parcă nu plouă, spuse ea. Şi cred că suntem aşteptaţi, să vedem de cine, mai zise ea dându-mi ocheanul să privesc şi eu.

Era într-adevăr ceva lume în port, dar nu ştiam dacă era şi regele. Aveam să aflăm curând. Şi câtă dezamăgire! Când am coborât pe uscat, nici urmă de el. Tot felul de oficialităţi îşi primiseră regina, unii zâmbind, alţii şuşotind, alţii cu o mică doză de ostilitate abia stăpânită. Era şi o gardă, care alături de ofiţerii noştri făcu avangarda convoiului până la palatul la care am fost conduşi cu toţii, cei de pe vas, fără multe urale sau bucurie vădită. Trăsurile erau frumoase, mai ales aceea în care ne-am urcat eu şi regina acestui popor ostil. Când am ajuns la destinaţie, totul era foarte primitor şi minunat aranjat. Apartamentele noastre erau unul lângă celălat şi aveau între ele o uşă, comunicând astfel între ele. Astfel că nu am stat separate nici câteva clipe. Era 13 mai 1662. Când am intrat pe uşa comună, Catarina citea o scrisoare pe care o găsise pe pat.

- E de la Charles, îmi spuse ea, continuând să citească

Când termină, o aruncă pe pat ca pe o arătare mizerabilă. Mă puse să o citesc şi i-am înţeles imediat atitudinea. Charles îi ura bun venit, spera să-i placă în Anglia, însă nu ştia exact când va sosi să-şi ia mireasa. Mai spunea că se vor căsători în acest oraş de coastă şi că era de acord cu o liturghie catolică, în secret, pe lângă cea anglicană oficială. Catarina începu să plângă gândindu-se cât de neînsemnată era, lăsată aici şi primită în acest stil. Se întreba cât timp va fi lăsată să aştepte mai ales că această atitudine era total jignitoare.

Presimţirile ei se adeveriseră. Fratele ei, regele, râdea el de ceva la plecare. Nebunii întotdeauna spun adevărul în gesturile lor. La cina din acea seară, o masă oficială, regina nu arătă nimic din ce îi ardea sufletul încă din Portugalia. Le ceruse nobililor cu care călătoriserăm pe vas să nu se arate scandalizaţi, trebuia acceptată această situaţie pentru că ea era deja regina Angliei. Contractele fiind semnate de mult, Charles probabil că nu a mai crezut de cuviinţă să se şi înfăţişeze. Erau căsătoriţi din aprilie, chiar dacă nu la Biserică, oricare ar fi fost aceasta. După o săptămână, eram deja obişnuiţi cu toţii cu această abandonare. Ne plimbam pe aleile din spatele palatului dacă vremea ne permitea, luam odioasele lecţii de limbă engleză pe care le uram şi mai tare de când stăteam în acest oraş.

Charles se arătă, în sfârşit, când nervii Catarinei erau gata să cedeze de tot şi să izbucnească pe faţă. Era un bărbat înalt, se potrivea cu regina noastră, pentru că şi ea era înaltă, spre deosebire de mine care eram mai micuţă. Se vedea că se pricepe la femei, era galant, ştia să vorbească şi să se facă plăcut tuturor. Pe mine mă studiase enervant de mult, însă în ce scop nu ştiu pentru că dacă avusese vreo idee de seducţie, ea nu se materializă niciodată. Însă tocmai această meschinărie şi acest mod de comportament o dezgustă pe soţia lui din prima clipă. Era crescută altfel şi nu era dispusă la dulcegării cum s-ar spune. Se căsătoriseră imediat. Palatul acesta fusese martorul ceremoniei catolice secrete pe care o aşteptam atâta. Restul lumii avu parte de un spectacol al ceremoniei anglicane, din care regina nu înţelegea mare lucru. Îşi rostise cu greu jurământul de credinţă faţă de soţ în limba engleză. Acesta era însă foarte amabil şi îngăduitor, se vedea că o studiase îndelung pe prietena mea şi că farmecele ei nu erau de ajuns pentru a-l ţine acasă lângă ea, sau mai bine zis doar în dormitorul ei. Nici Catarina nu-şi dorea însă aşa ceva, o vedeam nerăbdătoare să se termine totul şi să plecăm spre Londra pentru a ne stabili odată undeva şi să nu mai stea în locuri necunoscute cu proprietari de o amabilitate rece şi care cu greu îşi plecau capul în faţa reginei lor, care se vede treaba contase doar pentru Tanger şi Bombay şi pentru cuferele de bani trimise înainte.

La ieşirea din biserică au fost aclamaţi de mulţime, chiar dacă eu, stând mai în spate, auzeam cum mulţi spuneau că e cam brunetă şi cam ştearsă, dacă nu chiar trecută. Mie mi-s-a părut o pereche bună, amândoi erau înalţi, el palid, ea mai închisă puţin la ten. A fost un moment în care au zâmbit amândoi, iar englezii au strigat şi mai tare. După ce am ajutat-o să se urce în trăsură, cei doi au fost lăsaţi singuri. În drumul către Londra eu am stat într-o altă trăsură cu cei doi preoţi catolici care ne însoţeau şi care erau vădit nemulţumiţi, dar care nu au spus nimic despre asta, probabil doar când au rămas doar ei doi. Jumătate din nobilii portughezi se întorseseră la palatul unde fuseserăm găzduiţi o săptămână, pentru a aştepta întoarcerea pe corabia cu care veniserăm. Aveam deci o curte mică, eram aproape douăzeci de nobili afară de servitori şi preoţi, fiind cu toţii cam treizeci de portughezi în această insulă englezească.

Până la Londra, alaiul avea de parcurs cam 75 de mile. Eu eram tare curioasă şi mă uitam mai mereu pe geamul trăsurii. Treceam prin tot felul de sate şi localităţi mai mari, unde oamenii se închinau în faţa trăsurii regelui, iar regina le făcea din mână zâmbind uşor, în acel moment mulţimea aclama mai tare. Eram însoţiţi de gărzile regale care ne făceau loc să trecem înaintând astfel mai uşor spre Londra. Ştiam că va trece repede această călătorie şi că aveam apartamentul pe acelaşi culoar cu al reginei. Nu eram lângă ea, lângă ea era Charles cum era normal, dar tot pe acolo. O întrebasem pe Catarina, iar ea la rândul ei pe Charles, care spusese că totul era pregătit întocmai pentru doamna ei de onoare portugheză. Mă deranjase accentuarea originii mele, parcă eram din altă lume, mai puţin evoluată decât cea engleză.

Când am ajuns la palat, toată Curtea era adunată, iar primirea fu cu adevărat regală. Printre nobili erau şi unii care aveau aceeaşi religie cu noi. Asta începuse să dea speranţe pentru viitor cu privire la tihna mea şi a reginei mele. Ne-am retras repede în seara aceea, eram obosiţi cu toţii. Mi-a plăcut apartamentul rezervat mie, era aranjat cu mult gust şi eram aşteptată de o subretă destul de amabilă care trebuia să mă servească alături de camerista mea. Marisa era la stăpâna sa şi probabil pe lângă ea mai erau şi alte cameriste. Catarina nu s-a culcat până când nu m-a văzut şi m-a îmbrăţişat. Îi era puţin teamă de ce va urma, ştia că trebuia să-l aştepte pe soţul său. Am încurajat-o şi am plecat mai liniştită.

Eu nu aşteptam pe nimeni şi nici în viitor nu aveam planuri pentru acest lucru. Pentru mine Gaspar era toată inima mea. Nu mai era loc pentru nimeni. Aşa că m-am rugat, apoi am sărutat bijuteriile de la gât şi m-am culcat dând curs somnului care mă toropea.

Iată-mă în noua mea casă. Noaptea a trecut repede şi m-am trezit când ploaia începu să bată în geamuri. Nesuferita asta de umezeală pe care aveam s-o urăsc pe durata întregii şederi ale mele în insulă. Stăteam în capul oaselor când am auzit uşa scârţâind şi am văzut cum se deschide uşurel. Era regina. Veni către mine şi-mi întinse mâinile tristă. Se aşeză lângă mine pe pat, iar după cum arăta nu dormise toată noaptea.

- Charles a plecat de lângă mine imediat după ce căsătoria s-a consumat, dar nu a plecat să se culce, ci sigur la vreo amantă. Cred că nu mă place, cred că nu contez foarte tare. Voi avea soarta soţiei vărului lui, Ludovic al XIV – lea. Femeile de aici sunt blonde, au ochii albaştri, eu sunt brunetă, iar tenul meu mediteraneean iese în evidenţă printre ele. Până şi limba asta engleză îmi dă bătăi de cap!

Regina începu să plângă spunându-mi că vrea să-şi cunoască rivala. Sufletul ei nu se putea linişti până nu afla mai multe amănunte despre ea. Am consolat-o cât am putut pe nefericita din faţa mea, cerându-i puţină răbdare pentru a vedea exact care era situaţia. Ea însă nu avea timp de pierdut astfel că începu să o descoase pe una din servitoarele ei englezoaice, care se sperie şi îi căzu în genunchi. Îi confirmă oarecum situaţia. Se simţi ca şi cum mama ei o vânduse pentru câţiva arginţi, doar pentru securitatea ţării în raport cu Spania. I-am luat apoi mâinile şi i le-am sărutat şi i-am spus că ştiam că regele era un fustangiu şi că situaţia ei era fără ieşire. Trebuia să se consoleze, să riposteze prin tăcere, chiar nu avea ce face, trebuia să accepte totul aşa cum era. Era regina catolică şi nedorită a Angliei. Trebuia să ne găsim nişte ocupaţii plăcute, nu puteam plânge o viaţă întreagă. Am tras apoi de clopoţel, iar cele două servitoare ale mele intrară. Englezoaica se sperie când o văzu pe regină şi îngenunche. A fost rândul meu s-o interoghez şi de frică a spus totul.

- Majestatea Sa, regele nostru, a avut şi are multe amante, unele pe termen lung, altele pe termen mai scurt, are de asemenea şi mulţi copii nelegitimi, mai continuă servitoarea mea. Favorita actuală stă să nască al doilea ei copil cu regele şi se află chiar în acest palat, la Hampton Court Palace adică.

Catarina scoase un ţipăt scurt şi îşi duse batista la gură. Am ajutat-o să se întindă şi i-am dat să miroase sărurile mele, apoi îşi mai reveni. I-a poruncit apoi servitoarei să continue, acum ştia unde se dusese Charles după ce ieşise de la ea. Servitoarea continuă aşa cum i se poruncise:

- Se numeşte Barbara Villiers, este căsătorită cu Robert Palmer, un om deosebit. Este foarte frumoasă, are o piele albă şi ochi foarte frumoşi, dar are un temperament vulcanic alături de un comportament neruşinat. Regelui nu-i plac femeile care se roagă mult, le adoră pe acelea de acest gen deşucheat. E împreună cu regele de doi ani şi e căsătorită de trei ani.

I-am mulţumit pentru informaţii şi le-am făcut semn să plece. Între timp, Marcela, servitoarea mea portugheză, făcuse focul şi aştepta ca Becky să termine ce are de spus. După ce au plecat, o linişte de cavou s-a lăsat în cameră. Zorile se iveau încetişor şi o ceaţă groasă stăruia deasupra Tamisei. I-am spus că e bine că nu are de-a face din primul moment cu această rudă a ducilor de Buckingham. Această dezmăţată e mai tânără cu doi ani decât regina, nu ştie nimic despre Dumnezeu şi va naşte încă un bastard în curând.

- Însă eu vreau s-o văd, Juliana! Mă arde sufletul dacă nu o văd, apoi o să-mi accept soarta şi o să-mi petrec viaţa în rugăciune alături de tine. Închipuie-ţi că în condiţiile astea trebuie să dau Angliei un moştenitor! Ce situaţie!

Nu am putut s-o conving să-şi lase planul deoparte, dorea să simtă durerea până în fundul sufletului. Mă rugă să aflu pentru ea unde este apartamentul acestei femei pierdute şi apoi plecă spre a se îmbrăca şi a se aranja pentru micul dejun. Ceea ce am făcut şi eu, trăgând-o în continuare de limbă pe Becky, care îmi spuse exact unde locuia în palat Barbara.

Imediat după micul dejun, la care regele fu prezent şi foarte amabil, spre dezgustul abia ascuns al reginei, Catarina se grăbi să-şi pună planul în aplicare. Dorea să meargă singură şi aştepta ca regele să plece la treburile sale pentru a acţiona. Mi-a poruncit să stau la ea şi a plecat pe acelaşi coridor, însă într-un apartament mai îndepărtat. Întrevederea dintre ele a fost una scurtă. Catarina a deschis uşa fără să bată sau să fie anunţată. A privit-o în tăcere pe amanta soţului său, care stătea în pat umflată de sarcina înaintată. Când Barbara se dezmetici, îi strigă Catarina că : „ea este regina", uitându-se teribil de urât la stăpâna sa de drept. Catarina se apropie de pat fără să spună niciun cuvânt femeii care devenise isterică şi începuse să ţipe. Niciuna dintre servitoare nu mai avea grai. Erau în prezenţa reginei, iar strigătele se izbeau de pereţi fără ca stăpâna să facă vreun gest. Doar o doamnă intrase în cameră, spre disperarea favoritei, care trebuia să rămână discret ascunsă şi o luase uşor de mână pe regină şi o scosese afară pe muţeşte. Catarina nu se împotrivi, nu-i stătea în fire. Cele două femei intrară în apartamentul reginei unde aceasta se aşeză uşor într-un fotoliu, în aceeaşi tăcere. Doamna concedie servitoarele şi, când rămăseserăm doar noi trei, începu în sfârşit să vorbească. Întâi îngenunchie şi îi sărută mâna reginei:

- Mă numesc Anne Hyde, sunt ducesă de York, soţia fratelui regelui. Mă bucur că am fost în acel moment nefericit alături de regina mea! Majestate, vă trebuie aliaţi şi nu-i aveţi. Din păcate, Charles este un om care adoră plăcerile de orice fel, nu-l veţi putea schimba. Veţi greşi dacă veţi dori să-i modificaţi ceva din atitudine. Tatăl meu a fost cel care a negociat această căsătorie care vă face să suferiţi din primul moment. Îmi cer iertare în numele lui, chiar dacă el nu va şti niciodată despre această discuţie. Nu prea aveţi soluţii, sunteţi catolică şi eu sunt la fel, poate dacă veţi naşte curând o să fiţi în siguranţă oarecum.

Regina se însenină când află cine era în faţa ei. Îi mulţumi de ajutor şi speră să-i fie aliată şi prietenă, ceea ce ducesa încuviinţă cu bucurie, apoi plecă făcând o reverenţă minunată la care Catarina răspunse zâmbind. Se simţea mai bine acum şi ştia cât de prost trebuie să se fi simţit metresa când ea, prin tăcerea şi prin privirea ei metalică, o făcuse să urle ca o nebună.

- Eu sunt regina, spuse Catarina ridicându-se şi privind pe fereastră.

CAPITOLUL 3

La o curte regală se ştie că toţi pereţii au ochi şi urechi. Palatul în care ne aflam nu făcea excepţie, astfel că regele află imediat de întâlnirea dintre cele două doamne şi de faptul că Anne, cumnata sa, îşi scosese soţia din camera Barbarei. Charles era în felul lui ca un copil, vroia să le aibă pe toate şi linişte între cele două religii şi posibilitatea de a se distra cu alte femei. Banii îi cam lipseau, dar reuşea întotdeauna să se descurce.

Când dădu cu ochii de soţia sa, aceasta stătea retrasă şi tăcută în budoarul său. Eu eram plecată în acel moment de lângă ea. Catarina se ridică şi se înclină scurt, fără să scoată un cuvânt, dar se pare că în tăcere îşi pregătise cuvintele cu care să-l întâmpine pe rege. Aşadar, înainte de a spune acesta ceva, ea vorbi:

- Majestate şi soţ al meu, am constatat cu stupoare că o anumită doamnă vă va naşte cel de-al doilea copil din clipă în clipă. Am văzut-o şi e frumoasă. Farmecele mele nu sunt nici cât un sfert din ale ei. Mi-am dat seama că nu o să mă iubiţi niciodată şi că nu veţi putea fi statornic unei singure femei vreodată. Îmi pare rău că nu vă pot schimba caracterul în bine, totuşi puteaţi fi mai delicat şi măcar în primele momente împreună să nu mă obligaţi să stau sub acelaşi acoperiş cu ea. Eu am fost crescută altfel, am copilărit la o mănăstire împreună cu doamna mea, contesa de Alfambra. Eticheta la curtea tatălui meu este foarte strictă şi destul de severă. Aici am constatat că este invers. Nu neg că toţi regii au amante, dar cu un pic de bun simţ se poate păstra o aparenţă şi o anumită comunicare între cei doi soţi pentru binele lor şi al naţiunii. Sunt îndurerată că între noi nu va exista niciodată aşa ceva. Toate rugăciunile mele sunt de prisos. Am aflat încă din Lisabona că aţi avut multe amante şi mulţi copii cu ele, dar am sperat în naivitatea mea că o să vă pot schimba, chiar dacă nu prin frumuseţea mea mediteraneeană. Mi-am pierdut orice nădejde! În prima seară aţi plecat de la mine la favorita dumneavoastră şi m-a durut. Aici sunt singură, nu am niciun aliat, nimeni nu e de partea mea, iar toți mă urăsc pentru că sunt catolică. Vreau să plec acasă, vreau să obțineți divorțul cât mai repede! Aici mă sufoc, nu mai vreau să vă fiu soție! Îmi este dor de pacea familiei mele şi prefer crizele de nervi ale fratelui meu, regele, decât situația în care mă aflu acum. Găsiți-vă o soție de aceeași religie şi toată țara va fi mulțumită. Cu siguranță nimeni nu vă va sta în cale în a accepta separarea de mine, aş spune din contră.

Acest monolog, în care Charles doar a privit, arată cât de bun era profesorul nostru de engleză. Începeam să o învățăm şi să ne descurcăm cu ea. Dar regele nu băgă de seamă, căzuse într-o uluială totală. Nu se aştepta la asemenea vorbe din partea blândei şi pioasei sale soții.

- Doamnă, eu nu vreau să divorțez! Este adevărat că nu sunteți un ideal de frumusețe, dar aveți altceva ce nu au toate amantele mele: aveți suflet şi multă educație. E şi normal, proveniți dintr-o casă regală. Vă spun sincer că nu pot renunța la păcatul desfrâului, dar vă jur din toată inima că veți fi tratată cu respect de acum înainte. După ce doamna în cauză va reveni printre noi restabilită, vă va prezenta scuzele ei sincere pentru că v-a înfruntat. Într-adevăr, a fost o eroare să o aduc în acelaşi palat cu dumneavoastră. Îmi cer iertare reginei mele! Sunteți regina unei țări în care lumea se bate pentru orice dar mai ales pentru religie. Tot timpul am încercat să fie liniște pe această temă însă nu prea-mi reuşeşte. Doamnă, vă rog să nu plecați! Nu vă iubesc, dar am alte sentimente față de dumneavoastră, vă apreciez de altfel şi vă voi sprijini întotdeauna. În fața lui Dumnezeu sunteți legată de mine, indiferent câte divorțuri s-ar pronunța! Şi acum, vă rog să mă scuzați, mă voi retrage!

Cei doi se închinară unul în fața celuilalt iar regele ieşi. Când mă întâlni, Catarina era ferm convinsă că asta îi era crucea ei şi se hotărî să o ducă. Măcar Charles fusese sincer şi totul se limpezise între ei. I se permisese să nu participe la toate balurile şi serbările organizate de rege, ci doar la cele oficiale, avea să fie o regină retrasă, fără o curte mare şi chiar dacă avea deja doamne de onoare englezoaice, acestea aveau prea puțin de lucru cu ea. Regina mă prefera pe mine, limba noastră de acasă şi capela în care ne rugam mai mereu.

Charles ieşise de la regină zguduit de inteligența şi tactul ei. Era diferită de tot ce întâlnise el până acum, păcat că nu putea s-o iubească. Nu avea cum. Îşi va face datoria doar pentru un moştenitor şi cam atât. Bănuia că şi ea îşi va face datoria, dar nu pentru Anglia, ci pentru a respecta viața catolică de familie. Când intră la el, Edward Hyde îl găsi singur şi îngândurat.

Îi povesti acestuia tot şi încă ceva, anume că Barbara dorea, după ce frumusețea îi intra iar în grații şi se refăcea după naştere, să fie doamnă de onoare. Hyde îi răspunse că acest lucru e cu neputință, cele două doamne nu se vor agrea niciodată și că nu e de crezut că scuzele doamnei Palmer vor conta pentru regină. Totuși regele trebuia să găsească o cale de mijloc, trebuiau obținute și scuzele și locul de doamnă de onoare. Hyde ridică din umeri și schimbă subiectul, punându-i în față regelui câteva hârtii pe care trebuia să le semneze și îi aduse la cunoștiință multe afaceri de stat în care regele trebuia să-și dea acordul. Chiar în acea seară regina află de planurile soțului său și se enervă. Își frânse mâinile și începu să se plimbe de la un capăt la altul al camerei. Nu am putut-o consola, nimic nu-i calmă nervii. Avea doar să stea și să aștepte ca această doamnă să facă primul pas, după ce revenea din situația ei delicată.

Contesa de Castelmaine născu în următoarea săptămână, aducea pe lume un băiat căruia îi puseră numele regelui. Regina părăsi însă palatul înainte de acest eveniment mergând la reședința oficială regală din Londra, la St. James Palace, unde se retrase în apartamentul său din care nu a prea ieșit. În această perioadă de tristețe dureroasă, regina îmi porunci să-l caut pe soțul acestei influente femei care, cu mofturile ei, practic conducea regatul. Aflase că, de când se întorsese din pribegie, Charles lăsase treburile lui Edward Hyde și se pornise pe benchetuit. La scurt timp după acest lucru, moravurile Curții avură de suferit, copiindu-le practic pe ale regelui spre disperarea Parlamentului care trebuia să tot aprobe cereri de bani mai ales pentru Barbara Villiers.

Neplăcându-i acest mod de a trece timpul, Catarina nu participa la aceste nopți de dezmăț. Prefera să se roage, să stea de vorbă cu mine sau să doarmă dacă zgomotele nu ajungeau până la ea. Era însărcinată și o știam doar eu. Era oarecum liniștită și fericită de această minunată consolare. Regele încă nu aflase, cum să-i spună când nu era niciodată de găsit, făcând zilnic plimbări între Hampton și St. James și intrând accidental în perimetrul reginei. Bineînțeles, a aflat într-un târziu, iar amanta sa fu scandalizată și îi făcu reproșuri usturătoare la care Charles ridica din umeri.

- Iubito, este regina, trebuie să-mi dea un moștenitor legitim și vreau să-ți aduc la cunoștiință că dacă vrei locul de doamnă de onoare pe lângă soția mea, trebuie să-ți ceri iertare pentru gestul tău de la prima întâlnire cu ea. E schimb pe schimb, va trebui s-o tratezi cu multă deferență și respect și vei obține postul.

- Cum? spuse Barbara încruntându-se. Ce sunt eu pentru tine? Doar cea care rămâne însărcinată în fiecare an? Cea care și-a lăsat soțul și a uitat de onoare?

Discuția continuă cam pe același ton, doar că era vizibil că Charles nu era impresionat de mofturile frumoasei sale, care se liniști singură neavând încotro. Se despărțiră în termeni agreabili, iar regele plecă la soția lui pentru runda a doua. Trebuia ca regina să-și dea acordul cu privire la Barbara. Amână însă treaba aceasta pentru clipele din cursul serii, Catarina avându-l musafir pe Hyde, iar la ușa cabinetului de primire aștepta nimeni altul decât Palmer, cu care nu voia să aibă de-a face. Îl obosise de ajuns soția acestuia.

Catarina îl ascultă tăcută pe Edward Hyde care îi spunea și o prevenea de dorința regelui cu privire la favorita lui. „Nu o vreau lângă mine", gândea ea, „însă nu cred că am încotro, nu trebuie să mă împotrivesc. Să-și ceară scuze și mai vorbim." Nu-l mai asculta pe Hyde, iar acesta își dădu seama, se înclină și plecă din cameră, la ușă dând de Palmer, salutându-l respectuos și plecând repede.

Când Robert Palmer intră în încăpere, regina era ridicată și îi răspunse la salut foarte amabil. Era și el un om chinuit și se vedea. Catarina îi aduse la cunoștiință despre nașterea copilului „pentru care nu-l putea felicita", despre dorința Barbarei de a-i deveni doamnă de onoare și despre faptul că nu-l putea refuza pe rege. Îi mai spuse contelui că îi este rușine să-l consoleze pentru această situație când ea nu avea mângâiere de nicăieri.

Robert Palmer îi răspunse reginei că luase hotărârea să se separe de soția sa, însă fără a divorța, pentru că era catolic și i se părea o greșeală în fața Celui de Sus care i-a unit acum câțiva ani. Reginei îi plăcu sacrificiul său, chiar dacă era făcut pentru o persoană nedemnă, era totuși un sacrificiu. Îi deveni simpatic contele și i-o spuse în mod direct: „ne unește acest cuplu, domnule conte", aici discuția se termină, Catarina rămânând apoi doar cu mine.

Într-adevăr, nefericitul se separă de soția lui, faptele ei atârnând și depinzând doar de ea. Îi trimisese lucrurile în apartamentul ei din St. James și astfel își curățase onoarea. Barbara nu se întristă de fel, ea îl avea pe rege de partea ei chiar dacă și pe ea o mai înșela, călcând strâmb cu câte vreo doamnă.

Când își făcu apariția la curte, strălucea de prospețime și de frumusețe. Bărbații se uitau cu jind după ea însă stăteau deoparte, nu le aparținea, iar contele de Castlemaine, soțul de drept se făcea că nu o vede. Era o situație simpatică să-ți alungi nevasta de acasă, dar oricum nu era compătimită. Avea un caracter trufaș și era întotdeauna plină de venin pentru cei care-i stăteau în cale.

Nu se simți umilită când își ceru iertare în fața reginei pentru comportamentul ei nefericit, era o nerușinată. Catarinei îi fu tare greu să dăruiască iertarea unei vipere, suferea și își dorea cel mai mult să plece din sala de ceremonii în capela ei micuță și să plângă. Ştia că după acest gest, va trebui s-o lase lângă ea pe post de doamnă de onoare. Regele făcuse doar câteva aluzii fără a spune lucrurilor pe nume, însă ea le înțelesese pentru că le știa dinainte. Întâlnise privirea soțului favoritei care stătea sprijinit de o coloană și se uita de la distanță la mascarada aceasta.

Regina se retrase curând după acest gest de iertare și împreună cu mine, ne-am dus la ea. Începu să plângă și nici măcar copilul nu o făcu să se oprească. Durerea sufletească țâșnea prin fiecare por al ființei ei. I-am spus doar că poate așa vrea Dumnezeu, poate că aceasta îi este crucea, iar ea mi-a răspuns doar: „poate" și atât. Îmi mărturisi că o dor pântecele și că ar vrea să se întindă, iar eu să-i citesc ceva. La a treia pagină, adormi. Am învelit-o mai bine, am mai pus niște lemn pe foc și m-am făcut nevăzută la mine în apartament. Ce situație nefericită și cât de frumoasă era acea femeie, dar mai ales ce repede se refăcuse după naștere!

Liniștea reginei mele dură cât ținu noaptea pentru că regele dori s-o vadă de dimineață. Îi lăsasem singuri. Charles îi ceruse ceea ce ea aștepta, încercă draga porumbiță să se împotrivească, dar soțul său îi promisese că va fi tratată cu respect și că nu se poate opune. Catarina, cu ochii în lacrimi, își puse mâna pe pântec și încuviință, cerându-i permisiunea regelui s-o lase singură, nu se simțea bine. Durerile acelea nu mai conteneau și am trimis după medic. Acesta veni și o examină pe Catarina cu atenție. Pierdea sânge, iar sarcina era în pericol. Tulburarea îi distrusese speranța în a naște și ea. Regele află vestea că își pierduse moștenitorul în apartamentul Barbarei, care începuse să râdă zgomotos. „Alung-o, iubitule, nu e bună de nimic!" spuse ea. „Va fi soția mea până la moarte, chiar dacă nu va mai avea alți copii!" spusese regele ieșind și ducându-se la regină.

Aceasta dormea sub influența unor prafuri date de medic. Preoții ei erau lângă ea, de asemenea și eu. Din privirea regelui am văzut că soția lui nu-i era indiferentă. O simțea singură, neajutorată, respinsă și nefericită. Avea ceva pentru ea, poate o dragoste frățească sau ceva, dar nu iubire conjugală. Mi-am dat seama că nu vom pleca niciodată din Anglia din cauza acestor sentimente ciudate ale regelui. Când Catarina deschise ochii, regele îi luă mâna într-a lui și i-o sărută. Ea încercă să-și mute privirea dar Charles îi mută ușurel capul către el.

- Martori îmi sunt acești preoți și contesa de Alfambra că, indiferent dacă îmi vei naște sau nu un moștenitor, eu nu-ți voi purta pică. Va domni fratele meu Iacob. Pentru mine e totuna odată ce nu voi mai fi. Nu au decât să se bată din cauza lui Dumnezeu până vor obosi, continuă el zâmbind. Îți voi purta întotdeauna în inima mea un sentiment pe care nu pot să-l descriu, care însă nu mă împiedică să am amante. Te voi ajuta tot timpul, îți voi fi alături și nu te voi presa cu nimic, mai mult nu pot însă face. Eu nu pot sta să mă rog cât e ziua de lungă și nici nu-mi pot petrece

23

timpul citind. Nu vreau să mă schimb, iar tu eşti soţia mea, adică „Regina"
şi nu vei pleca în Portugalia după care tânjeşti atât. Consolează-te cu ideea
şi încearcă să-ţi faci o curte a ta, dacă a mea este prea scandaloasă. Acum,
te rog să mă scuzi şi să-mi accepţi planul. Trebuie să fim parteneri. Şi încă
un lucru, cu privire la Barbara, şi pe ea o înşel chiar dacă se crede soarele
de pe cer. Îi va apune şi ei vremea odată. Cred că pe tine nu te înşel aşa
mult pentru că nu te mint, pe ea însă o mint!

Cu asta, regele ieşi, lăsându-ne pe toţi cu nişte ochi mari şi cu
gurile căscate. Mi se adeveriră astfel bănuielile că simţea ceva pentru
Catarina, dar nici el nu ştia ce. Preoţii începură să-şi facă cruce şi să se
roage. Nu înţelegeau deloc comportamentul regelui, însă o sfătuiră pe
Catarina să se gândească la ce-i spusese soţul său. Îi trebuiau oameni în
jur. Era încă tânără, putea să-şi găsească ocupaţii plăcute şi decente
totodată. Am îngenunchiat lângă pat şi i-am sărutat mâinile.

- Scumpă prietenă, spuse ea, îmi voi accepta soarta şi mă voi
retrage în colţul meu cu tine şi cu câteva persoane. A fost atât de sincer şi
şi-a mărturisit neputinţa. Merită iertat! E soţul pe care Domnul mi l-a dat.
Îmi este crucea. Apoi, cum va fi această nefericită când va fi lăsată cu tot
cu copii? E frumoasă, dar cam săracă cu duhul. O să trăiesc şi o să-i văd
căderea.

Catarina era prea bună pentru locul unde nimerise, înghiţise cupa
amară a deznădejdii, coborâse în iad şi acum nu avea decât să se ridice.
După ce stătu câteva zile în pat, se ridică spunând că se simte mai bine,
însă îi pierise zâmbetul ei frumos. Începuse să primească vizite, iar ducesa
de York a fost prima care o sărută şi-i ură întremare rapidă. Apoi urmară
nobilii catolici printre care şi soţul favoritei, iar la urmă de tot câţiva
protestanţi. Regele mai aşteptă o lună până când o prezentă oficial pe
Barbara, contesa de Castlemaine, ca doamnă de onoare a reginei.

La ceremonie se zvonea că ar fi din nou însărcinată cu regele, însă
Catarina îşi închisese aripile ascunzându-şi inima care se vindeca. O primi
rece, dar amabil pe contesă, încercară să lege o conversaţie dar a fost un
efort inutil. Această femeie frumoasă era doar o jucărie, nu puteai găsi un
subiect mai serios de conversaţie cu ea. Când totul se termină regina, se
retrase doar cu mine în apartamentul ei. Barbara se încruntă că totuşi uşa îi
era închisă şi doar la insistenţele regelui regina cedase. Privi în jur
chipurile lui Iacob, al Annei, al tatălui acesteia, al altor catolici, al soţului
său pe care văzu dezgust şi plecă cu fruntea sus. Regele o iubea, era sigură
de asta.

Printr-o uşă intrarăm în capela personală a reginei şi începurăm să
ne rugăm cu voce tare. Când terminarăm, fruntea reginei era liniştită,
pacea venise peste ea. Mă îmbrăţişă şi îmi zâmbi cum doar la mânăstire o

mai văzusem. Luase hotărârea să se destindă, să se distreze şi să-şi facă retras voile. Învăţă să joace cărţi, organiză baluri mascate şi serate cu ceai. Ceaiul era ceva nou pentru englezi, iar regina cerea o anumită ţinută pentru aceste întâlniri intime. Curtea ei era micuţă şi formată mai ales din catolici, spre disperarea nobililor protestanţi care o urau şi i se plângeau regelui, pe care nu-l interesau deloc aceste plângeri. Acesta avea întotdeauna aceeaşi replică: „respectaţi-o pe regină şi purtaţi-vă cum se cuvine, are tot acordul meu spre a face ce vrea. Eu o susţin!" Toată viaţa lui, regele avea să fie dualist, nici cu Biserica Anglicană, nici cu cea Catolică, le învârtea pe degete şi cam asta era tot spre disperarea nobililor şi a Parlamentului.

În retragerea ei, regina avu totuşi un moment de tristeţe majoră. Mama ei fusese înlăturată de la conducerea regatului, iar nebunul de Alfonso conducea singur, alături de prietenul său, contele de Castolo Melhor. Mai rău, Luiza de Guzman fusese trimisă la mânăstire. Şi-o închipuia pe mama sa tristă şi neputincioasă plimbându-se în sus şi-n jos pe aleile mănăstirii. Ea, atât de ageră şi cu o minte atât de sclipitoare, o făcea pe Catarina să se întrebe cu ce-şi umplea timpul închisă acolo. Îşi dădu seama că mama ei nu putea să citească rugăciuni continuu şi se gândea că ea, regina Angliei, este mult mai liberă chiar dacă nu era iubită. Alfonso pe tron o şoca însă mult mai mult. Ce făcea el cu crizele lui de nervi? Oare Portugalia se ducea de râpă? Spaniolii sigur miroseau ceva. Iubea ţara şi oamenii acesteia, însă nu putea face mai nimic. Era departe şi nu putea pleca din Anglia. Scrisoarea mai spunea că regele e paralizat pe una din părţi şi că, stând mai tot timpul, se îngrăşa teribil. Conducerea o avea practic acel prieten al său, contele Castelo Melhor, pentru că ducele de Beja, Pedro, era încă mic.

I-am împărtăşit durerea mare gândindu-mă mai mult la fratele ei Pedro, aflat la începutul vieţii. Îmi dădu mie scrisoarea s-o păstrez, îi era teamă să nu fie văzută de careva şi luată. Erau atâtea doamne în jurul ei care-şi cereau drepturile pentru compania reginei.

Aşa trecu toamna şi veni iarna cu minunatul post şi cu fericirea Naşterii Domnului. Trebuia să fim prezente la balul mascat pe care regele îl dădea între Crăciun şi Anul Nou. Era unul oficial, deci începuserăm să ne pregătim. Barbara Villiers începu din nou să se îngraşe, sarcina acesteia era deja vizibilă însă o afişa fericită peste tot. Anunţase că va participa la această serbare, luându-şi toate precauţiile de rigoare. Regina se obişnuise cu sarcinile favoritei. Le număra pe degete: Barbara era la a treia sarcină şi apoi zâmbea gândindu-se la ce-i spusese soţul său când pierduse ea sarcina. Steaua Barbarei va apune mai devreme sau mai târziu.

CAPITOLUL 4

Ce bal, ce nebunie şi câtă neruşinare! Eu şi regina hotărâserăm să ne mascăm în aşa fel încât toată lumea să ne recunoască. Nu avea niciun rost să ne ascundem sub nişte măşti care mai de care mai complicate. Doream să stăm deoparte, ca şi la un spectacol, cât mai retrase cu putinţă. Şi regele se costumase, însă înălţimea lui îl dădea de gol. Ceilalţi se făceau însă că nu observă şi-l tratau ca pe un necunoscut. Cu mască aproape orice era permis. Şocul nostru a fost acela că Barbara apăru totuşi. Sperasem să nu apară în situaţia ei. Ştiam că şi soţul ei se afla printre invitaţi, dar nu ne-am bătut capul să-l căutăm şi să-l recunoaştem. Contesa de Castlemaine era îmbrăcată în călugăriţă catolică, spre stupoarea tuturor. Întrecuse orice limită pe scara neruşinării. Astfel, pântecul putea sta liber fără corset. Era o călugăriţă cu o coroană de regină pe cap, aluzie la ideea că ea este cea care conduce. Prima reacţie a regelui fu de stupoare însă apoi fruntea i se descreţi şi începu să râdă zgomotos, iritând astfel nobilii catolici aflaţi la această serbare. Aceştia, fără niciun chef, începură să se strângă în grupuri sau să se apropie de regină, vădit nerăbdători să se facă ora decentă de plecare.

Charles se apropie de metresa lui şi începură să danseze alături de celelalte perechi dornice de mişcare. Catarina stătea nemişcată stăpânindu-şi cu greu nervii şi lacrimile. Eticheta nu-i îngăduia însă să plece, nu încă. Atunci a fost momentul în care Palmer se aşeză lângă noi, descoperindu-se şi arătându-ne o frunte roşie transpirată.

- Nu am cu ce să te consolez conte, spuse Catarina încet. Este o femeie pe care eu nu o pot pricepe şi nici cataloga în vreun fel anume, dar este scandalos costumul, mai mult decât coroana. Ştiu că ai vrea să te retragi şi eu vreau acelaşi lucru, însă peste două ore. Nu avem încotro!

- Nu cer nicio consolare regina mea, cer doar îngăduinţa de a sta lângă Majestatea voastră. Aici e un loc retras în care mă pot linişti. Peste două ore voi pleca. Sunt un încornorat, chiar dacă sunt separat de ea de ceva vreme. Mă voi duce acasă şi mâine plec la ţară. Voi vâna, voi încerca plăcerea în lucruri simple şi mici, iar Anul Nou o să mă găsească singur, rugându-mă la Dumnezeu să-mi dea putere. Părinţii mei m-au avertizat în privinţa ei acum câţiva ani, însă eu eram înrobit de frumuseţea ei care creşte sau scade în funcţie de sarcinile acestea care vin în fiecare an. Totuşi o iert şi o compătimesc. Regele are şi alte amante pe lângă ea. Mă mir cum suportă şi cum se agaţă forţat de suveran! Parcă e o naufragiată în mijlocul mării, care tot prinde o scândură apoi o scapă şi tot aşa.

- Văd bine că ai iubit-o, spuse regina. Eşti mai nefericit decât mine. Catarina îi întinse mâna şi acesta i-o strânse uşor ducând-o apoi la buze. Cine este acel domino, Juliana? Regele îi face o plecăciune spre disperarea călugăriţei, totul e ca la spectacol, mai că-mi vine să râd dacă-mi uit nefericirea.

Într-adevăr, regele îi făcu o plecăciune repezită Barbarei şi luă la dans domino-ul. Am recunoscut-o imediat, era „La Bella Stuart", o frumuseţe de femeie, rudă îndepărtată a regelui, născută la Paris se pare. Nu avea mai mult de 16 ani şi era proaspătă ca un boboc de trandafir. Era necăsătorită şi mult mai tânără decât amanta oficială.

Rămăsesem în trei până când ora aceea de retragere veni spre fericirea tuturor. Ne despărţirăm de Robert Palmer şi ne îndreptarăm spre rege pentru a-i cere permisiunea de a ne retrage. Acesta, galant, ne-o acordă, sărutând mâna reginei şi făcându-i o reverenţă. Contele de Castlemaine plecă şi el imediat şi mulţi din nobilii catolici. Palmer nu avea nicio autoritate faţă de soţia sa, separaţia fiind făcută în mod oficial.

Curtea regelui strălucea la acest bal de Crăciun, dar nu doar prin bogăţiile afişate sau prin meniul cu grijă ales sau prin decoraţiunile splendide ale sălilor, ci şi prin destrăbălarea la care curtenii sub măşti se pretau. Care mai de care, perechi, perechi, se retrăgeau în intrândurile ferestrelor, ascunşi după draperiile groase. Alţii mai de neînchipuit se înjurau între ei dar zâmbindu-şi şi prefăcându-se a avea conversaţii agreabile. Era evident că făceau parte din confesiuni diferite şi recunoscându-se nu scăpau prilejul de a se mai înţepa. Toate astea în faţa unui rege absent căruia nu-i păsa decât de dominoul de lângă el.

Dintre nobilii catolici rămăseseră Edward Hyde, fiica acestuia Anne şi fratele regelui, ducele de York. Cei doi soţi îl aveau în mijloc pe cel care conducea cu adevărat Anglia, bătrânul vorbea cu o voce scăzută şi tristă despre rege, despre nerecunoştinţa acestuia.

- Regele, spuse el, a uitat de moartea părintelui său, a uitat de moartea fraţilor săi şi de deshumarea lui Cromwell şi îngroparea lui sub eşafodul de la Whitehall, de fapt îngroparea resturilor care mai rămăseseră după ce mulţimea furibundă plimbase trupul prin Londra. Din păcate, regele este interesat doar de amantele sale pe care le înşeală cu nonşalanţă. Priviţi la dominoul acela! Se zice că nu i-a cedat încă datorită contesei de Castlemaine. Regina a pierdut sarcina din această cauză, dar şi contesa îşi frânge mâinile ignorată fiind şi purtând copilul regelui în pântec. Ce să mai zic de conte, el este încornoratul oficial al curţii. Dezmăţul este peste tot acum de când teatrele s-au redeschis şi ne scandalizează cu producţiile lor. Ce banchet e acesta, continuă el cu voce scăzută, fără regină? Nici măcar un dans nu i-a acordat bietei femei. Eu cred, Iacob, că vei conduce Anglia, chiar dacă eşti catolic. Ai să vezi că aşa va fi! Regina nu îi va dărui un moştenitor, iar lui puţin îi pasă, l-ar distra o bătaie mai cruntă între cele două religii. Şi acum, nebunia asta de cod ce-mi poartă numele şi pe care nu o recunosc, catolic fiind, „Codul Claredon". Totul pentru consolidarea poziţiilor Bisericii Anglicane. Auzi, să aprobe ca toţi aceşti protestanţi să rostească aceleaşi rugăciuni din aceeaşi carte de rugăciuni, adică să aibe aceleaşi cereri pentru Dumnezeu!

Să-l lăsăm pe Lordul Claredon să-şi verse focul minţii sale celor doi soţi care-l aprobau, să-l lăsăm şi pe contele de Castlemaine să se culce într-o cameră bine încălzită din casa sa şi s-o urmăm pe regină, care împreună cu mine părăsirăm balul acesta dezgustător. După ce am ajuns în apartamentul reginei, aceasta începu să-şi dea jos bijuteriile pentru a se simţi mai confortabil. Marisa o dezbrăcă şi Catarina, vădit mai relaxată, se aşeză în fotoliu după ce servitoarea plecă.

- Ai văzut Juliana, zise ea foarte liniştită, cum mă urăsc aceşti oameni pentru religia mea? Parcă aş fi o intrusă, nu stăpâna lor. Oare ce îi învaţă cărţile lor? Să urască pe toată lumea de altă confesiune decât a lor? Ce bucurie pe capul lor când am cerut permisiunea de a mă retrage, iar regele mi-a acordat-o imediat! Uneori Charles pare raţional şi văd o anumită bunătate în ochii lui, însă de cele mai multe ori caută doar bucuriile vieţii şi e atât de egoist şi face pe toată lumea să sufere. Şi ştii ceva Juliana? Uneori cred că nici nu îşi dă seama, cred că încă este un copil răsfăţat care cere o jucărie şi apoi o aruncă de lângă el cât colo. Cred că jucăriile lui preferate sunt femeile care-i cad în plasă, le îndepărtează, le primeşte la el, ca un copil care scormoneşte în lada lui cu jucării şi caută o jucărie de la fundul cufărului. Apoi, mie nu îmi place cum se aranjează, parcă e o femeie uneori.

Oftă apoi obosită de vorba aceasta prea multă. Ca să schimb subiectul, am început să-i povestesc despre fericita noastră copilărie, de sărbătorile de Crăciun petrecute în Portugalia, unde era cald, despre cadouri, despre părinţi, despre iertare şi despre naşterea lui Isus. Am văzut că totul o bucura şi o făcea să trăiască prin amintire bucuriile de atunci. O clipă îşi aduse aminte de mama sa închisă la mănăstire de fratele ei. Se ridică şi se duse la fereastră. Era frig chiar dacă focul duduia plăcut în şemineu.

- Uite Juliana, ninge! Nu ştiu dacă am mai văzut vreodată zăpadă până acum.

M-am ridicat şi am stat cu ea la fereastră. Fulguia, dar nu foarte des. Îmi plăcu şi mie, însă nu am deschis fereastra. Regina îşi aminti de Robert Palmer şi mă trase către patul făcut de culcare unde ne aşezarăm.

- Bietul om, spuse ea, îţi aduci aminte cât a insistat ca aceşti doi copii să-i fie trecuţi lui şi deci recunoscuţi de el? Insistase că erau ai lui. Cum îl botezase pe micuţul Charles în rit catolic iar Barbara a fost scandalizată şi l-a rebotezat anglican? Iar regele adăugând sarea şi piperul i-a recunoscut pe amândoi? Îmi este milă de el, dar a făcut ce trebuia până la urmă, a alungat-o pe această femeie din casa lui.

- Draga mea Catarina, cu asta însă nu şi-a şters petele de pe onoarea sa, ai văzut cum toată lumea râde de el şi îl consideră încornoratul oficial al curţii, am spus eu.

- Îşi poartă cu mândrie capul sus, adaugă regina. A primit lovitura în plin, dar se arată în lume, îşi vede de treaba lui cu atâta naturaleţe că ai zice că e chiar adevărată. Însă eu cred că el şi familia lui suferă cumplit şi cu toţii fac eforturi mari pentru a păstra aparenţele unei normalităţi. Mizerabilă femeie, a dat peste un om atât de manierat şi de nobil şi l-a călcat în picioare. Se zice că pentru, primul copil ar fi avut ceva de spus şi contele de Chesterfield. Noroc că Charles recunoaşte tot şi e tatăl suprem al tuturor copiilor amantelor sale. Îmi vine să zâmbesc uneori, dar e păcat şi târziu. Trebuie să ne culcăm. E destul de linişte cred.

Regina m-a sărutat şi m-a îmbrăţişat, dându-mi voie apoi în camera mea. După ce m-am aşezat în pat, am încercat să rememorez această seară de pomină, însă firul s-a rupt şi somnul m-a cuprins în braţele lui până dimineaţă. M-am trezit cam târziu, dar decent totuşi pentru o dimineaţă de după o noapte adormită pe jumătate. M-am îmbrăcat şi m-am lăsat pe mâna cameristei mele cu privire la aranjarea părului şi restul detaliilor ţinutei. Doream să merg la Catarina imediat ce eram gata. Am găsit-o aranjându-se.

- Juliana, uite ce îmi spun ele, îmi spuse ea precipitat.

Servitorii îi povestiseră reginei toate zvonurile, de care noi ştiam, cu privire la petrecerea aceasta scandaloasă. Laura povestise suveranei noastre cum Barbara se făcuse de râs în văzul tuturor, cum toată lumea râdea pe la colţuri şi şuşotea cu palma la gură. Charles o lăsase pe un scaun după un dans şi îi acordă atenţie numai acelui domino minunat. Toţi au sesizat cum favorita îşi stăpânea cu greu lacrimile mişcându-se continuu şi frângându-şi mâinile, dar asta nu a fost nimic, mai spuse Laura. Regele a plecat împreună cu acel domino fără să-i mai acorde niciun gest celei care îi dăruia cel de-al treilea copil.I după ce Charles a plecat, un „Oh!" prelung s-a auzit de peste tot, dar şi râsete înfundate. Favorita a mai stat puţin şi a plecat cu capul sus, mândră ca o barză, sub privirile pline de haz ale celorlalţi. Petrecerea şi bârfele continuară şi după aceea, dar mult mai zgomotos, nemaifiind cineva de care să ţină cont. Lordul Claredon cu ducele de York plecaseră şi ei de mult, astfel că palatul aparţinea petrecăreţilor care se întrebau pe cine să compătimească mai mult, pe regină sau pe amantă. Majoritatea glasurilor beţivilor prezenţi însă strigau că pe amantă, regina avea rugăciunile, fiind catolică.

- Cred că suntem norocoase că avem rugăciunile, scumpa mea regină, am spus eu repede. Catarina mi-a răspuns imediat că am mare dreptate.

Luaserăm micul dejun în camerele reginei, spre iritarea celorlalte doamne de onoare engleze, care nu aveau acces în camerele suveranei decât foarte rar. Acestea erau nemulţumite, dar nu aveau cui să se plângă, regele era prins întotdeauna cu altele, iar atunci când se deschidea subiectul, acesta era închis scurt prin faptul că Charles îi era loial soţiei sale şi cerea respectul maxim pentru regină şi dorinţele sale. Doamnele de onoare nu aveau ce face decât să înghită această situaţie şi să zâmbească reginei acesteia catolice şi plină de rugăciuni la care ele nu participau, fiind anglicane.

Se află şi cine era domino-ul, era o rudă îndepărtată a suveranului, de o frumuseţe răpitoare, care nu avea mai mult de 16 ani: Frances Stuart. Aceasta era născută la Paris, iar după restauraţie revenise în ţara părinţilor săi. Nu era căsătorită şi se zvonea că nu-i cedase regelui care era nebun după ea. Frances ştia de Barbara Villiers şi toată întreaga ei poveste şi se spunea că din acest motiv niciodată nu-i va ceda regelui care, îndrăgostit şi cu călcâiele aprinse, aştepta răbdător ca frumoasa să cedeze într-un târziu stăruinţelor sale. Cineva îi pândise şi într-adevăr regele fu lăsat la uşa rudei sale, neintrând în camera acesteia. A fost văzut supărat îndreptându-se către camera Barbarei, consolarea lui dintotdeauna. Ce putea face aceasta decât să-l primească şi să-i înghită mânia.

La o curte aşa de mare că a Angliei poţi învăţa multe şi mai toate rele. Devii nepoliticos, mincinos, trădător, îndrăgostit peste noapte şi uituc spre dimineaţă, fără ca vreuna din părţi să se supere. Începuserăm să ne obişnuim şi să privim ţinându-ne deoparte. Totul era un spectacol poleit cu aur francez la curtea regelui Charles al II-lea al Angliei. Noi, dar mai ales regina, aveam un rol mai mult secundar şi decorativ, cam neplăcut pentru curteni din cauza felului nostru de comportament extrem de simplu, modest şi strict. Barbara câştigă şi azi, cel puţin aşa se ameţea ea să creadă, însă regina începuse să-şi cunoască bine soţul, avea să apună luceafărul favoritei şi nu era obligatoriu ca „la Bella Stuart" să-i ia locul. Se găseau atâtea femei nobile disponibile de nici nu le puteai număra, dar pe noi nu ne interesa să învăţăm a număra cu ajutorul metreselor regelui.

CAPITOLUL 5

Aşa trecu iarna şi frigul parcă se mai domoli, iar Londra îşi schimbă aspectul, copacii înverziseră, înfloriseră, se scuturaseră apoi, parcurile erau minunate pentru plimbări lungi în zilele cu soare. Odată însă cu primăvara, pe lângă frumuseţea vegetaţiei, mai apărea ceva: urâţenia străzilor lăturalnice unde noroiul se transformase într-o mizerabilă materie care te umplea până la genunchi, dacă nu erai posesorul vreunui echipaj minunat care să treacă nepăsător, stropind pe toată lumea în drum spre teatrele deschise care în acea vreme aduseseră în prim plan femeia, spre disperarea celor mai pudici şi conservatori dintre nobili. Londra mai scosese la iveală vagabonzii, hoţii de buzunare şi alte grupări care aşteptau liniştite doamnele la teatru pentru a le mai uşura de bijuterii şi pe domni de pungile dolofane de prin haine. Dar pe noi nu ne prea interesau aceste aspecte şi de altfel nu-l interesau nici pe rege. El avea trei probleme mari, toate legate între ele. Prima, era că Barbara devenise din ce în ce mai nervoasă din cauza sarcinii, domnişoara Frances Stuart, care nu dorea să-i cedeze înnebunindu-l de-a dreptul şi regina, care era grav bolnavă. Catarina era inconştientă de mai multă vreme, iar când vorbea începea să delireze. Medicii erau uluiţi şi nu prea mai aveau resurse medicale pentru a o salva pe regină. Doar eu stăteam lângă ea. Când începea să strige şi să plângă, spunea la toată lumea că a născut, regele chiar o aproba.

În această perioadă am observat la rege iarăşi aceleaşi sentimente pe care nu le pot cataloga deloc. Nu era dragoste, pentru că afirmase sus şi tare că, dacă regina moare, o va cere în căsătorie pe Frances, dar era o anumită duioşie, o camaraderie, o alianţă puternică între el şi Catarina. Venea mereu şi se interesa de soţia sa, chiar dacă apoi îşi vizita amantele sau se distra la teatru sau la vreo serată plină de domnişoare oferite pe tavă de familiile lor.

Am simţit că regele are ceva bun în adâncul sufletului său. M-am gândit apoi că sigur suferinţele din tinereţea sa l-au afectat şi parcă

32

încearcă să trăiască şi pentru timpurile de atunci. Dar eu i-am fost recunoscătoare pentru privirea pe care i-o adresa prietenei mele când se aşeza pe pat lângă ea uşurel să n-o trezească, l-am compătimit aşa cum o compătimeam şi pe favorita lui, care trebuia să nască din zi în zi şi care trebuia s-o înghită pe Frances care şi ea se ţinea tare pe poziţii şi nu ceda din ambiţie.

Pe Catarina febra o ţinea tot timpul, batistele ude i se uscau imediat pe frunte. Medicii spuneau că îi fierbe creierul şi că nu o s-o mai ducă mult, nu mai avea şanse. Eram dezamăgită, mă gândeam că o să plec din Anglia, iar ea va rămâne mereu aici în Londra. Nu mă puteam bucura că văd astfel Portugalia mea plină de soare, fără Catarina. Obosisem şi doream să se termine cumva. Regele, văzându-mă zilnic şi atât de strâns legată de regina lui, pusese ochii pe mine ca pe o nouă victimă. Mi-era teamă, dar mă rugam Domnului ca acest rege să aibă decenţă faţă de bolnavă.

Într-o dimineaţă, când îmi făceam de lucru pe lângă patul Catarinei, intră brusc regele, parcă cumva mirat că nu observase că nu aveam niciun ajutor dacă îşi pusese ceva în cap. Astfel se apropie de mine şi îmi luă mâna. Am început să tremur şi să mă rog, dar o voce clară şi cunoscută mă salvă:

- Las-o regele meu, îmi aparţine, ai atâtea doamne pe care le poţi cuceri...

Era regina, care spunea ceva coerent după multă vreme. Regele mi-a dat drumul şi a ieşit strigând medicii care constatară minunea. Regina îşi revenise şi febra nu mai era. Catarina continuă să se uite la Charles parcă aşteptând un răspuns pe care i-l dădu:

- Contesa îţi aparţine. Mă bucur că ţi-ai revenit. Mă duc să spun tuturor această veste.

Spunând astea, regele ieşise bucuros într-un fel care îi aparţinea doar lui. Se duse cu această veste la Barbara, care născuse şi stătea în pat. Era tot un băieţel, Henry, botezat mai apoi. Favorita se bucură pentru regină dându-i peste nas regelui şi râzând de planurile lui cu tânăra Stuart. Vestea purtată cuprinse toată curtea, unii bucurându-se, alţii nu, fiecare după cum îi era sufletul.

I-am mulţumit Catarinei că a fost îngerul care m-a salvat, i-am plâns pe mâini de bucurie că şi-a revenit. Eram cu adevărat fericită. Ştiam că regele îşi va ţine promisiunea şi ştiam că regina se va însănătoşi cu adevărat în câteva săptămâni.

Într-adevăr, din ziua aceea mă lăsă la mine în apartament să dorm, pusese o sfoară cu un clopoţel, care corespundea la mine, astfel dacă era ceva mă putea chema oricând. Şi mie îmi trebuia multă odihnă aşa că după somnul în fotoliu, patul mi se părea Edenul pe pământ, chiar dacă aflat într-o țară ostilă.

Catarina îşi revenea pe zi ce trecea sub bunele ocrotiri ale mele şi ale celor două servitoare credincioase. Viaţa învinsese. Când se aşeză prima oară în fotoliu, am sărbătorit fericite cu ceai şi am închinat multe rugăciuni Domnului alături de bunii noştri preoţi. Fusese o întâlnire intimă, eram doar portughezi acolo. Încetişor ne reveni la amândouă culoarea în obraji şi începurăm să ieşim în grădinile palatului. Trebuia atunci să suportăm prezenţa tuturor doamnelor de onoare şi prefăcătoria lor murdară, însă boala ne-a învăţat multe. Regina spunea mereu că s-a trezit de pe celălalt tărâm. Avea să-şi preţuiască propria viaţă singură nedepinzând de cea a regelui sau a altui curtean.

Tot în această perioadă fericită, spre stupoarea tuturor, Barbara Villiers se converti la catolicism. Nimeni nu ştia de ce o făcuse, oare pentru a intra în graţiile unui rege care dorea toleranţă religioasă sau pentru soţul ei care avea aceastâ credinţă şi de care se despărţise? Oricum, cert este că o făcuse. Era din nou minunat de frumoasă, dar mult mai rezervată în relaţia cu regina. Niciodată nu mai îndrăzni s-o jignească în faţă. Uneori mai surprindeam câte un zâmbet sarcastic apărut pe faţa ei când regina nu o privea. Era sigură din nou pe puterea ei în faţa regelui. Catolicii au privit-o cu scepticism cu privire la religia ei cea nouă, iar familia soţului său era scandalizată. Cui îi păsa? Evident nu favoritei şi nici contelui de Castlemaine, însă unele guri cu voci subţirele şi gingaşe spuneau că regele trece pe la ea de supărare. Frances nu ceda sub nicio formă, nu-şi dorea să fie amantă, putuse să fie regină. Era o fată independentă şi încăpăţânată, tânără şi foarte frumoasă, dar corectă până la urmă. Avea doar 16 ani şi viaţa înainte. Datorită acestor refuzuri, Barbara mai suportă o sarcină şi apoi o naştere, care scandaliză preoţii catolici şi pe credincioşii acestei religii de asemenea. Născu de data aceasta o fetiţă căreia i se puse numele Charlotte şi avea ca părinte recunoscut pe rege. Catarina nu reacţionă în niciun fel, îşi găsise liniştea neputinţei de a avea propriul copil în mierea rugăciunilor. Ar fi urmat un catolic la tron astfel că nu i se părea o idee rea. Ajunsese să o accepte în capela ei personală chiar pe Barbara, care năştea aproape în fiecare an şi în fiecare an redevenea frumoasă ca înainte. Regina avea 26 de ani iar amanta doar 23.

Catarina adora plimbările la ţară. Ne urcam într-o trăsură, uneori în haine simple, şi ne bucuram de simplitatea vieţii. Ne aşezam la umbra unui copac sau pe malul unei ape şi mâncam din coşuri tot ce puneau servitoarele ce ne însoţeau. Regele habar nu avea de escapadele noastre la început, iar când află luă totul ca pe ceva normal. Trebuia şi soţia lui să se simtă bine. Curtea era împărţită: nu se cuvenea ca suverana să plece de capul ei, alţii în schimb o aprobau, dar aceştia din urmă erau puţini. Alţii îi dădeau sfaturi regelui, care nici nu le asculta şi cerea necontenit respect pentru soţia lui. Era considerat un ciudat pentru curteni. Avea atâtea amante pe lângă cea oficială şi totuşi se supăra când nu i se acorda întreaga gratitudine reginei. Nouă, în schimb, ne plăceau oamenii simpli, care habar nu aveau de răutăţile de la curte. Ochii suveranei străluceau, iar fruntea devenea liniştită. Uita de viaţa mizerabilă pe care o ducea. Cred că îl iubea pe rege, dar nu ştiu în ce nuanţă. Pentru mine nu mai trăiam deloc, eu nu prea aveam veşti despre Gaspar, verişorul Catarinei, dar aveam vise şi nopţi de încântare. Noaptea era ca un basm.

În timpul ieşirilor noastre îndrăzneam să aduc vorba despre el, iar regina râdea de naivitatea şi puritatea inimii mele. Nu-i ascundeam nimic, eram ca un cufăr deschis. Îi plăcea să mă asculte, iar eu o ascultam cu atenţie de asemenea. Ne potriveam atât de bine spre ciuda celorlalte doamne neinteresante pentru stăpâna lor.

Astfel trecu anul, între ieşiri liniştite şi pline de pace şi amare recepţii, între priviri blânde şi ocheade pline de ură vădită. Barbara mai născu odată, de data aceasta un băieţel, făcându-ne să ne întrebăm când o să se oprească. Era al cincilea copil al ei pe care regele îl recunoscuse. Era însă vădit că relaţia dintre ei se ştergea încetişor şi că alte doamne erau privite cu subînţeles de către rege. Contesa era tot favorita, însă tolera ieşirile amoroase ale suveranului, am dedus astfel că obosise şi ea. Cred că se săturase de atâtea sarcini şi de aţâţia copii mici în jur. Se zvonea că se întâlnea şi cu alţi bărbaţi, însă nu am cercetat situaţia aceasta, am lăsat ca timpul să scoată totul la iveală în momentul potrivit.

Aceste aventuri amoroase trecuseră însă pe planul secund odată cu cel de-al doilea război olandez început în 1665. Atunci am trăit pentru prima dată un război, chiar dacă nu direct cu arma în mână. Am trecut la început prin câteva bucurii datorate bătăliilor câştigate şi mai apoi când olandezii au ajuns pe Tamisa, prin spaime de nedescris. În această perioadă, tirul urii se îndreptă spre olandezi, lăsându-mi regina în pace. Pe ea de fapt nici nu o interesa expansiunea olandezilor în Africa de Nord şi în America de Nord. Acest război, pornit la sugestia lordului Claredon, avea să se sfârşească prost şi pentru acest om de stat. Acest om bun era săpat cu asiduitate de duşmanii săi fiind catolic şi conducând ţara la ordinul lui Charles.

În timpul acestui război, cam pe la începutul toamnei, izbucni în Londra ciuma. Curtea trebui să se mute la Salisbury şi să lase oamenii să se descurce cum vor putea. Se spune că şoarecii o răspândiseră odată cu cerealele descărcate de pe corăbii. A fost o perioadă urâtă a domniei lui Charles. Populaţia murea pe stradă, alţii erau obligaţi să stea bolnavi în case, primind mâncare pe fereastră. Locuri în cimitire nu se mai găseau, iar groparii aveau de lucru continuu, până erau şi ei doborâţi de boală. Către finalul molimei, oamenii erau îngropaţi în gropi comune. Nimeni nu-i mai însoţea pe ultimul drum pentru că rudele erau de asemenea moarte sau îşi aşteptau sfârşitul. Am avut trista ocazie de a vedea oameni suferinzi de această năpastă: erau hidoşi şi disperaţi cu bubele acelea imense. Nu o să uit un fapt, era la plecarea noastră din Londra, un asemenea om întinsese mâna către trăsura noastră şi nu primise bănuţul, ci un bici peste spate pentru a se îndepărta. Nu voi uita niciodată privirea aceea disperată care cerşea un colţ de pâine. Era un bărbat tânăr şi plăcut la înfăţişare dacă făceai abstracţie de hainele zdrenţuite şi bubele care i se vedeau la gât prin cămaşa desfăcută. Cred că sărăcise cu boala, nu arăta a cerşetor de meserie, ci a om care-şi câştigase pâinea prin munca sa. Trăsura noastră trecu iute, iar prin fereastra din spate am văzut doar cât să nu uit acea scenă niciodată. Puţini supravieţuiseră atunci.

De această ciumă, mai bine zis de şederea noastră la Salisbury, se leagă şi a doua sarcină a Catarinei pe care o pierdu din nefericire în 1666. Durerea însă nu a fost atât de mare, am trecut mai bine peste ea. Regele nu era deloc supărat, iar Barbara nu mai era însărcinată, vreun semn probabil al discrepanţei dintre cei doi amanţi. Ştiam că erau împreună, însă focul iubirii era stropit cu apă din când în când.

Tot în această perioadă, regina, spre disperarea protestanţilor, dădu ordin să se construiască o casă de rugăciuni catolică lângă Palatul St. James, în care toţi care doreau se puteau ruga pentru victimele ciumei. Adusese din Portugalia călugări franciscani care ajutau şi ei cât puteau. Se formase astfel un fel de frăţie catolică spre disperarea englezilor care se săturaseră de ciuma care îşi retrăgea tentaculele, de olandezi şi de catolicism, adică tot ce putea fi mai rău pentru ei.

În 1666, cum am mai spus mai sus, Catarina pierdu o altă sarcină, probabil tot din cauza urii vădite pe care toată lumea o afişa pe faţă sub masca unui respect fals mimat. Se retrăsese şi mai mult din viaţa curţii poate şi din cauză că totul era dat peste cap cu situaţa din Londra.

Majoritatea caselor din oraş erau construite din lemn şi foarte apropiate una de alta. Nu a fost greu ca la un an de la izbucnirea ciumei, focul să însănătoşească oraşul. Mulţi din cei ce supravieţuiseră ciumei, muriră din cauza fumului şi a flăcărilor. Mii de oameni îşi pierdură casele şi umblau bezmetici după o lingură de mâncare. Ciuma, focul şi foamea îngenuncheaseră capitala, spre disperarea regelui şi a fratelui său. Oraşul ardea ca un foc de paie, inclusiv multe din bisericile aflate pe atunci. Bineînţeles că s-au găsit şi ţapii ispăşitori: catolicii, în frunte cu lordul Claredon. Acesta era acuzat de proasta conducere a ţării, de căsătoria regelui cu o catolică stearpă, de ciumă, de războiul cu olandezii și de marele foc care a mistuit totul. Nu era însă învinuit pentru că regele se oprise din făcut copii cu amantele sale. Asta nu. Și nu era învinuit pentru că regele îi pusese în mâini puterea pentru ca el să se distreze nestingherit. Parlamentul îl acuză astfel pe bunul Edward Hyde de înaltă trădare și fu nevoit să fugă peste graniță, în Franța. Acele zile fură îngrozitoare pentru regină și cumnata sa. Catarina pierdea un bun sfătuitor, iar Anne își pierdea tatăl. Știa că nu îl va mai vedea niciodată, exilul însemna „adio". Astfel, cel care ținuse în frâu treburile Angliei în timp ce regele se distra, trebui să fugă în Franța unde a fost primit însă foarte bine, dar el se ținu la distanță, trăind retras la Rouen. Nu s-a mai întors viu în Anglia.

Astfel, cu un rege nepăsător și flușturatic, protestanții se distrau copios pe seama catolicilor pe care îi asupreau din 1664 din ce în ce mai mult prin chiar „Regulile Lordului Claredon". Situația catolicilor era disperată, nu aveau voie să se întâlnească în grupuri, preoții lor aveau ca teren de acțiune doar 5 mile în jurul parohiei lor. Era o îngrădire a tuturor drepturilor și totuși regina își termină casa de rugăciuni, frecventată de toți cei care doreau acest lucru.

Londonezii nu obosiră să-și arate din nou colții. Nu aveau case, nu mai aveau lacrimi cu care să-și plângă morții, erau săraci lipiți, pe când regina se îngrijea de catolicii săi lângă Palatul Sf. James, iar regele era nepăsător la sfaturile celor din jurul său, cerând respect pentru soția sa. Calmul englezesc era dat de mult la fund când flota olandeză înaintă nestingherită pe Tamisa și arse toate corăbiile găsite acostate, cu excepția navei amiral care purta numele regelui. Pe aceasta o duseseră trofeu la ei acasă. Se încheie astfel războiul prin pacea de la Breda, regele acuzându-l de această înfrângere tot pe Edward Hyde spre amărăciunea Annei.

Pe lângă toate acestea, eu și regina trebuia să ne rugăm și pentru sufletul mamei sale care murise de urât în mânăstire. Durerea fu mare, murise singură fără cineva din familie aproape, iar imediat după aceea regele nebun și paralizat al Portugaliei avu nerușinarea să se căsătorească cu Maria Francisca de Savoia. Nu se respectă sub nicio formă doliul, îl purtam noi nefericitele într-o barcă prea mică pentru oceanul tulburat în care trăiam. Bineînțeles că mariajul nu se consumă, cum ar fi putut? Astfel că fără să o cunoaștem, o compătimeam amarnic pe soția lui Alfonso. Nu se putea face mare lucru, Pedro era încă sub vârsta la care să poată acționa. Europa privea mută la această situație din sânul Casei de Braganza și aștepta să intre în drepturi Pedro, acesta fiind cu zece ani mai mic decât Catarina. Îl lăsasem un copil, de-abia îmi aduceam aminte de el. Cine știe dacă aveam să-l mai vedem vreodată.

37

Această perioadă a fost un coşmar, mai ales conviețuirea de la Salisbury. Barbara se luptă mult pentru Charles care avea acum cu adevărat probleme, pe care le mai uită în brațele cuiva îndatoritor. Frances Stuart, spre stupoarea suveranului, se căsători, acceptându-l pe Charles Stuart, duce de Richmond şi Lennox, fiindu-i a treia soție. Regele îl îndepărtă însă de la curte pe duce, numindu-l ambasador în Danemarca, apropiindu-şi-o astfel pe Frances, spre disperarea Barbarei. Aceasta realiză că steaua ei apunea şi îşi caută consolarea în brațele altor bărbați. Triumful ducesei veni odată cu baterea chipului ei pe o medalie comemorativă, executată spre aducerea aminte a războiului cu olandezii. Această medalie s-a numit Britannia şi i-a lăsat frumusețea doamnei în amintire pentru posteritate.

Când ne-am întors la Londra, reconstrucția era în toi. Ne aflam în anul 1667, către final. Parcă reveneam acasă. Ne-am retras în apartamentele noastre de cum am ajuns şi totul a fost aranjat. Nu mai ieşeam, nu ne mai interesa nici Parlamentul, nici cine preluase puterea după Lordul Claredon. Ştiam că era o mână de oameni care se înțelegeau şi nu prea între ei şi că lider le era Lordul Arlington. Ne durea mâhnirea Annei, ducesa de York, dar nu putea face nimic. Femeile ca noi nu aveau trecere. Eram doar de decor şi atunci foarte rar, doar la ocazii oficiale, iar ca să arăt că femeile au o soartă infamă, nu pot decât să descriu soarta pe care frumoasa ducesă de Richmond, tânăra şi plăcuta Frances, o avu în anul următor.

Destinul o făcu să aibă parte de o variolă severă care a lăsat-o desfigurată. Noroc de chipul ei frumos că rămăsese pe medalia aceea. Toate planurile ei încetară să mai existe, retrăgându-se la una din bogatele ei moşii, nemaieşind în societate. Îşi găsi o pasiune în a iubi animalele, in jocul de cărți, iar cariera ei era finalmente terminată şi se consola singură, soțul ei fiind tot în Danemarca. După acest trist eveniment nu mai aflarăm multe despre ea, nu primea mai pe nimeni, iar regele probabil se gândi că fusese un norocos că nu se căsătorise cu biata Frances. Ce ar fi făcut cu o femeie a cărei față era distrusă?

Regele nu mai avu timp decât să-şi pună aceasta întrebare pentru că din păcate Catarina, pierzând încă două sarcini, îl lăsa în continuare fără moştenitor, trebuind astfelsă dea socoteală în fața Parlamentului. Acest for legislativ dorea ca suveranul să divorțeze şi să se căsătorească cu o doamnă protestantă care putea avea copii. Regele refuză să divorțeze, astfel conflictul dintre anglicani şi catolici luă amploare. Absolut nimeni nu înțelegea cum poate fi atât de tolerant regele cu această femeie catolică şi stearpă pe deasupra. Glasul lui Charles însă ceru pentru a nu ştiu a câta oară respect pentru regina lui, căreia îi este loial şi pe care chiar dacă o înşeală, am spune noi, îi este fidel moral. Ţara are un moştenitor la tron mai susţinea regele, iar acesta era Iacob, ducele de York, catolic, dar moştenitor de drept. Astfel că ducele realiză după aceste aventuri faptul că dacă va rămâne viu, va domni într-o ţară unde religia lui era urâtă de cea anglicană.

Catarina devenise o ţintă permanentă pentru curte. Îi era îndatoritoare regelui pentru că o apăra, că o ierta pentru neputinţa ei şi că într-un fel, îi era credincios sufleteşte. Toată lumea o ura pe faţă, nimeni nu o mai respecta, astfel că ne rămâneau doar rugăciunile în care ceream putere să supravieţuim fiecărei zile pe care o întâmpinam dimineaţa. Nu mai ieşeam din apartamentele noastre, doar la casa aceea de rugaciuni mai îndrăzneam să ne ducem. Catarina îi rămase credincioasă soţului său pe care îl aprecia pentru că tot timpul îi lua partea. Luam masa doar între noi, iar uneori primeam vizita regelui, care o privea fix pe regină fără să scoată vreun cuvânt. Vorbeau puţin şi mai mult din ochi. Aş putea spune că se mai liniştise şi el cu amantele sale. Pe Barbara o vizita, evident, dar nu doar pe ea, astfel că doamna Palmer îşi păstra silueta ei şi faţa încă proaspăt neîntinate.

Regele era plictisit de această înverşunare permanentă dintre cele două credinţe, era chiar nervos că-i era tulburată liniştea de aceste confruntări inutile cum le considera el. Dorea ca anglicanii să fie mai toleranţi cu englezii de alte confesiuni, astfel că mai făcu o mişcare care-i transformă pe protestanţi într-o masă furibundă: se întoarse la Barbara lui, căreia îi dărui Phoenix Park în Dublin. O numi baroană de Nonsuch şi ducesă de Cleveland. Să nu uităm că metresa era de ani buni catolică.

Curtea se împărţi astfel în cei care spuneau că doamna era din nou în graţii şi cei care afirmau că aceste daruri scumpe erau ca un fel de cântec de lebădă, aceştia din urmă erau sătui de influenţa nefastă a noii ducese în viaţa regelui. Şi au avut dreptate. Ducesa de Cleveland nu mai avu nicio influenţă la curte decăzând uşor, uşor, din rolul ei de favorită. Regina o compătimea şi chiar avu curajul să o viziteze şi să i-o spună în faţă. Ducesa nu mai ripostă, din contră îşi dădu seama că a greşit faţă de suverană şi poate că ar fi câştigat dacă i-ar fi fost aliată şi nu ostilă. Asta nu însemnă că se împrieteniseră, ci doar că garda fusese lăsată jos iar ura aceea se preschimbase din partea Barbarei într-un amestec de indiferenţă şi respect.

CAPITOLUL 6

Charles, în încăpăţânarea lui de a nu divorţa, şi arătând pe faţă opunerea lui cu privire la acest aspect Parlamentului, îşi crease mari probleme financiare. Veniturile lui scăzură pentru că avea o soţie şi un moştenitor catolici amândoi. Nimeni nu dorea înteţinerea acestor oameni şi a celor din jurul lor. Regele însă s-a descurcat întotdeauna datorită flerului nativ de a supravieţui, pe care l-a dovedit nu odată în tinereţea sa. Fără efort îşi va asigura pentru toată viaţa o rentă destul de bună de la vărul său de peste canal. Ludovic al XIV-lea, pierzând războiul de descentralizare, se obligă să-i plătească vărului său bani anual. Regele Franţei nu cerea altceva decât convertirea lui Charles la catolicism, fapt pe care englezul nu-l negă, dorea să se converrtească însă, din păcate, nu poate da o dată certă, dat fiind situaţia tensionată din punct de vedere religios din ţară. Ludovic fu atât de pornit încât îi scrise lui Charles că îi trimite o mică armată de câteva mii de soldaţi care să asigure liniştea slujbei de convertire la catolicism a regelui. Cu mult tact, regele englez îl calmă pe vărul său, spunându-i că va anunţa el momentul în care se va converti, explicându-i că acele trupe nu ar face decât să producă şi mai multă rumoare în rândul majorităţii protestante. În Londra ura era mai vie ca oricând şi avea nevoie de linişte. Se pare că Ludovic se linişti şi îşi stăpâni elanul, iar Charles se află cu banii şi cu nimic de dat în schimb. Se pare că avea nevoie de bani, între timp născându-se încă doi copii cu o altă amantă celebră pe atunci.

Şi aceşti copii fusră recunoscuţi de către tatăl lor. Favorita, încă cu steaua sus, dar destul de palidă, nu mai făcea scene, se consola în braţele altora, născând ultimul ei copil în 1672, însă acesta nu mai fu recunoscut de rege.

Acest an, 1672, a fost unul plin din punct de vedere politic. Regele începu cel de-al treilea război olandez spre disperarea englezilor, sătui de atâta răfuială. Acest război se va dovedi curând nedorit de Parlamentul englez, care refuză să mai acorde bani pentru continuarea lui. Forul legislativ era nemulțumit de apariția la curtea regelui a unei noi favorite, o franțuzoaică frumoasă ca o zână, tânără, cu o față proaspătă și ivită ca din neant. Se pare că ar fi fost spioană franceză la curtea Angliei. Mulți au încercat să-i vorbească despre ea în acest fel regelui dar acesta nu auzea și nu vedea nimic. Louise de Kerouaille, căci despre ea este vorba, avea darul de a stoarce caseria fără ca măcar trezorierul să mai rămână cu ceva după ce vira banii franțuzoaicei. Charles îi făcea cadouri scandaloase, de la bijuterii la palate și lucruri scumpe. Se făcea o comparație între doamna Palmer și ea și toți erau de părere că darurile către englezoaică fuseseră uriașe dar în timp mai îndelungat, pe când spioana lucra repede. Barbara Palmer rămăsese doamnă de onoare, însă era un element șters în decor.

Apăruse Louise, devenită peste noapte doamnă de companie a reginei și sfătuitoarea personală a regelui, căruia se grăbi să-i facă un copil pe care acesta îl recunoscu imediat. Regina nu mai reacționa la aceste nașteri care iar se înmulțiseră, ea renunțase de mult la speranța de a naște și de altfel Charles nici nu o mai vizita cu vreun scop în acest sens.

Înclinăm și noi să credem că într-adevăr această frumoasă Louise era spioană. Era manierată, plină de stil și culmea, îi purta un respect profund reginei. Catarinei îi deveni simpatică și îi prefera compania în detrimentul celorlalte doamne de onoare care erau înnebunite de această atitudine a reginei, dar mai ales să vadă alături de regină o altă catolică. „Plin de catolici!" strigau ele pe la colțuri, „totul se întâmplă datorită acestor oameni", mai spuneau ele. Louise era parcă școlită pentru asemenea situații, trecea pe lângă ele cu zâmbetul pe buze, salutându-le ceremonios, doamnele protestante doar mârâiau dar trebuiau să răspundă la salut.

Uneori am zâmbit văzând din umbră aceste situații. Niciodată nu am tânjit după așa ceva, eu eram considerată una cu regina, aproape invizibilă. Relația dintre noi două și favorita îi făceau plăcere regelui care își spunea că în sfârșit „doamnele se înțeleg", trecând fără să le vadă pe celelalte doamne de onoare neglijate. Louise aproape că putea intra la regină tot timpul, chiar dacă, prefăcându-se a mă măguli, bătea întâi la mine, eu o informam pe regină, iar aceasta o primea scandalizând curtea. Nu reacționă nici când află că regele avusese o aventură cu o curtezană și urmările ei, adică alt copil, începeau să se vadă.

- Da, îmi spuse Catarina într-o zi, e spioană, Juliana! Niciun mușchi nu-i tresare pe fața ei de înger. Îți aduci aminte de Barbara? Ea reacționa altfel, dărâma palatul cu strigătele ei, iar acum, aproape că nu mai există. Îți mai aduci aminte de Portugalia, scumpa mea Juliana? M-ai urmat în acest surghiun şi suferi alături de mine, dar nu mi-am imaginat viaţa aşa! Atâta ură!

I-am sărutat mâinile şi i-am spus că nu sufăr decât că suferă ea. Ce aş fi putut face în Portugalia? M-aş fi măritat şi m-aş fi băgat până în gât în viaţa de familie, prea liniştită în ţara aceea plină de soare. Regina mi-a zâmbit şi m-a îmbrăţişat, apoi m-a luat de mână şi ne-am dus în camera ei unde ne-am aşezat, ea la măsuţa ei de scris iar eu în faţa ei.

- Am veşti din Portugalia, draga mea prietenă! Poftim scrisoarea, a venit intactă cum vin de altfel toate, spuse regina înmânându-mi misiva ca pe un trofeu.

Ne veneau foarte greu scrisorile şi doar prin intermediul fraţilor franciscani care aveau canalele lor neştiute de lume. Mărturisesc că eram nerăbdătoare ca întotdeauna la primirea de scrisori din ţara noastră. Expeditorul era, ca întotdeauna, ducele de Beja, regentul. Povestea despre regele exilat, care era din ce în ce mai imobil şi mai înceţoşat la minte, de dificultatea de a-l îngriji a celor din preajma lui. Aducea aminte de fetiţa lui care avea trei ani atunci în 1672 şi de ducesa de Beja, care nu mai rămăsese însărcinată şi ne trimitea salutări şi ne îmbărbăta pe amândouă. Povestea despre Lisabona, pe care doream cu ardoare s-o revedem însă nu aveam cum. Ducele scria frumos, nu intra în politică în amănunt, ştia că nu ne interesează. Mai spunea că ne trimite ceai pentru a simţi puţin din mirosul de acasă. Într-adevăr, regina primise de la franciscani destul de mult să ne ajungă o perioadă. Ne trimitea un portret al moştenitoarei sale, o fetiţă încântătoare. Am luat portretul şi mărturisesc că l-am sărutat.

- Şi eu am făcut asta de zeci de ori, Juliana, spuse suverana suspinând. Eu nu sunt adepta mamei mele, Dumnezeu s-o odihnească în pace, care spunea că mai bine regină o zi decât ducesă o viaţă. Aş da orice să fiu doar Infanta Catarina şi să stau în umbra fratelui meu şi poate să te fi văzut pe tine căsătorită şi cu copii.

- Uiţi Catarina că Gaspar era căsătorit, iar eu nu l-am uitat niciodată. Îl iubesc şi acum şi mă trezesc mereu în lacrimi. Uneori îmi doresc să dorm continuu, ca visele să mi-l aducă. Parcă ieri eram la tine în cameră şi am schimbat singurul sărut din viaţa mea. Uite, încă port la gât inelul lui!

- Ştii că e mort de mult? Ţi-am ascuns asta, dar îmi era frică să nu suferi. Nu a avut copii. Cu adevărat şi-a lăsat inima în Portugalia şi a luat-o pe a ta cu el în Spania. A murit în 1667, e ceva vreme de atunci.

Regina îmi spunea asta acum, după CINCI ani de când ducele plecase din lumea aceasta. Am simţit cum lacrimile încep să-mi curgă pe obraji, le-am lăsat aşa, ce dacă? Nu conta. Ne-am îmbrăţişat şi ne-am consolat amândouă. Viaţa aceasta a mea nu conta deloc, dacă muream, ce lăsam în urmă? Nimic. Măcar cumnata Catarinei, Maria, avu inspiraţia de a cere Papei anularea mariajului său neconsumat cu Alfonso şi imediat Pedro o luă în căsătorie salvând-o. Cum putea fi căsătorită cu doi fraţi, eu nu puteam înţelege, iar mie şi reginei nu ni se dădu nimic. Chiar dacă aş fi rămas acasă, nu aş mai fi putut iubi. Aveam să mă rog altfel acum pentru ducele meu spaniol, care îşi găsise oricum liniştea departe de mine, în cavoul ducilor de Medina Sidonia. Regina mă înţelese şi îmi respectă momentul de tăcere, apoi continuă:

- Ştii ce milă îmi este de Alfonso?! Dumnezeu a pus adevărul întotdeauna în gura nebunilor. Am şi acum în minte plecarea către Anglia. Râsetele lui, care doreau să-mi transmită ceva... Dacă aş fi coborât atunci de pe vas...

- Erai deja Regină a Angliei prin semnarea contractului, îi amintii eu. Nu puteai face nimic, dar cred că privirile acelea au fost un semn. Nefericitul pătimeşte în Azore, iar tu pătimeşti aici. Ce bine vă asemănaţi, doar că el nu este lucid, nu simte atât de vie durerea, pe când tu o simţi şi pentru el. Sărmanul rege, cu ce a greşit să aibă o aşa viaţă? Dar cred că ar trebui să nu mai vorbim despre el. Mai degrabă despre această fetiţă frumoasă pe nume Isabel! Mi-ar plăcea să o văd, să mă joc cu ea în soarele minunat al Lisabonei. Aici e vară şi e frig, dar nu este chip. Nu o vom vedea niciodată! Ne vom bucura doar de portret şi cam atât. Oare cum aleargă prin parc cu picioruşele ei mici şi grăsune? Cine se ocupă de ea? Va domni dacă fratele tău nu va mai avea alţi copii? Ar fi interesantă o regină pe tronul Portugaliei!

- Noaptea trecută am visat-o pe Anne, moartă atât de tânără, schimbă subiectul Catarina. Tatăl său striga după ea, iar ducesa nu se întorcea, nu-l auzea pe lord... Probabil cum nu i s-a îngăduit să vină la înmormântarea ei... Dar ce vis straniu, tocmai acum! Sigur vor veni iarăşi norii peste noi. Săracul om, după ce a condus Anglia, trăieşte retras peste canal, îşi plânge durerea de unul singur. Se făcea că eram pe un drum, iar Anne era îmbrăcată într-o ţinută pe care a avut-o la un bal. Mergea parcă împleticindu-se, cu privirea fixă înainte iar tatăl său alerga după ea, dar nu o ajungea chiar dacă ducesa de York de-abia mergea. M-am trezit şi nu am mai putut adormi şi nici pe tine nu am vrut să te chem, m-am liniştit singură şi bine am făcut. Cred că trebuie iar să fim atente la tot ce mişcă. Nu cred că e vreo altă amantă la mijloc, cu asta sunt deja obişnuită, mai spuse regina.

Şi regina mea dragă avu mare dreptate. Regele, îndemnat de frumoasa lui amantă Louise, se apucă şi de unul singur adoptă printr-o ordonanţă, peste capul Parlamentului, o declaraţie prin care toată lumea avea dreptul să-şi practice religia fără a fi într-un fel sau altul constrâns.

Astfel, furtuna se declanșă cu o violență de nedescris. Toți membrii Parlamentului, adică mai bine zis protestanții, ripostară cu ură la actul regelui care nu avea dreptul de a conduce prin ordonanțe. Această declarație instituia aceleași drepturi pentru catolici, li se suspendau procesele penale și pe deasupra susținea Franța catolică. Ca o consecință a acestei declarații, regele începu al treilea război cu olandezii. Regele își dorea liniște și să nu mai existe prigoana împotriva celorlalte religii.

Protestanții au răspuns vehement, iar scandalul putea avea consecințe nebănuite. Parlamentul era sătul de actuala favorită, mult mai frumoasă, dar mai ales mult mai inteligentă decât cele de dinaintea ei. Această femeie devenise costisitoare pentru englezi, i se făceau cadori scumpe fără pic de rușine și, culmea, regina o agrea. Războiul cu olandezii era nedorit de popor, iar atunci când regele ieși și spuse că susține cauza franceză, dezastrul fu de neimaginat, la fel ca pe timpul domniei lui Carol I-ul. Se striga cu vehemență că suveranul își depășise prerogativele, că nu avea voie să domnească prin ordonanțe nevalidate de forul legislativ. I se aminti în față, în mod direct, de tatăl său, de pribegia pe care a îndurat-o și astfel, speriat și oscilant, regele își retrase această „Declarație de indulgență regală", crezând cu naivitate că aici se termină afacerea. Anglicanii însă erau de-abia la început, cum avea să ne arate timpul. Născociră un plan prin care fiecare om care avea vreo funcție în stat să-și declare credința. Toți pairii catolici își pierdură funcțiile, până și Barbara Villiers trebui să părăsească postul de doamnă de onoare pe lângă regină. Doar Louise mai rămăsese dintre doamnele catolice în anul 1673.

Barbara părăsi palatul și pe rege, atrasă fiind acum de noi aventuri. Bineînțeles că locuia separat de soțul său, care nu făcu niciun fel de mișcare în a o reprimi. De altfel, nici Barbara nu-și dorea o viață liniștită, fără distracții și fără nenumărați amanți. După ce catolicii părăsiră Parlamentul, acest for se declară pe față împotriva Franței și a alianței cu această țară catolică. Acestei reacții violente îi căzu victimă și ducele de York, catolicul moștenitor al fratelui său, care își mărturisi crezul său religios. Ura pica la urmă pe regină, care nu putea onora Anglia cu un moștenitor anglican. Nimeni nu mai spera într-o minune, iar regele era presat de această problemă refuzând să divorțeze, din contră, născându-i-se o fetiță pe care o recunoscu ca fiind a lui. Lumea se săturase de atâția copii recunoscuți dar nici unul bun pentru tronul englez.

Cele două acte însă: „Declarația de indulgență a regelui" și Actul de a-ți declara credința, au avut și o altă consecință, de această dată politică. Unul dintre conducătorii politici care i-au urmat lordului Hyde, lordul Clifford, influentul politician abia convertit la catolicism, a fost nevoit să se retragă din toate funcțiile și astfel puterea grupului său politic scăzu, devenind fără vlagă. Lordul se retrase la țară pe una din moșiile lui și muri curând.

Întotdeauna se găsește însă un personaj care să mănânce din stârvul conducătorilor precedenți. Căderea Cabalei făcu loc ascensiunii lordului Danby, un protestant extremist și foarte activ, care începând cu 1674 luă în mâinile sale puterea în totalitate. Acesta refuză subsidii financiare pentru războiul cu olandezii, lăsându-l pe regele sătul de atâtea conflicte să găsească el o soluție la acest conflict lăsat neterminat. Charles, o fire pașnică, nu înțelegea realitatea domniei sale, separația aceasta dintre proprii lui supuși. Banii pentru propriul lui trai i se alocau din ce în ce mai puțini. Favorita, draga lui Louise, stătea mai mult la regină, unde se simțea mai în siguranță. Nici cadouri nu avea din ce bani să mai facă, iar de vreo atenție către regină nici nu mai putea fi vorba, chiar uitase de când îi mai dăruise soției sale ceva.

O plăceam pe Louise pentru mintea ei clară și frumusețea caldă care fermeca pe toată lumea. După plecarea Barbarei, se mutase în locul ei, făcându-l pe rege să se întrebe pentru cine o făcuse, pentru el sau pentru rgină ... sau pentru amândoi aș adăuga eu. Stăteam și beam ceai cu biscuiți iar uneori, când regele o găsea la regină zăbovea și el la o ceașcă, apoi plecau împreună. Pe Catarina nu o mai deranja nimic, îi era doar teamă pentru cei de o religie cu noi. Se săturase și de olandezi și de urlete și de faptul că eram prea mulți adunați la liturghie în casa sfântă pe care o construise lângă palat. O adevărată cursă, dacă te gândești bine. Englezii însă nu se gândiseră și bine făcură.

Tot favorita regelui ne învăță să participăm la baluri și serate cu altfel de fețe, nu trebuia să afișăm tristețe, după cum spunea ea. Începuserăm să purtăm haine deschise la culoare și croite impecabil, după moda timpului. Ba chiar dansam arătând că ne putem simți bine. Uneori este bine să ieși din colțul tău retras, să iei o gură de aer, să ai ce povesti când te întorci înapoi. Vorbeam engleza perfect și încă aveam o siluetă de invidiat, dar momentele acestea erau puține, dar erau și ne mai descrețeam frunțile și noi. Ne distram pe seama mutrei posace a lordului care făcea fețe-fețe, arătându-ne că sobrietatea e mai bună, uitând că de la restaurație moralitatea era un cuvânt pierit din dicționarul englez.

Ducele de York tocmai ce își adusese o mireasă frumoasă și drăguță, pe care o agream și care ne plăcea de asemenea. Au fost câteva momente demne de istoria Angliei în timpul acela. Maria de Modena, devenită Mary, era o catolică desăvârșită, dar urâtă de englezi. Tuturor le era frică de un eventual fiu catolic. Acești insulari aveau obsesia aceasta permanentă. Mary se integră perfect în cvartetul nostru și avea mult farmec, mai ales când ne puneam cu toatele de vorbit în franceză la un ceai sau la vreo plimbare.

CAPITOLUL 7

Mary a încercat din răsputeri să se facă iubită de englezi, dar zadarnic. Soţul ei era şi mai urât pentru că îşi alesese tot o catolică. Panica aceasta persista, însă noi, fiind acum mai multe, uitam repede de probleme când ieşeam la ţară cu trăsura. Uneori ne îmbrăcam diferit de cum eram la curte şi ne simţeam minunat. Auzeam cum sufletul naturii respiră în orice vietate, în orice plantă, în orice era viu în jurul nostru. Ne plăcea cum bătea vântul în frunzele copacilor, cum curgea apa la vale, cum broscuţele săreau speriate dacă ne apropiam mai tare de ele. Râsetele noastre trezeau curiozitatea ţăranilor cărora nici prin cap nu le trecea că o aveau în faţa lor chiar pe regină. Uneori picnicurile noastre strângeau copii pe care regina îi umplea de mâncare, dar mai ales de dulciuri. Aceştia băgau imediat în guriţele lor neîncăpătoare tot, zâmbeau drept mulţumire şi o zbugheau strigaţi de către o mamă îngrijorată. Mai mereu erau desculţi şi stârneau praful în urma lor când alergau înapoi pe câmp. Ne lăsau râzând şi binedispuse.

Viaţa celei de-a doua soţii a lui Iacob nu se arătă însă neagră de la început. Am reuşit să i-o îndulcim cât de cât, iar la liturghie eram patru acum. Lumea catolică din oraş venea la noi la palat să aducă slavă lui Dumnezeu ştiind că nimeni nu se putea atinge de regină şi de noua ducesă.

În timpul acesta regele era prins ca de obicei la mijloc între cele două religii, una îi cerea divorţul, precum şi un moştenitor anglican, cealaltă respectarea credinţei lor. Fiecare avea mai multe doleanţe ce trebuiau îndeplinite. Charles al II-lea avea aşadar cumplita misiune de a lua o hotărâre. Gândindu-se mereu la decizia de a se consulta cu fratele său, adică moştenitorul său, într-o zi, când curtea era mai liniştită, îşi chemă fratele în dormitorul său şi îi expuse planul său:

- Iacob, trebuie s-o căsătorim pe nepoata mea, Mary, cu un protestant, mai bine zis cu Wilhelm de Orania, aşa se va termina şi războiul pentru care Parlamentul nu ne mai alocă bani şi dovedim că suntem pe sfert protestanţi.

Regele îi ceru părerea plimbându-se în sus şi în jos, de-a lungul dormitorului său, sub privirile lui Iacob căruia nu-i trecuse ideea aceasta prin cap. Ducele de York răspunse după un moment de tăcere că nu este o idee rea şi că după ce o va întreba pe fiica sa, se va putea începe procedura la nivel diplomatic.

- Bravo, frate, spuse regele, mă salvezi de la o mare încurcătură. M-am săturat şi cred că nu mai am forţa şi calmul de altă dată să mai îndur cu nonşalanţă mizeria asta cu caracter religios. Ştii că trăim aproape din ce ne trimite vărul nostru Ludovic. Escrocii ăştia ne-ar lăsa să murim de foame. Du-te grabnic şi întreab-o şi spune-i că un refuz nu e posibil, este doar o întrebare de formă, nu are altă şansă, la care Iacob întrebă mirat:

- Atunci de ce s-o mai întreb? Îi spun ce am decis şi gata.

Cei doi fraţi începuseră să râdă, cum rar o făceau de faţă cu cineva, dar îşi permiteau, erau singuri în dormitorul regal. Acolo erau slabe şanse ca pereţii să aibă urechi.

Mary nu spuse nu şi, dornică să înceapă o viaţă nouă, acceptă căsătoria, astfel tratativele începură curând. Se căsători cu mare fast în 1677 şi astfel astupă temporar gura protestanţilor, ea şi sora sa Anne fiind botezate în această religie având părinţi catolici, dar fiind obligaţi de către rege. Trebuie să spun că Mary avea doar 15 ani în acel an şi doar cu patru ani mai puţin decât mama sa vitregă, dar astfel de diferenţe şi situaţii erau un fapt obişnuit la acea vreme. Cele două nu prea aveau ce să-şi spună. Din nefericire, Anne nu participă la ceremonia din 4 noiembrie al acelui an, era ţintuită la pat de variolă, nu avea voie să părăsească dormitorul său. Avea doar 12 ani pe atunci.

Mariajul acesta s-a dovedit de la început foarte fericit. Prima lună şi-au petrecut-o în Anglia, datorită neputinţei de a ajunge la Haga. Vremea rece făcea ca nicio corabie să nu poată ridica pânzele. Ştiam că erau aşteptaţi, însă pentru ei conta doar că sunt împreună, oriunde. Erau mână în mână, se priveau în ochi mai tot timpul, iar inimile lor erau două cărţi deschise. Până la urmă şi ducele de York fu mulţumit de perspicacitatea fratelui său în a-i alege nepoatei sale un soţ. Mary era cu adevărat fericită, iar la plecare se simţea că soţul conta mult mai mult decât familia. Wilhelm o acaparase cu totul, însă şi el căzuse în plasa iubirii. Din scrisori a reieşit că în Olanda au fost impresionaţi de primirea ce le fusese făcută.

Charles al II-lea era fericit. O nimerise cum nu se putea mai bine, scăpase de olandezi şi o făcuse pe Mary fericită. Acum putea să ia şi el un timp de odihnă doar pentru el. Avea 47 de ani, nu mai era tânăr iar viaţa de dezmăţ îşi spunea cuvântul. Catarina avea 39 de ani, o vârstă matură şi plină de cucernicie. Acest an, 1677, se încheie fericit, Charles dând nişte baluri splendide la sfârşit de an la care participă şi regina cu suita ei restrânsă.

Focurile de artificii străluciră în noaptea dintre ani, iar noi le priveam încântate. Regele mai avea amante în afară de favorită, însă nu mai năştea nimeni. Ultimul copil, o fetiţă, Lady Mary Tudor, fu născută cu patru ani în urmă. Se terminase şirul lung al copiilor recunoscuţi de suveran. Cred că asta o liniştise pe Catarina foarte mult. Nu se mai simţea îndurerată pentru că ea nu dusese nicio sarcină până la capăt. Fusese voinţa Domnului aceea ca moştenitorul să fie catolic, adică fratele regelui.

Când timpul începu să ne permită, învăţarăm să pescuim şi am redescoperit mesele noastre câmpeneşti, mirosul ierbii, al fânului dar mai ales liniştea satului. Am învăţat să preţuim şi să cinstim fiecare clipă de linişte pe care ura protestanţilor ne-o îngăduia. Auzeam păsările în copaci certându-se cu triluri zgomotoase, auzeam viaţa pulsând peste tot. Adoram să pescuim şi fiecare victorie era completată de un strigăt de bucurie. Ne plăcea să alunecăm cu degetele pe solzii peştilor şi apoi să-i punem în apă. I-am şi prăjit odată pe jăratec. Au fost într-adevăr delicioşi. Ne-am distrat atunci copios. Obişnuiam să ne deghizăm în doamne nobile şi să încercăm să luăm singure pulsul ţării, dacă îmi pot permite această exprimare. Am descoperit cu uimire că ţăranii nu erau chiar atât de vehemenţi împotriva religiei romane. Ei trăiau şi gândeau mult mai simplu, mult mai aproape de pământul lor drag. Îi interesa să aibă ce pune pe masă, culturile lor agricole, copiii lor destul de numeroşi şi mai apoi dările care se înmulţiseră odată cu lordul Danby. Cred că asta îi nemulţumea mai mult decât religia. Am dedus că erau instigaţi la ură. Nu întotdeauna mâna de oameni care conduce un regat face ceva ce trebuie pentru cei de jos. Mai bine zis niciodată, în primul rând interesele lor şi ale prietenilor lor şi apoi or mai vedea ei. Oamenii simpli erau buni pentru războaie şi taxe, în rest nimic bun pentru ei. Bogaţii spun: trebuie să trăiesc pentru a conduce, iar despre obişnuiţii ţării spun: trebuie să trăiască şi să moară pentru a mă apăra, pe mine, familia mea şi interesele mele.

Am avut parte astfel de o primăvară încântătoare, departe de curtea plină de doamne şi de flegmaticul lord Danby şi de mizeriile lui de conducător plin de ură. Totul era amestecat în politica acelor ani şi simţeam că ceva scârţâie, mai ales din privirile aruncate asupra reginei de către curteni. Acest lord Danby însă întrecea pe oricine. Numele lui întreg era Thomas Osborne, duce de Leeds şi marchiz de Carmarthen, deţinând funcţia de Secretar de Stat. Din cauza acestei funcţii îşi făcuse mulţi duşmani care îl contestau necontenit. Fiecare îşi dorea să-i fie favorit, astfel că cine nu era ales, trecea în tabăra adversă, rupând cărămidă cu cărămidă zidăria statutului lordului.

Primul dușman pe față pe care și l-a făcut a fost Charles Montegu, conte de Halifax. Acesta spera să i se ofere o funcție înaltă în conducerea regatului, funcție care plecă însă înspre Wilhelm Temple, deci în detrimentul contelui. Începu astfel scandalul în care Charles Montegu îl acuza pe lordul Danby de asumare de puteri mai mari decât avea funcția sa, de drept de pace și de război, de corupție, de furt din fonduri publice. Lordul era un anti-francez declarat.

Regele era sătul și el de acest lord până peste cap, iar noi devenisem invizibile. Mergeam iarăși doar să ne rugăm la casa de lângă palat, acolo unde veneau toți catolicii care doreau să asculte liturghia și cuvântul Domnului, spre disperarea lordului Danby, care nu vedea cu ochi buni așa o mulțime de catolici strânsă laolaltă. Simțeam că acest om ne vroia răul, de fapt în primul rând reginei. Nu mai ieșeam din grădina palatului, eram cum s-ar spune, spionate. Louise de Kerouaille reușea sa ne binedispună întotdeauna. Era sau nu spioană, asta nu o știam, însă într-una din plimbări ne făcu să înțelegem că ceva grav se punea la cale. Am crezut-o, ea nu mințea niciodată. Ne plăcea că nu acordă atenție scăpărilor regelui către alte doamne, mai mult decât atât, era binevoitoare cu suveranul. Asta o întărea pe Catarina și-l ținea în laț pe Charles. Puteau bărbații, ca lordul Danby de exemplu, să se gândească la ea ca la o spioană franceză, vârâtă de Ludovic al XIV-lea la curtea Angliei.

La sfârșitul primăverii se dădu un bal minunat la palat. Lumea scăpase de olandezi, era mai cald, ziua mai lungă și era de bun augur evenimentul, cel puțin așa ne gândeam noi, până când Louise veni și ne șopti cum că furtuna vine întotdeauna după ce soarele e din ce în ce mai strălucitor și arde cu putere. Catarina păli când Louise mască acest comentariu sub un zâmbet și o reverență perfect executată. Prost dispuse acum, ne-am retras după timpul obligatoriu de stat al reginei. Am urcat în apartamentul meu unde regina stând la fereastră spuse:

- Juliana, ce a vrut să spună Louise? Ce ne așteaptă?

- Cred că nimic bun, am zis eu. O cred pe Louise, știe ea mai multe. A vrut însă să te prevină, atâta tot. Ceva va fi, dar te voi sprijini și sper că și regele, mai spusei eu încet.

- Juliana, vorbește-mi despre copilărie. Unde s-a dus, ce e viața mea, ce trebuie să plătesc, cu ce am greșit? De ce m-a împins mama în această căsătorie? Rațiunile astea de stat mă obosesc. M-am săturat de viața asta. Anul acesta împlinesc 40 de ani, 16 ani doar în acest palat urât și fantomatic. Și tu ai la fel, 37 de ani și toată viața ți s-a scurs. Regele are şi el 48 de ani, dar el este altfel, nu e ca mine. El este englez anglican. A luat viaţa uşor tot timpul după restauraţie.

Am încercat s-o liniştesc făcând ce-mi spusese. Am rememorat, pentru a nu ştiu a câta oară, anii copilăriei care, sever trăiţi în mănăstire, erau balsam de pus pe rană faţă de situaţia de acum. Ştiam despre Pedro că e tot regent, iar Alfonso tot rege şi tot în Terceira exilat. Era bolnav rău şi nu putea fi adus în Lisabona. Maria Francisca nu mai născuse, rămăsese tot Isabel Luisa, micuţa prinţesă de Beira. Avea deja 9 ani şi se zvonea că e tare frumoasă. Nu ştiam însă dacă era deja la Mănăstire sau avea la palat profesori particulari.

Era vară, era 1678, iar soarele strălucea arzându-ne. Simţeam cum furtuna avea să vină cu fiecare rază de soare care prăjea totul. Louise avea dreptate, ceva nemaiîntâlnit avea să se întâmple.

CAPITOLUL 8

Poate vi se pare monotonă viaţa acestei regine prin cenuşiul fiecărei zile pe care a trăit-o în Anglia. Istorisirea acestui destin nu este tocmai uşoară şi nici nu pot să-i aduc completări amuzante sau să-l înfloresc în vreun fel. În mare măsură, viaţa Catarinei de Braganza a fost tristă din mai multe privinţe: un soţ încântat de alte femei, neputinţa acestuia de a înţelege că pe regină o dor toate aventurile sale, lipsa unui moştenitor şi legat de acest lucru, traumele tuturor avorturilor pe care le-a suferit. Şi nu în ultimul rând, pizma tuturor împotriva religiei sale. Cred că este de ajuns.

Poate m-aţi întreba de ce m-am apucat eu să-i povestesc viaţa celei pe care am avut-o prietenă de când eram mici copii la mănăstire, ştiind că nu s-au petrecut lucruri spectaculoase. Poate că v-aş răspunde firesc: pentru că a fost lângă mine, pentru că în viaţă nu exista doar bucurie, ci şi multă frustrare, neputinţă, durere, chiar şi pentru o regină căreia în mod normal i se cuvenea respect şi supunere. Dacă această regină a fost lăsată parţial în pace, asta a fost doar când nu se prea arăta, când stătea retrasă, plină de dezgustul acestei curţi ajunse la dezmăţul cel mai înalt, recuperând parcă liniştea din timpul Republicii. Teatrele erau pline, femeile îşi jucau propriile roluri în opere, ceva nemaiauzit până atunci şi care ne înspăimânta de-a dreptul şi ne uimea peste măsură. Evident mergeam rar la reprezentaţii, nu ne plăceau.

Poate că a fost ghinionul Stuarzilor că regina nu a putut avea copii, însă pentru acest nefericit fapt a plătit şi şi-a dus crucea pe umeri cu demnitate, fără niciun fel de lamentare până când soţul ei a murit peste câţiva ani, îmbarcându-ne apoi spre Portugalia noastră, bătrâne, dar cu o mare dorinţă de a ne reface. Astfel, şi-a purtat crucea şi a îndurat toate privirile şi jignirile care i s-au adresat, ştiind că pentru fiecare rană există o alifie care s-o vindece mai devreme sau mai târziu. Aceasta era rugăciunea

52

în care ne afundam mai mereu în capela ei personală. Uneori stăteam îngenuncheate în fața lui Christ, căutând liniștea fără a ne ruga pentru ceva anume. De multe ori mi-a plâns în brațe liniștindu-se mai apoi. Vreau să mai spun că niciodată nu m-a considerat cu nimic inferioară ei, chiar dacă ea era regină, iar eu de-abia o contesă. Poate și datorită situației ne-am apropiat mai mult. Avea nevoie de credință și iubire sinceră și, slavă Domnului, le-a avut pe toate din partea mea. Alături de vărul său Gaspar, ea a ocupat inima mea. Cei doi au împărțit-o pe din două. Gaspar - prima și unica mea dragoste, și Catarina - prima și unica mea prietenă adevărată, au fost familia mea.

Dar hai să închidem paranteza cu această explicație față de cei ce citesc aceste rânduri. Ca o ultimă afirmație, pentru mine, cea care a trăit lângă această femeie, destinul ei nu mi s-a părut a fi monoton, ci mai degrabă l-aș compara cu destinul unui fluture care s-a apropiat prea mult de lumânare și arzându-se, s-a chinuit să supraviețuiască și să zboare. Charles al II-lea și curtea lui nerușinată i-au fost lumânarea dragei mele Catarina. Rănile ei însă i se vor vindeca și îi va învinge pe toți regăsindu-se, târziu, dar cu adevărat.

Așadar eram în 1678, un an în aparență liniștit după căsătoria lui Mary, care se afla de mult în Olanda, de unde ne trimitea uneori scrisori în care spunea că e fericită, iar soțul său ceea ce își dorise în visele sale. Într-adevăr și Wilhelm o iubea pe nepoata regelui și sperau curând la un moștenitor. Vremea se stricase către jumătatea anului, iar noi trebuia să rămânem plictisite în camerele acelea care nu ne plăceau de fel, într-o izolație demnă de niște călugărițe. Ne gândeam că se va termina anul la fel de tern pentru noi ca și ceilalți petrecuți pe această insulă cu o climă greu de suportat.

Din nefericire, scandalurile au reînceput nelăsându-ne să vegetăm prea mult. Catarina, mă repet, avea mulți dușmani care de-abia așteptau s-o înhațe în pliscurile lor ascuțite. Toți, în frunte cu acest Lord Danby, cel care conducea practic Anglia. Singurul care-i ținea piept cu încăpățânarea lui era Charles, care era de neînțeles pentru protestanți. Puțini catolici mai îndrăzneau să-și facă apariția la curte, era o nesăbuință din partea lor dacă îndrăzneau s-o facă. Fugăriți, oprimați, uciși sau târâți prin procese imposibile, aceștia au preferat să se mute la țară pe moșiile lor și să trăiască retrași, neieșind niciodată și așteptând vremuri mai bune pentru religia lor. Astfel că uraganul care se pornise asupra noastră ne prinse pe nepregătite, chiar dacă am simțit în aer cu mult înainte că avea să se întâmple ceva. Cred că ar trebui să nu mai lungesc vorba și să va povestesc prin ce a trecut Catarina, puțin și Louise, care tot spioană franceză rămăsese în ochii nobilimii și foarte puțin eu.

53

Un nefericit, un om pierdut, un om josnic cu picioarele în două luntre, se gândi el în preacucernicia sa că nu ar fi rău ca regina să se ducă mai repede acasă, în cel mai fericit caz, printr-un divorţ, ori în cel mai nefericit caz să fie pedepsită exemplar. Un om căruia ura faţă de suverana catolică fără copii era un deliciu al vieţii lui mizerabile, un tânăr de 29 de ani de-abia împliniţi care ar fi putut să se gândească la viaţa ce o are înainte, la planuri şi la altele de acelaşi fel, se gândi să spună despre Catarina că ar complota împotriva lui Charles. Acest om se gândi să urzească un plan împotriva reginei pentru a-şi satisface ura aceea inexplicabilă. Complotul acesta s-a numit „Complotul papal", de fapt presupusul complot, iar scopul acestei manevre murdare era înlăturarea reginei pentru ca soţul ei să aibă copii protestanţi cu o eventuală soţie mult mai tânără şi deci moştenitori anglicani la tron. Catarinei i se dorea un proces, dezonorarea, exilul şi multe altele care mai de care hidoase.

Acest Titus Oates, pentru că aşa îl chema pe acest om pierdut în faţa Domnului, era când iezuit când preot anglican, cred că nici el nu-şi ştia drumul de oscila atâta ca în bătaia vântului între cele două religii. Acest gândac să-i spunem, se gândi să pună în scenă o presupusă conspiraţie catolică, în care era bineînţeles implicată regina. De fapt acest preot, dacă o pot numi pe acea lichea un om al lui Dumnezeu, afirma peste tot că Sir George Wakman, medicul reginei, împreună cu aceasta, doreau să-l otrăvească pe rege. Totul fiind la îndemnul bietei mele prietene şi cu bani catolici.

Regele, profund mirat, nu a crezut un cuvânt din această lucrătură însă la cererea Parlamentului îşi dădu acordul pentru o investigaţie. Lordul Danby de-abia aştepta această situaţie. S-a produs astfel în următoarea perioadă o isterie nebună anti-catolică, nemaiîntâlnită înainte. Mulţi oameni nevinovaţi au fost ucişi în plină stradă doar pentru că erau catolici. Aceşti nevinovaţi nu ştiau de complot, îşi duceau cu greu viaţa împovăraţi de taxele lordului. Acest joc însă a fost doar un pretext, un fitil aprins pentru ca protestanţii să se dezlănţuie. Cadavrele zăceau pe străzi, noroc că era frig. Niciun protestant nu se atingea de ele, se întinau, spuneau ei. Catolicii mureau cu zecile, acea iarnă era urâtă şi plină de întunericul păcatelor protestanţilor.

Juraţii înnebuniseră de-a binelea, judecătorii condamnau pe tot cuprinsul ţării pe motiv de complot, despre care oamenii nu aveau nicio ştiinţă. Însuşi lordul Danby, care-i urape catolici şi Franţa de asemenea, aplecă urechea la minciunile lui Oates. Credea cu tărie că regina era implicată şi îşi freca mâinile de bucurie, gândindu-se că tot se va alege ceva mizerabil pentru suverană din această afacere pătată cu atâta sânge neprihănit.

Charles al II-lea, regele aproape nepăsător, sătul de mizeriile acestui preot, îl arestă în final. Era sătul de actele de cruzime care se petreceau în toată țara, îi lua cu vehemență apărarea reginei în Parlament, aducându-le la cunoștință membrilor acestuia, care probabil uitaseră, că era căsătorit din 1662, adică de multă vreme. Tot acum îl apără și pe medicul Catarinei care, prins la mijloc, aștepta să se întoarcă liniștit la treburile lui. Însă, ca în proverbul acela cu groapa săpată, lordul Danby se trezi acuzat de Camera Comunelor de înaltă trădare, de ostilitate împotriva Franței, parlamentarii săturându-se de atâtea războaie diplomatice în această perioadă. Regele își dorea ca vărul său de peste canal să-i trimită în continuare suma de bani stabilită prin acel tratat, sumă câștigată cu greu. Lordul acceptă acest lucru dar îl luă ca pe o umilință adresată lui. Danby căzu în groapa săpată pentru regină când Camera Comunelor trase concluzia că el era implicat într-un complot alături de acel nefericit preot și i se intentă proces, fiind pus sub sub acuzare în mod oficial.

Acest lucru l-a luat iarăși pe nepregătite pe rege, care s-a văzut iarăși în postura de a alege în această învolburare politică, între lord și Parlament. Luă decizia de a-l salva pe Danby, de a-l grația și totodată de a dizolva forul legislativ. Asta se întâmpla în ianuarie 1679, tocmai când îmi aniversam ziua de naștere într-un cadru intim la Catarina, alături de Louise, de ducesa de York și de preoții noștri aduși cu noi din Portugalia.

Regina se plângea că îi este dor de sfaturile lui Francisco de Mello, în trecut ambasador portughez în Anglia, minunat om într-adevăr, însă catolic desăvârșit. Greșeala lui pentru care s-a repatriat a fost scoaterea unei cărți de învățături catolice. Pedeapsa a fost izgonirea din țară, regina pierzându-și astfel un prieten adevărat și minunat, dar mai ales devotat. Ne consolam cu ideea că nu a fost ucis sau pedepsit în alt mod mult mai sinistru.

Ziua mea de naștere a avut deasupra un nor de tristețe datorită situației teribile create de Titus Oates. Parcă nu se mai sfârșea, veneau una după alta și ne întrebam cât vom mai rezista. Regele era mai tot timpul nervos, el făcut pentru o viață de plăceri personale, trebuia să-și petreacă vremea între cele două facțiuni religioase care se certau continuu, găsind prilejuri de harță din te miri ce motive.

Următorul episod semnificativ a fost în martie, când însuși regele a fost acuzat că ar strânge bani pentru cauza catolică, cu scopul de a înarma trupe pentru a liniști istcria anti-catolică, bani veniți desigur de la vărul său francez. Prins iarăși la mijloc, Charles fu nevoit să admită că dizolvarea Parlamentului și grațierea nu au nicio înrâurire asupra procesului lordului Danby. Acest lord, aflat singur fără sprijin, fu nevoit să demisioneze din postul pe care îl ocupa, acela de secretar de stat și să accepte că iertarea regelui nu are niciun efect asupra Camerei Comunelor. Vă spun aceste lucruri nu pentru că eram conectate la aceste situaţii nefericite, ci vreau doar să scot în evidenţă timpurile în care am trăit.

Regina privea cu uimire cum soţul său îi lua apărarea oriunde şi în faţa oricui, luând parcă asupra sa acest soi de ură pe care noi nu o înţelegeam dar cu care ne învăţaserăm să trăim. Charles striga peste tot că soţia lui este incapabilă de o aşa nesăbuinţă şi cerea veşnicul respect pentru ea. O iubea? Îi era milă de ea? Nimeni nu a ştiut vreodată cu adevărat, însă Catarina îl iubea în mod cert. Îi înmuiase inima cu devotamentul lui susţinut şi o făcuse să-i fie recunoscătoare şi uneori să zâmbească. Dacă nu era fericită, inima reginei era măcar alinată, ştia că regele o va apăra mereu. Întotdeauna o făcuse. Chiar în una din vizitele suveranului, acesta se dovedi mai relaxat, găsind manierele necesare pentru a fi amabil cu soţia lui, care îi luă mâna, i-o sărută şi izbucnind în plâns îi spuse un „mulţumesc" înduioşător. Charles nu se aşteptase la o aşa manifestare de recunoştinţă, dar nu-şi retrase mâna, din contră, îi luă mâinile reginei într-ale sale şi le ţinu câteva momente ca şi când Catarina era un copil bosumflat care trebuia să fie împăcat. De momente dintr-acestea nu am avut parte de prea multe în şederea noastră în insule dar totuşi au fost câteva pe care iată le ţin minte şi acum. Regele aştepţă ca soţia lui să se liniştească apoi îşi luă rămas bun, puţin tulburat, parcă descoperindu-şi pentru prima dată nevasta. Cred că şi-a petrecut seara la Louise, care era o doamnă minunată şi plină de respect şi tact. Regina nu era deranjată însă de această situaţie.

Louise era plăcută şi acceptată de către noi. Fusese la fel de terorizată şi aşa zis implicată în acest complot papal, cum îi spuneau ei. Iarăşi i se răscoli trecutul, iar fu considerată spioana lui Ludovic al XIV-lea, însă avu un aliat neaşteptat: regina. Dacă Charles îi luă apărarea Catarinei, aceasta din urmă îi luă apărarea bunei Louise. Întotdeauna după aceea Louise i-a rămas recunoscătoare Catarinei pentru acest gest. Mă gândesc că regele nutrea recunoştinţă soţiei sale şi pentru abila apărare pe care aceasta o desfăşură asupra favoritei sale. Cine poate şti? Doar sufletul său aflat de multă vreme în ceruri şi bunul Dumnezeu care îi primi convertirea pe patul de moarte, când nimeni nu i-a mai stat împotrivă, îndeplinindu-i ultima dorinţă. Îmi aduc aminte, ca şi ieri de-ar fi fost, de timpurile acelea, despre care o să vorbesc cu siguranţa în paginile ce urmează şi la timpul potrivit.

Cu voia bunei Fecioare, acest complot le lăsaseră fără acuzaţii pe Catarina şi pe favorita regelui, însă aceleaşi clipe liniştite nu le trăi şi lordul Danby cel demisionar. Într-una din zile, Louise veni repede la regină, ea având ca şi mine dreptul de a intra oricând, spunându-ne ultimele ştiri. Între Camera Comunelor şi cea a Lorzilor începu o dispută cu privire la modalitatea de pedepsire a lui Dnaby. Camera Lorzilor era mai moderată, dacă putem spune asta, dorea pentru fostul funcţionar de stat exilul unde şi-ar fi dorit el. Camera Comunelor dorea cu ardoare închisoarea. Regele Charles al II-lea fu ca întotdeauna prins la mijloc şi alese, oarecum constrâns, pedeapsa cea mai grea şi mai dură: întemniţarea în Turnul Londrei. Suveranul era nemulţumit de această decizie însă graţierea nu avea niciun efect asupra sentinţei, iar Danby îşi petrecu următorii cinci ani în Turn spre amărăciunea familiei sale.

Ştiţi cum se priveşte din lojele de la teatru, fiecare spectator vorbind în şoaptă şi cu mâna acoperindu-şi gura, cam aşa era curtea Angliei la acea vreme. Lucrurile se întâmplau şi se succedau rapid, unul după altul, fără ca vreun privitor să bată din palme. Nu aveam timp să ne gândim că întotdeauna se punea în scenă ceva nou, demn de toată atenţia. Ne permiteam să privim pentru că, slavă lui Dumnezeu, Catarina scăpă de proces şi Louise la fel. Complotul eşuase însă lăsă urme adânci în conştiinţele noastre. Regina asculta liturghiile speciale pentru nefericiţii ucişi pentru care nu se mai putea face nimic. Capela ei era deschisă pentru oricine ar fi dorit să se roage. Nu erau mulţi, veneau puţini de teamă, însă toţi o vedeau pe doamna îmbrăcată în haine cernite şi acoperită cu văluri lungi şi dese. Ştiau că în acel loc retras e regina lor nefericită.

Ne-am revenit cu greu după acea zdruncinătură. Plimbările la ţară ne-au mai ajutat să ne descreţim frunţile obosite şi nu tocmai tinere. Încărunţeam gândindu-ne prin ce am trecut şi ce ne putea aştepta în această Anglie plină de imprevizibil. Nu aveai nicio o siguranţă ca regină a Angliei protestante, darămite când mai erai şi catolică şi practicai această religie. Aceşti insulari mai decapitaseră suverani în trecut, nu ar fi fost o noutate pentru nimeni, ci doar un nou spectacol pe o scenă în mijlocul Londrei. Cred că regina s-a gândit la asta măcar odată la fel ca mine de altfel, însă nu am deschis niciodată acest subiect. A fost frustrant când am aflat că acel complotist, nefericitul Titus Oates fusese eliberat, dându-i-se spre uimirea noastră, a doamnelor din suita reginei, o locuinţă la Palatul Whitehall. Era revoltător, dar aşa se hotărâse, iar noi trebuia să nu băgăm de seamă. Pe mine mă uimi curajul pe care regina îl avu când îmi destăinui într-o dimineaţă dorinţa de a-l vizita. Eram numai noi două. Regele era cu Louise la o plimbare.

- Vreau să-l privesc, spuse Catarina, vreau să-i văd ochii, trebuie s-o fac. De când mi-a venit această idee în minte, nu-mi mai dă pace.

Nu am răspuns nimic, ştiam că nu mă pot împotrivi, însă am cerut permisiunea să o însoţesc. Mi-a acordat-o cu condiţia să nu scot nicio vorbă. Am încuviinţat, măcar eram cu ea. Încă mai locuiam la St. James

57

aşa că a trebuit să călătorim până la Whitehall cu trăsura. Nu a fost greu să intrăm la acest preot, nimeni nu stătea de pază la uşa lui, era liber. A fost necesar doar să întrebăm unde anume locuieşte şi după un „intră" plictisit, am fost înăuntru. Regina şi-a ridicat vălurile groase şi l-a privit în ochi. Eu am rămas acoperită şi mută, precum promisesem. Oates a recunoscut-o pe stăpâna lui şi a avut un moment de uimire peste care a trecut uşor, avea îndemânare cu oamenii şi se vedea. A început, spre ruşinea lui, să dea toată vina pe Danby, uitând de respectul cuvenit reginei. A fost o întrevedere scurtă, cum altfel, în care mojicia omului ieşi la iveală. Regina îl lăsă să vorbească şi spusese la final doar un „te iert!" suveran şi ieşirăm dezgustate. Habar nu am ce fel de momente trăise acest Titus Oates după aceea. Aceste două cuvinte îl şocaseră, această iertare care venea de la o adevărată creştină. În trăsură i-am promis reginei că o să mă rog pentru sufletul lui. Ea se hotărâse să facă acest lucru şi-mi cerea aceleaşi rugăciuni şi mie. M-am supus, dar fără râvnă, Dumnezeu să mă ierte!

Primisesem veşti din ţara noastră caldă, eu nu mai aveam părinţi, muriseră într-un accident. Aceste noutăţi mă întristară, de fapt nu moartea, care făcea parte firesc din viaţa omului ci felul teribil şi dureros în care plecaseră spre raiul veşnic. Dar ce puteam face eu de la atâta distanţă? Am scris înapoi fraţilor mei consolându-i şi spunându-le că sunt cu inima lângă a lor. Speram să-i mai văd înainte de propria-mi moarte şi să mai sărut odată pământul ţării în care am văzut lumina zilei.

Pe de altă parte, era uimitoare viaţa care dăinuia în regele Alfonso. Se agăţa de fiecare zi şi o trăia paralizat, dar o trăia. Pedro era tot regent şi se spunea că i-ar fi infidel Mariei Francisca. Aceasta nu mai rămăsese însărcinată, cuplul având tot fetiţa de care am povestit. Catarina se gândea că nepoata ei avea să preia tronul cândva. Avea să fie o Infantă pe tronul Portugaliei? Cine să răspundă? Timpul avea să ne-o spună cu fiecare zi ce trecea. Infanta avea zece ani şi nu cred că se gândea vreo clipă la a deveni regină. Cred că încă se bucura de copilărie alături de mama ei.

CAPITOLUL 9

Anii treceau unul după altul în această căsnicie regală, lungă și stearpă. Protestanții erau din ce în ce mai încredințați de succesiunea catolică la tronul englez, Iacob fiind catolic practicant împreună cu soția sa. Așadar, această facțiune engleză nu avea soluții, nu știau din pălăria cărui vrăjitor de bâlci să scoată un prinț cu drept legitim la îndatorirea de rege.

Charles al II-lea avea în anul de care vă povestesc 49 de ani. Adică destul de mult aș spune. Făcuse copii destui, dar niciunul legitim. Fusese un fustangiu de primă mână și își împărțise cu naturalețe favorurile și la ducese și la comediante și la servitoare ochioase și bine făcute, dar copiii lui nu aveau valoare în fața tronului englez, erau conți, duci, lorzi, dar creați, niciunul cu vreun drept sau vreo pretenție mai sus de atât.

Dacă vă amintiți de acea organizație Cabal, ea s-a desființat în 1673, după Declarația de indulgență eșuată a regelui. Mulți din membrii ei s-au dat la o parte însă au fost și câțiva simpatizanți care au rămas în așteptarea unui moment prielnic pentru a reveni, acum mai ales când lordul Danby era chiriașul fără voie al Turnului Londrei.

Unul din capii din trecut ai acestei asociații a fost și baronul Anthony Cooper, care se gândi că momentul este propice revenirii pe scena politică. Mulți dintre oamenii de stat purtau discuții pe ascuns, având ca subiect succesiunea la tron. Se gândeau și rosteau numele primului născut al regelui, chiar dacă ilegitim, era vorba de fiul lui Lucy Walter, ducele de Monmouth. După lungi șușoteli cu ușile închise, se hotărâseră să acționeze în mod direct și să treacă la fapte. Când Camera Comunelor a dorit să emită un act prin care Iacob să fie exclus de la succesiunea fratelui său, ca fiind catolic, furtuna se dezlănțui cu putere.

Charles, de felul lui plictisit în a se amesteca prea mult în conducerea regatului, își pusese la propriu mâinile în cap și găsi soluția cea mai simplă şi mai la îndemână: să dizolve pentru a doua oară Parlamentul. Frica îl făcu să ia această hotărâre pentru ca Iacob, moştenitorul lui legal, să nu fie exclus. Prima dată dizolvase Parlamentul în dorinţa de a-l scăpa pe lordul Danby dar fără rezultat cum am văzut şi spera că această a doua rundă să aibă noroc pentru Iacob. Era sătul şi acţiona aşa pentru a nu se complica prea mult şi pentru a reveni repede la viaţa lui liniştită şi egoistă. Asta se întâmpla, dacă îmi aduc aminte bine, în vara lui 1679. Trecuse mai bine din jumătatea acelui an. Charles făcuse această manevră crezând cu adevărat că următorul Parlament va fi unul moderat, care va pricepe că regele învăţase să se joace cu legislativul. S-a înşelat însă şi de această dată. Actul de Excludere risca să treacă şi cu acest Parlament, iar Iacob risca multe.

Nici acest Parlament nu a rezistat prea mult, iar Charles învăţase să dizolve cu nonşalanţă cele două părţi ale sale şi o făcu în 1680 şi continuă şi cu următorul Parlament pe care îl dizolvă în 1681. A dizolvat aşadar Parlamentul de patru ori, ameţindu-i pe onorabilii lui membri. Noi ne întrebam cât timp va continua cu jucăria aceasta nouă care îl enerva teribil şi nu îl distra cum ar trebui să facă orice jucărie. Catarina era îngrijorată de atâtea dizolvări şi realegeri şi îndrăzni să-i ceară regelui o audienţă privată în apartamentul ei. Erau doar ei doi, eu am aflat apoi de această întâlnire. Catarina, cu lacrimi în ochi, îl imploră să o lase liberă, să divorţeze de ea.

- Ai putea să te căsătoreşti cu o femeie tânără, încă mai poţi avea copii, spuse Catarina, frângându-şi mâinile. Situaţia a fost cauzată de mine, eu nu am putut aduce pe lume niciun copil. M-am săturat de atâtea necazuri, de atâta ură, iar ducele de York ar scăpa şi şi-ar găsi şi el liniştea.

- Doamnă, spuse Charles, când m-am căsătorit am avut mai mult decât majoratul. Am ştiut ce fac cu siguranţă. Te refuz vehement! Sunt mândru că te gândeşti la Anglia, însă ea nu se gândeşte la tine, deci nu merită efortul! Viaţa ţi-a fost un calvar şi nu-mi pasă că nu am copii legitimi. Nu neg că a fost o vreme când mi-a păsat şi am suferit, dar se pare că pe măsură ce anii au trecut, am devenit, dacă nu mai înţelept, mai puţin impulsiv. Iacob mă va urma şi treaba lui mai departe. Nu-mi pasă, din mormânt nu mai ies. Succesiunea asta vorbeşte parcă de moartea mea.

În timpul acesta Catarina plângea de-a binelea. Regele, obosit de acest discurs nedorit, îi oferi batista lui parfumată, îi sărută mâna şi salutând-o se făcu nevăzut pe uşă, lăsând-o pe regină contrariată de acest nou gest neobişnuit al lui Charles faţă de ea. Catarina veni imediat la mine şi îmi povesti totul. Flutura batista regelui acum plină de lacrimile ei.

- Juliana, zău că nu înţeleg nimic, dacă tu pricepi ceva, spune-mi.

- Cred că regele a îmbătrânit, am zis eu, şi mai cred că o face şi dinadins să le mai dea o palmă la protestanţi. Apoi, eu cred că are dreptate.

Succesiunea înseamnă moartea lui, e cam urât ca toată domnia lui să se lege de acest lucru, ori de copii legitimi sau nu, ori de fratele lui catolic. Regele e un personaj căruia îi place distracţia nu ce este după ea şi cred că nu mai contează atât de mult că nu are copii cu tine, cred că te-a minţit şi mai cred că nu ar trebui să mai aduci vorba despre asta.

Regina îmi promise şi se linişti. Avea batista regelui pe care îl iubea din toată inima. I se dăruise şi nu aştepta nimic, se hrănea cu firimituri. Cred că regele habar nu avea de acest lucru.

Politic vorbind, Charles avu noroc. Poporul se cam săturase de aţâţarea lui împotriva catolicilor, el nu-şi dorea această excludere, în mod logic Iacob era succesorul legitim al regelui actual. Poporul era impresionat de cele două morţi din noua familie a ducelui de York, chiar dacă nu o înghiţeau pe Mary Iacob era englez şi pierduse doi copii. În acest context favorabil lui, Charles prinse curaj şi îl acuză pe Cooper de trădare, ameninţându-l cu un proces. Acesta a înţeles iute că năzuinţa lui este pierdută şi luându-şi familia fugi din ţară în Olanda, de unde nu s-a mai întors, acolo găsindu-şi sfârşitul.

Spre liniştea lui, regele va conduce ţara fără for legislativ până la moarte. Se săturase de atâtea creiere protestante înfierbântate nejustificat, era sătul de crime, de durere şi de dualitate. Tot în această perioadă, ne-am mutat de la Palatul St. James la Whitehall. Dacă nu te gândeai că Charles I a fost omorât în faţa palatului, era mai confortabil decât St. James, măcar în privinţa apartamentelor noastre. Regele îi făcu soţiei sale un tur al clădirii, îi arătă apartamentul unde se născuse, iar Catarina îl dori pentru ea. Charles nu avu nimic împotrivă, chiar i se păru o idee interesantă şi simplu de pus în practică, nimic nu se schimbase, totul era ca în copilăria lui acolo. Mie mi-a plăcut dintr-o altă perspectivă, apartamentul meu era lipit de al reginei şi comunica printr-o uşă interioară.

- Juliana, această cameră mă face melancolică. Mă gândesc la soţul meu ca la un copil mic şi la patul ăsta în care s-a născut. Henrietta Maria a fost o norocoasă, a putut naşte copii, dar mai ales a născut băieţi care-şi urmează unul altuia la tron.

Nu am putut decât s-o îmbrăţişez, uitându-mă şi eu la patul în care avea să doarmă. Cât am stat în acel palat, a fost o perioadă de linişte în Anglia, cele mai multe din luni au trecut fără ca noi să avem prea mult de suferit, poate doar din cauza părului care ne albea din ce în ce mai mult.

Am fost fericite când Dumnezeu se arătă în sfârşit drept iar mulţimea protestantă se îndreptă împotriva lui Titus Oates, care locuia sub acelaşi acoperiş cu noi, culmea ironiei. Lumea era sătulă şi obosită de sângele catolic care curgea din aceeaşi Anglie, iar după ce Oliver Plunkett a fost ucis pe nedrept, executat mai bine zis, William Scrogg, ministrul de justiţie de pe atunci, declară catolicii inocenţi, fără amestecuri în complot şi procesele le fură încheiate.

Moartea martirului Oliver Plunkett, arhiepiscop de Armagh, fu ultima din tot şirul, ca însemnătate şi deci ca rang al nefericitului decapitat. Ne-am rugat mult pentru această ţară care supravieţuia luptei dintre fraţii care o locuiau. Regele a profitat că ura s-a domolit şi a cerut ca Oates să părăsească palatul. Acesta, încăpăţânat, refuză spre indignarea lui Charles care era irascibil până peste cap faţă de acest subiect. Cu nervii întinşi la maxim, împreună cu ducele de York, îl acuză de răzvrătire şi îl aruncă în închisoare. Simbolul complotului papal avea gura închisă, însă inima plină de ranchiună şi ură.

Era în vara lui 1681. Regele trecuse de jumătatea vieţii, avea 51 de ani şi se vedea că era obosit, ca de altfel şi noi. Acum puteam ieşi mai mult, era mai multă siguranţă pe străzi, iar ura era ascunsă bine, domolită cu alte cuvinte. Protestanţii acceptau situaţia succesiunii, iar Charles primea liniştit subvenţiile de la vărul său. Chiar participam din nou la baluri, care aveau acum ca invitaţi şi lorzi catolici reveniţi de la moşiile lor ascunse prin cine ştie ce colţ de Anglie. Mary de Modena însă îşi plângea încă fetiţa. Louise rămăsese cu noi, era prietena noastră şi avea un apartament permanent la Whitehall. Cum altfel? Accepta escapadele regelui care se însufleţise odată cu liniştea ce părea că de data aceasta va dura mai mult. Era tot frumoasă şi tot favorită. Primea şi acum atenţii din partea lui Charles, destul de scumpe, era ducesă de Portsmouth de altfel. Avea 32 de ani şi era neatinsă de timp, la fel de proaspătă ca atunci când apăruse pentru prima dată la curtea Angliei. Nouă ne plăcea. Louise o înşela pe regină, amantele temporare pe Louise şi totul se lega. Cred că a ajutat-o mult pe Catarina prin stăpânirea ei de sine, insuflându-i-o şi ei mai bine zis.

Nu se mai convoca niciun parlament, regele conducea nestingherit, iar catolicii respirau cu adevărat, cu tot pieptul. Aşa trecu şi următorul an, 1682, cu mici dispute, dar în linişte, chiar dacă ştiam cu toţii că în spatele oricărei tăceri se află o gură care doreşte să vorbească. Viaţa la Whitehall a fost plăcută chiar dacă aveam mai mereu tendinţa să fim cu ochii în patru şi să privim pe după colţuri sau pereţi. Ne-a plăcut să vizităm toată clădirea, galeria de tablouri, să ne uităm la portretele de familie, la schimbarea gărzii, să mergem la teatru şi să învăţăm să ne simţim bine. Ne-a uimit, dar ne-a făcut o reală plăcere să vedem tabloul Catarinei aşezat lângă cel al regelui. Erau tablouri din tinereţe în care regina era dichisită şi îmbrăcată în culori deschise. Despre Charles se ştie, el a fost întotdeauna îmbrăcat impecabil, parfumat şi cu manierele foarte bine puse la punct.

- Catarina, i-am zis eu, eşti regina Angliei, nu doar chiriaş la Whitehall. Te-au făcut să te mişti o viaţă întreagă îngrozitor de stingheră aici, însă acest tablou arată cine eşti cu adevărat: suverana!

- Parcă mai contează Juliana? Nu-mi voi schimba hainele mele închise la culoare niciodată. Sunt regină dar mai mult formal, faptic sunt foarte ştearsă şi nu cred că acum voi schimba ceva. Nu cred că pacea aceasta între religii va ţine mult aşa că trebuie să vedem ce ne mai aşteaptă pentru a putea să ne ferim. Nu cred că englezilor le place că bunul Charles conduce ţara fără Parlament. Presimt că asta nu va rămâne multă vreme aşa. Mai cred de altfel că şi regele o ştie dar o dă la o parte ca pe un lucru urât la care cere o amânare de gândire. Aici nimic nu e sigur. Vei vedea curând!

CAPITOLUL 10

Am amintit în capitolul precedent de primul născut al regelui, adică despre James Scott, duce de Monmouth. Acesta avea acum, în 1683, 34 de ani, floarea vârstei pentru un bărbat. Era căsătorit cu Anne Scott, o frumuseţe de femeie, care îi era nevastă din 1663. Aveau împreună şapte copii, pe care şi-i putea întreţine.

Ducele era un ambiţios, iar ideea eşuată a lui Cooper îi rămăsese în minte mai mult ca niciodată. „De ce nu?" se întreba el în gând. Nu-şi iubea tatăl absolut deloc, iar pe unchiul catolic îl ura şi îl detesta pe faţă. De fapt, sentimentele dintre Iacob şi nepotul său erau reciproce, ducele de York nu l-a crezut niciodată fiul lui Charles, ci al altui amant al mamei sale, Lucy Walter, fiind vorba despre colonelul Robert Sidney. Regele l-a recunoscut însă şi problema s-a rezolvat cumva. Pe James Scott nu-l interesa părerea unchiului său decât în măsura în care îl sâcâia uneori

Acest om încă tânăr, avea pe lângă el un fel de curte, o turmă de simpatizanţi care îi stătea mereu în apropiere pentru a-l linguşi. Era un bărbat influent în anumite sfere politice, iar dorinţa firească şi spontană, dar ilegitimă, de a conduce îi mângâia amorul propriu. Era un caracter josnic, plin de amante şi de petreceri pline de desfrâu. Să nu ne fie cu supărare, dar avea cui să-i semene. Era un leneş în felul lui şi ideea de a fi rege îl înnebunise şi imediat i-a răsărit în minte ideea unui plan prin care să-şi îndeplinească acest scop măreţ al vieţii sale. Doar câţiva cunoscuţi credincioşi lui şi avizi de putere ştiau despre aceste planuri, făurindu-şi şi ei visuri cu privire la ce funcţii înalte, promise de duce vor primi, dacă, dacă, dacă...

Regelui şi lui Iacob nu le trecu prin minte să se gândească la aşa ceva, la un rău venit din familie, de la primul născut pe care îl înnobilaseră demult. Îşi dedicau timpul vânătorii, curselor de cai, banchetelor, plimbărilor în aer liber şi savurau liniştea pe care o aveau de când se mai liniştise problema catolică şi de când ţara nu mai avea Parlament.

Charles al II-lea se mândrea cu multe realizări serioase, nu doar cu deschiderea teatrelor şi folosirea actriţelor femei în propriile roluri, renunţându-se la băieţi. El fondase Observatorul regal, Societatea regală pentru ştiinţă unde activau oameni capabili în număr mare printre care şi Isaac Newton, dăduse ordin să se construiască spitalul Chelsea, unde veteranii de război neajutoraţi aveau un adăpost sigur şi o masă caldă. Îi plăceau arta, ştiinţele şi te miri când mai avea timp şi de ele printre atâtea petreceri şi amante. Îl luase sub aripa lui protectoare pe omul care a reconstruit Londra după marele foc purificator, pe Sir Christopher Wren.

Catarina dovedi că avusese dreptate cu privire la furia protestanţilor care avuseseră funcţii în Parlament în trecutul nu foarte îndepărtat. Erau nemulţumiţi de modul în care luase Charles această decizie de a conduce fără for legislativ, cu o naturaleţe vădită, ca pe ceva ce trebuia să fie în mod normal. Astfel, au fost mulţi cei care l-au susţinut pe ducele de Monmouth şi care încă mai credeau într-o formă de excludere a lui Iacob de la tron.

În cercul ducelui, captivaţi de această idee, se aflau printre alţii Arthur Capell, conte de Essex, Algeron Sidney şi lordul William Russell. Aceştia ştiau că cei doi fraţi, Charles şi Iacob, aveau spre distracţie în viitorul apropiat, cursele de cai de la Newmarket. Conspiratorii s-au întâlnit, au ales ucigaşii care pe bani mulţi trebuiau să-şi facă treaba pe drumul de întoarcere către Londra a regelui şi al moştenitorului acestuia. Totul era pus la punct şi mecanismul era uns perfect pentru a nu scârţâi în ziua cu pricina însă Dumnezeu a fost scos din calcul şi uitat. Chiar cu o noapte înainte de a pleca spre capitală, casa în care erau cazaţi cei doi a luat foc. Regele şi Iacob au hotărât să plece imediat, deci mult mai repede spre Londra. Protestanţii nu au avut noroc nici de această dată. Ucigaşii aflaţi pe drum nu au mai avut ce ucide, regele şi suita lui trecuseră de mult. Ducele şi acoliţii săi au fost dezamăgiţi şi au luat-o ca pe o fatalitate. Un catolic îşi dorea Dumnezeu pe tron, Dumnezeu era catolic după cum vedeau ei bine situaţia.

Supărarea le trecu când teama puse stăpânire pe ei. Conspiraţia fusese descoperită, zvonurile se împrăştiaseră şi ajunseseră până la ei, dar şi la rege, care se înfurie la culme. Tremura de mânie şi nimeni nu-i putea sta în cale. Ducele de York auzisc dc amestecul primului născut al lui Charles şi i-o spuse fratelui său. Furios peste măsură, regele îl închisese pe contele de Essex, se pare mai puţin vinovat în Turnul Londrei, pentru a-i ţine companie lordului Danby, iar Sydney şi Russell primiseră sentinţa cu moartea şi fuseseră executaţi pentru înaltă trădare.

Cu fiul regelui soarta fusese mai blândă, a avut timp să fugă în Olanda la nefericita Mary, care trecea prin aceleaşi chinuri, avorta şi nu putea avea un moştenitor, având însă dragostea deplină a lui Wilhelm de Orania.

Înainte de a încheia episodul cu privire la acest complot, nu pot să nu menţionez ceva cu totul teribil. Regele furios, cum spusesem mai sus şi un duce de York care îşi jurase că dacă îl va prinde pe fiul trădător îl va ucide ca pe un vierme, au hotărât ca şi regina, eu şi Louise să participăm la decapitarea lui Sydney şi a lui Russell. Regina a protestat, Louise la fel. Nu mai văzuserăm aşa ceva, dar cu toate rugăminţile am participat la nefericitul eveniment. Ne-am acoperit feţele şi nu am îndrăznit să ne uităm, era prea mult pentru noi. Vedeam ca prin ceaţă cum cei doi urcau pe eşafod, apoi închideam ochii şi ne rugam în gând tremurând. A fost o experienţă groaznică, nu vedeam, dar auzeam tot. Mulţimea urla şi bătea din palme când cădea capul în coş şi îi era arătat. Călăul arăta capetele tăiate mulţimii ca să fie sigur că toată lumea a văzut. Mărturisesc că am plecat mai mult moarte decât vii de acolo şi dacă stau acum în linişte şi mă gândesc la evenimentul acela, îl trăiesc aievea. Aud securea, aud urletele, aud cuvântul „sânge". Dar să revenim. Nu-mi place deloc pagina aceasta din viaţa mea din Anglia. Cert este că acesta a fost ultimul episod în care protestanţii au mai încercat ceva împotriva regelui sau a lui Iacob.

Moştenitorul a căpătat o mare influenţă asupra curţii şi şi-a reintrat în drepturile fireşti şi faptic nu doar formal. Lorzii catolici aflaţi în Turnul Londrei au fost eliberaţi, iar viaţa şi-a urmat cursul.

Am văzut-o în acele zile pe Catarina fremătând şi răsuflând uşurată că regele, care nu o iubise niciodată, era în viaţă, trăia, pentru oricine în afară de ea. Cât devotament, câtă iubire mută, neîmpărtăşită, ce inimă largă şi iertătoare! Aceasta era regina şi acestea îi erau calităţile pe care Charles nu le-a văzut niciodată.

Din iubita noastră ţară plină de soare ne venise vestea încoronării lui Pedro. Chinurile bietului rege Alfonso luaseră sfârşit. Nici nu se mai putuse mişca înainte de a muri. Fusese adus la Lisabona conform dorinţei lui de a muri acolo. Nimeni nu s-a împotrivit. Era începutul lui octombrie când Catarina primi vestea şi începu să-şi plângă fratele, acest frate pe care nu l-am cunoscut prea bine şi care şi-a văzut evoluţia bolii sale în fiecare zi. Mai întâi în picioare, câteva crize, mai apoi paralizia temporară şi parţială cu crize mai puternice, apoi paralizia ca stare continuă, iar crizele de demenţă erau multe şi cu puţine momente de luciditate. Un suflet chinuit, agăţat ca iedera pe pereţii clădirilor. Tot acum am primit noutăţi despre noua regină. Maria Francisca era bolnavă iar doctorii credeau că va muri curând. Singurul comentariu al regelui Charles a fost că toţi murim şi în curând ne vine şi nouă rândul. Scurt, dar adevărat.

Catarina se întristă la gândul că Pedro va rămâne singur, doar cu fetiţa lui în curând. Unicul lui vlăstar. La începutul anului următor primirăm vestea văduviei lui Pedro. Maria murise de Crăciun în anul 1683, perioadă binecuvântată din an. Avea doar 37 de ani. Fata lor, prinţesa de Beira îşi pierduse mama la o vârstă atât de fragedă, ea având doar 14 ani pe atunci. Hotărî să intre la mănăstire pentru a-şi continua educaţia şi pentru a-şi plânge mama, nevăzută de nimeni. În discuţiile noastre, o credeam impresionată şi lipsită de sprijin. Se spunea că era răpitor de frumoasă. Eram atât de curioase! Ştiam că în curând avea să se mărite şi ne gândeam că poate va avea mai mult noroc.

În rest, anul 1684 fu liniştit, parcă şi regele se cuminţise. Viaţa lui atât de zbuciumată şi plină de dezmăţ îşi spunea cuvântul. Obosise. Petrecerile se răriseră considerabil, dar noi nu le duceam lipsa, poate doar curtenii amatori. Regele prefera liniştea alături de Louise sau lua câte un ceai cu regina, lucru care se întâmpla destul de rar. Îi făcea plăcere să poarte discuţii simple bând din licoarea aceasta fierbinte şi parfumată.

Regina nu dădea nicio serbare de ziua ei însă organiză un ceai intim în acea zi de noiembrie. Atunci, regele îi vorbi mai mult decât o făcea de obicei cu soţia sa. Parcă simţea că-i slăbesc puterile, parcă se transformase în alt om, iar soţia lui simţi şi avu un fior de spaimă. Înţelegea că Charles, niciodată îndemânatic cu ea, îşi lua rămas bun. A fost o aniversare fericită datorită atitudinii regelui faţă de Catarina şi nefericită pentru mesajele celelalte care mergeau de la unul la altul, neînţelese sau neobservate. Louise nu a simţit nimic iar regele, îmi place să cred asta, şi-a dat seama ce soţie a ignorat o viaţă întreagă, alegând femeile doar pentru trup nu şi pentru inimă.

Într-adevăr fusese ultima aniversare a Catarinei ca regină. Charles muri încet, încet şi de tot la începutul lui februarie 1685. În ultimele zile ale sale a chemat-o pe regină la el, ea însă a refuzat să-l viziteze trimiţându-mă pe mine cu un mesaj scris pe care i l-am citit tremurând. Catarina îşi cerea iertare pentru tot şi se scuza că nu are puterea de a-l vedea în ultimele clipe. Îi cerea iertare pentru lipsa ei de farmec, pentru religia ei, dar mai ales pentru lipsa copiilor. În cameră, când am citit misiva, era şi Iacob. Mi s-a părut emoţionat. Charles, drept răspuns, i-a spus în termeni foarte calzi că dacă cineva trebuie să-şi ceară scuze, acela este el pentru viaţa pe care ea a dus-o lângă el.

Tot în aceste ultime zile, spre oroarea tuturor, regele s-a convertit la catolicism. Fusese un tribut adus soţiei sale, un tribut mut pe care l-am înţeles doar noi două. Nu avea nicio legătură cu promisiunea făcută vărului

67

său Ludovic. Fiind catolic acum își dori funeralii simple până la moderație, cumva spre a-și spăla păcatele. Fusese depus la Westminster Abbey într-o criptă pregătită din vreme. Puțină lume îl însoți. Soția lui, cu văluri negre, era cu mine în aceeași trăsură, iar în spatele nostru, noul rege Iacob al II-lea acum, alături de soția sa care era la fel de lipsită de copii ca și Catarina. Le muriseră ambii copii pe care îi avuseseră împreună, Isabel la 5 ani iar Charles la o lună de la naștere. Iacob avea însă doua fete de la Anne Hyde, avea deci succesiunea asigurată, iar fetele erau pe placul poporului: protestante.

Parcă era un blestem acela de a nu avea copii. Mary în Olanda nu putea avea nici ea copii. Sora sa, Anne, se căsătorise cu doi ani în urmă cu Prințul George al Danemarcei, iar primul lor copil murise la naștere iar Anne aștepta acum un alt prunc.

Nu știu cât se bucură Iacob că este rege, știa ce trebuia să înfrunte, știa ura contra religiei sale. Cert este că draga mea Catarina era liberă, nu mai era regină, scăpase în sfârșit.

Louise nu dori să participe la ceremonia din 14 februarie, își luă rămas bun în felul ei și trecu în Franța cu lacrimi în ochi, iar dacă avusese vreo misiune, aceasta se terminase cu siguranță. Ne-am luat rămas bun de la ea pentru totdeauna în 10 februarie, înainte de a pleca spre Portsmouth. Franța îi deschisese brațele și o aștepta. Promisese că ne va scrie. Regele Ludovic al XIV-lea salută noul rege catolic al Angliei și convertirea celui decedat la catolicism.

Fusese urât în ziua aceea din februarie. Era frig, vânt, ploaie și ceață. Niciun fel de bogăție în cortegiu. Simplu, așa cum acest rege nu a fost în timpul vieții. Liturghia a fost una catolică, pe care protestanții o înghițiseră crispați.

Peste câteva zile Catarina veni doar cu mine și îngenunchiind lângă cavoul soțului său, plânse cu lacrimi amare. A fost modul ei de a se liniști și de a-și lua adio, nevăzută de cineva. Nu mai era regină, iar din acel moment nu a mai plâns niciodată pentru Charles al II-lea și nici nu l-a mai vizitat. Un capitol se terminase, un altul se deschidea în fața ei, dar acceptat ca „fie ce-o fi" și nu neapărat dorit sau cu speranță. Trebuia să trăiască până când Domnul o chema la el.

CAPITOLUL 11

Aşadar, Catarina nu mai era regină, ci devenise văduva răposatului rege Charles al II-lea. Acest statut ne dădu mai multă linişte şi parcă mai multă siguranţă. Nu mai era obligată draga mea prietenă să primească pe careva, să participe la diverse reuniuni obligatorii sau să aibă o atitudine de suverană, pe care mă tem ca nu prea a avut-o şi oricum cred că nu o prindea. Iacob al II-lea, fostul duce de York, era catolic, iar nebunia de a conduce o ţară protestantă îi aparţinea. Soţia lui, Mary de Modena, era nefericită, doi copii îi muriseră de mult deja, dar timpul nu şterse amintirea lor, mai ales a fetiţei care trăise câţiva ani. Panica se aşternu apoi printre englezi când băieţelul muri doar după o lună de la naştere. Ce uşurare pentru unii, printre ei numărându-se şi fetele Annei Hyde. Mary nu mai rămase însărcinată după aceste triste evenimente din viaţa familiei ei. Era o regină urâtă de supuşii ei. Încercase să se facă plăcută, dar fără nicio şansă. Era catolică şi asta spunea totul, indiferent de meritele sale. Englezii sunt un popor ciudat, asta a fost impresia mea până la finalul şederii mele aici.

Catarina dori să se mute din palatul în care trăise ultimele clipe alături de regele său. Ştiu că a avut o discuţie cu regele şi soţia acestuia, care au insistat să o aibă în preajmă, însă fosta regină a refuzat şi nu şi-a schimbat gândurile.

- Vreau să mă retrag undeva, într-o locuinţă liberă şi cât de cât pusă la punct, le spuse ea. Nu vreau decât strictul confort pentru mine şi Juliana. Dacă ar avea un parc, ar fi minunat. Nu vreau să împovărez acest stat degeaba. Parlamentul acesta mereu nu va fi de acord cu ceva extravagant. Oricum, ai de luptat cu el mai mult decât a făcut-o fratele tău Charles, nu trebuie să fiu o piatră în plus. O spun din experienţă. Am fost regină atâta vreme şi m-a obosit peste măsură. Trebuie să mă laşi să plcc, însă nu prea departe. Nu o să mă mai vezi atât de des şi nici eu nu am să mai ies.

69

- Lasă-mă să mă gândesc, spuse Iacob. Am s-o fac repede şi te vei muta curând.

- Îţi mulţumesc cumnate, spuse Catarina. Regret că nu te pot consola Mary dar am obosit să văd atâtea feţe, care mai de care mai ciudate şi mai răuvoitoare.

Când am aflat m-am bucurat, puteam să ne găsim în sfârşit liniştea. Era tot ce ne doream. Cred că peste o zi sau două, Iacob ne dăduse locaţia pe care o hotărâse. Servitorii pregăteau deja două apartamente şi camere pentru cei care veneau cu noi. Era vorba de Somerset House, casa ducelui de Somerset înainte de a fi confiscată de coroană. Acest om fusese executat în Tower Hill. Mai locuisem aici dar temporar însă acum ceva parcă apărea în lumină mai sumbră. Poate că imaginea ducelui ne apărea mai des în faţă, ştiam tabloul din unul din saloane, omul părea mândru de statutul lui care însă l-a îngenuncheat până la urmă. Nu aveam habar dacă mai exista cineva din familia lui, ducele fiind executat în 1552. Când totul fu aranjat, ne-am mutat în cea mai perfectă linişte. Era plăcut, totul era aranjat modest, dar plin de căldură. Am mulţumit printr-o scrisoare regelui şi ne-am adâncit în sihăstria noastră. Somerset House avea vedere către Tamisa, un parc destul de îngrijit şi pe acelaşi domeniu un mic cimitir cu bănci de piatră şi copaci bătrâni. Ne-am hotărât să ne îngrijim de micul loc de veci şi asta ne făcea fericite şi totodată ne trecea şi timpul în mod pios, făcând un lucru bun. Aveam doar servitori catolici, nu prea mulţi, dar destui pentru două doamne.

Am participat la încoronare, asta a fost în aprilie în acelaşi an al morţii lui Charles al II-lea, dar am stat retrase şi puţin vizibile pentru invitaţi. Cui îi mai păsa de o fostă regină? A fost o ceremonie grandioasă, dar cam obositoare, de-abia am aşteptat să ne întoarcem pe o uşă dosnică acasă la noi. Nu a fost o încoronare plină de bucuria poporului, toţi erau reţinuţi şi ştim cu toţii din ce motiv.

Primisesem o scrisoare din Portugalia în care regele Pedro al II-lea o chema acasă pe Catarina, părându-i rău de moartea soţului ei. Catarina i-a răspuns bucuroasă pentru scrisoare, povestindu-i unde stăm acum şi că suntem liniştite: „Dragul meu frate, inima mea spune că nu e momentul s-o pornesc acum pe mare către casă. Cineva îmi spune să mai rămân o bucată de vreme, iar când voi simţi, sper să mi se dea o corabie, măcar pentru că am fost regină atât de mult timp şi voi pluti sa mor pe pământul unde m-am născut." Catarina mai povestea de greutăţile domniei lui Iacob, pe care o crede că va fi scurtă.

Aş vrea să aduc aminte de un eveniment care s-a petrecut chiar în primul an de domnie al lui Iacob. Ceva ne-a uimit mult şi în privinţa căruia nu am putut face mare lucru decât să privim. Eram noi departe de privirile lumii dar veştile circulau şi la noi, ni le povesteau servitorii sau le auzeam dacă cumva eram afară la vreun geam deschis. Să aduc aşadar subiectul în faţa domniilor voastre aşa cum v-am spus.

Este vorba de ducele de Monmouth, primul născut al lui Charles al II-lea, care fugise în Olanda după acel complot nereuşit. Poate dacă ar fi stat liniştit acolo, viaţa i-ar fi trecut lină şi plină de siguranţă, dar dorinţa de a domni, nebunie din partea lui, nu-l lăsă în pace. Se gândi să se revolte pentru drepturile lui inexistente de fapt. Strânsese o mică armată şi pornise asupra lui Iacob, noul rege. Iacob, care jurase să se răzbune după întâmplarea din Newmarket, de-abia aştepta. Cei doi bărbaţi plini de ură unul pentru celălalt, se confruntară direct la Sedgemoor, în bătălia de la 6 iulie 1685. Oricât de catolic ar fi fost regele, el era suveranul şi îl înfrânse cu uşurinţă pe duce. Nici acum nu înţeleg de ce organizase această rebeliune cu atât de modeste resurse şi unde i-a stat mintea de a putut fi atât de întunecat.

Iacob îl adusese în Londra şi hotărâse după un scurt proces decapitarea lui. Aici a intervenit pentru singura dată Catarina, dar fără succes. Regele îi adusese aminte punct cu punct toate câte le pusese la cale acest Monmouth şi că acum, aflat în mâinile sale, greşit ar fi să nu-l ucidă. Catarina insistă că este pe jumătate sângele lui Charles, dar nu fu ascultată. Ducele fusese executat chiar dacă fosta regină se rugase pentru închisoare pe viaţă. Bineînţeles că nu am participat la această răzbunare vădită care îl satisfăcu pe noul rege, însă îi adusese ura protestanţilor. Parlamentul era un cui în coastele lui Iacob, opunându-i-se la tot ce dorea să întreprindă. Noul rege era un adept al libertăţii religioase, îşi dorea ca toate cultele existente să poată supravieţui în pace pentru că toţi membrii lor erau fraţi, adică englezi. Îi plăcea de asemenea maniera în care vărul său conducea Franţa, i-ar fi plăcut să poată conduce şi el la fel Anglia.

Biserica Anglicană era iritată că la ea acasă o să-şi piardă supremaţia în favoarea celei catolice. De fapt, toată domnia de trei ani a acestui rege a fost o bătălie între religii cu Parlamentul, care era de partea oricui în afară de suveran.

Tot acum, în această perioadă, reapare dintr-un capăt al Angliei o cunoştinţă mai veche a noastră, catolicul Robert Palmer. Acesta este desemnat Ambasadorul Angliei catolice la Vatican. Acolo nu se distinge prin nimic, doar poate prin răbdarea cu care suporta mizeriile compatrioţilor lui şi nu numai, datorate soţiei sale de care cu siguranţă nu aţi uitat. Noi nu. Era socotit cel mai mare încornorat al Europei, era ridiculizat peste tot, însă nici el nu divorţa. Se încăpăţâna ca regele precedent. O ţinea legată pe Barbara de el ca o pedeapsă. Asta nu înseamnă că doamna lui se făcuse uşă de biserică. Consolările în braţele

71

altor cavaleri curgeau gârlă, spre hazul tuturor. Asta să tot fi fost prin 1686, pentru că asta îmi aduce aminte de nefericita Mary de Modena, regina englezilor. Aceasta spera să mai poată avea copii după cele două tragedii din viața ei. Iacob avea două fiice, putea într-un fel să se consoleze. Nu era vina lui că Isabel și Charles muriseră, dar ceva o durea. Cu siguranță era un cuplu foarte sudat și care se iubea, însă Mary își dorea un copil doar pentru ea, nu pentru tronul englez. Probabil o durea foarte tare bucuria protestanților că nu putea avea un fiu și că băiețelul ei, Charles, murise cu atât de mult timp în urmă.

Acești oameni sperau în venirea din Olanda a primei fiice a lui Iacob să domnească. Mary nu putea avea copii, după cum am mai spus anterior. Era spinul din inima ei, era acel lucru care-i tulbura mintea oricât de consolator era soțul ei. Cea de-a doua fiică a lui Iacob, Anna, se bucura de maternitate, având o fetiță care din nefericire va muri în anul următor. Aceasta era cu adevărat o familie blestemată, cu sângele stricat, în care femeile nu pot aduce copii pe lume spre nefericirea lor.

Acesta din urmă este un subiect trist și plin de nefericire, așadar îl vom lăsa deoparte și ne vom ocupa de următorul an al domniei lui Iacob, 1687. Iacob nu-i semăna deloc fratelui său. Charles a fost ca un pește care se strecura ușor prin orice fel de ape, fie ele învolburate de furtuni, ori pline de nămol. Iacob a fost un om slab pe care Parlamentul l-a dominat. Nu a avut niciodată puterea să-l dizolve, nu a avut ca însușire abilitatea pe care Charles al II-lea și-o dezvoltase atât de firesc. Din cauza aceasta, domnia lui a fost scurtă, nu a putut preîntâmpina dorințele subterane ale parlamentarilor, care erau amabili pe față, iar în spatele regelui complotau pentru a-l detrona și a o aduce din Olanda pe Mary.

Tot atunci în acel an, din Portugalia am primit vestea celei de-a doua căsătorii a lui Pedro. Tânăra lui doamnă era Maria Sofia, prințesă palatină. Era cu doar trei ani mai mare decât Infanta Isabela Louisa. Pedro s-a căsătorit pentru a avea și alți copii. Infanta nu era o fire energică, era mai degrabă bolnăvicioasă. Era într-adevăr frumoasă, dar nu i-a folosit la nimic. A fost fata cea mai pețită și mai logodită a acelor timpuri, însă niciuna din aceste promisiuni nu s-a terminat cu vreo căsătorie. În toată viața ei, destul de scurtă, a fost logodită de cel puțin cinci ori, dar fără un bun sfârșit. Prințesa de Beira a fost curtată de cei mai importanți tineri ai vremii cum au fost: Victor Amadeus al II-lea de Savoia, Gian Gaston de Medici, Marele Delfin al Franței, Charles al II-lea al Spaniei și Ducele de Parma.

La căsătoria lui Pedro cu Maria Sofia, doar Ludovic al XIV-lea fusese puțin nemulțumit, trecându-i însă repede, motivul fiind că marele rege își dorea ca soție a lui Pedro în Portugalia o prințesă franceză.

Catarina se bucură şi îi dori fericire şi mulţi copii sănătoşi, pentru a salva casa de Braganza. Spera totuşi şi într-o căsătorie a nepoatei sale cu un tânăr pe măsura ei, era prea frumoasă pentru a fi nefericită.

Spuneam de asemenea ceva mai devreme de cât de scurtă se dovedi a fi domnia lui Iacob. Poate nu ar fi abdicat în mod forţat dacă regina nu anunţa naşterea unui băiat la începutul verii lui 1688. Acest anunţ spulberă ultima fărâmă de tăcere forţată care stăpânea forul legislativ şi întreaga Anglie. Însemna căderea Bisericii protestante, însemna un urmaş catolic. Copilul trăi mai mult decât fratele său Charles, ba chiar supravieţui tuturor.

Eram fericite şi am ţinut să o felicităm pe Mary. Era o şansă acest copil, însă nimeni nu o vedea. Anne pierduse fetiţa, aşa cum am mai arătat, şi era singurul băiat al familiei Stuart. Marea lui problemă era religia sa catolică, ceea ce era pe atunci un păcat de moarte. Nimeni nu-l recunoscu, nici Biserica, nici Parlamentul. Toată lumea striga că Mary nu a fost însărcinată, ba chiar se spunea că ar fi născut un copil mort şi l-a schimbat apoi cu un altul. Toată lumea protesta, iar Iacob a fost nevoit să convoace Parlamentul pentru a le spune şi pentru a-i convinge pe lorzi de faptul că într-adevăr este tată, că este copilul său şi mai ales urmaşul său la tron. În această afacere se implicară cu o patimă de neînţeles şi celelalte fiice ale lui Iacob, chiar şi ele erau de partea conspiratorilor, acest copil nu avea drept la tronul englez.

Iacob nu a reuşit să convingă pe nimeni cu pledoaria lui, din contră, partidul Whigs o aduse pe Mary în ţară alături de protestantul Wilhelm de Orania, obligându-l pe rege să abdice pe loc în favoarea primului lui născut. Toată această acţiune, de care englezii sunt foarte mândri, a purtat numele de „Revoluţia glorioasă", prin ea au scăpat de catolici pe tronul regilor săi. Ceea ce mai pot adăuga eu, ca martor pasiv al celor întâmplate atunci, a fost surpinderea faţă de atitudinea lui Mary în ceea ce-l priveşte pe tatăl său. Era trufaşă, lipsită de îngăduinţă, exact ca un om mic care uită de unde a pornit. Când au sosit cu nava din Olanda, poporul i-a aclamat, uitând de Iacob cu desăvârşire. Acesta fugise în Irlanda, lăsând-o pe draga lui Mary de Modena să treacă canalul cu băieţelul lor. Ludovic i-a găzduit, dăruindu-le adăpost din toată inima şi condamnând acea revoluţie absurdă. Mary a locuit până la moarte la Saint-Germain-en Laye, acolo unde aştepta sosirea soţului său sau chemarea în Anglia dacă planurile partizane ale lui Iacob ar fi reuşit.

Mary a II-a şi Wilhelm al III-lea au fost încoronaţi ca regi în ianuarie 1689 şi s-a văzut chiar şi în situaţia noastră acest fapt. Somerset House începu să cadă în paragină, noii regi nu mai acordau atenţie unei locuinţe de care nu se foloseau. A început perioada de declin pentru acest domeniu. Parcul nu mai avea aleile aliniate, iarba creştea peste tot, cimitirul era atât de trist şi de înfricoşător, doar noi îl mai îngrijeam din lipsă de ocupaţie. Gri-ul Londrei îşi punea însă amprenta peste tot. Verdele muşchiului se aşeza şi împânzea clădirea, pietrele funerare, banca unde stăteam, totul. A fost o perioadă urâtă desprinsă parcă dintr-o poveste cu stafii. Dacă se spărgea vreun geam, nimeni nu avea grijă să-l înlocuiască, doar bietele noastre servitoare prizoniere alături de noi, îl astupau cu ceea ce găseau la îndemână.

Acţiunea din Irlanda a regelui detronat nu avu izbândă. A fost învins de noii regi în vara următorului an şi nevoit să ia drumul pribegiei în Franţa. Nu am mai apucat să-l vedem vreodată. Ştiu că Mary a mai născut o dată, o fetiţă şi cam atât. Trăiră în ospeţie la vărul lor până când închiseseră ochii.

Foarte interesantă a fost atitudinea noilor regi de a nu ne surghiuni pe noi două, păream uitate în acea casă pustie. Probabil eram neînsemnate şi dintr-o epocă uitată, chiar dacă nu erau decât cinci ani de la moartea unchiului reginei Mary a II-a. De altfel nu ne arătam niciodată. Trăiam ca la mânăstire. Uneori ne imaginam copile, eram fericite în grădina noastră de flori şi cu pacea micuţului cimitir, care ne devenise prieten şi nu ne mai speria deloc. Trăiam, dar fără să fim zărite, ne duceam zilele într-o linişte deplină.

CAPITOLUL 12

Să ne întoarcem la Mary a II-a a Angliei. Aceasta era un soi de om din două bucăți, prima parte era aceea care îl umilise și îl osândise pe tatăl său fără niciun fel de remușcare, această parte urâtă a fost sprijinită de radicalii Whigs, care intrase în Anglia semeață și cu fruntea sus, precum și partea opusă, care îi aparținea soțului său.

De fapt, nu aici stă termenul de comparație cu prima parte a caracterului său, ci în alt aspect. După ce au fost încoronați amândoi regi ai regatului, Mary nu a mai dorit să stea în față ci a stat în umbra soțului ei care a condus aproape singur. Aici se află contradicția, a luptat împotriva lui Iacob însă mai apoi regină fiind, s-a amestecat doar strict unde era obligatoriu și unde se impunea prezența și mai ales implicarea ei directă. A condus atunci când iubitul ei soț era în campanii militare sau era ocupat cu alte lucruri. Avea doar 28 de ani când a urcat pe tron în blestemele tatălui ei, dar avea dragostea sotului care a iubit-o până la moarte, așa cum și-au jurat la căsătorie.

Din păcate, nu a putut avea copii dar era frumoasă, cel puțin mie așa mi s-a părut întotdeauna, depășind-o cu mult pe sora sa Anne, care avortase deja de nu știu câte ori până atunci și care devenise în sfârșit mamă, în vara lui 1689. Cu toții aveau inima strânsă, acest copil iubit, în care ambele surori își puseseră speranțele vieții casei Stuart, supraviețuise printr-o minune primului an de viață spre mirarea tuturor medicilor. Era un copil cu un cap neobișnuit de mare pentru trupul său mic. Medicii spuneau că ar fi plin cu apă sau cu te miri ce alt lichid și nu-i dădeau speranțe de viață. Era atât de iubit însă, iar iubirea dă credința în mai bine. Fusese numit duce de Gloucester. După aceste sarcini, Anne se îngrășase mult, nereușind să-și mai recapete subțirimea taliei pe care Mary încă o avea. Soțul ei, George al Danemarcei, o iubea însă la fel de mult. Fuseseră amândouă surorile două norocoase, aveau bărbați credincioși, cu preocupări diverse şi nicidecum fustele, cum fusese soţul Catarinei de Braganza. Charles al II-lea a fost un iubitor de plăceri trăite în tihnă, însă foarte abil în a supravieţui politic pentru a şi le satisface. Şi acum mă întreb cum de vărul său Ludovic îi trimitea acea rentă anuală fără să întrebe mare lucru. Dar asta e deja istorie.

Uneori mai primeam câte o scrisoare din Franţa, de la Mary de Modena. Aceasta îşi exprima gratitudinea faţă de Ludovic, care fusese atât de mărinimos cu familia ei, întreţinând-o cu mână largă. Povestea că se putea ruga în voie, putea merge la biserică, palatul având o capelă minunată. Ce o supăra era trăirea soţului ei Iacob, care era chinuit de faptul că fusese detronat de trufaşa lui fiică. Nu se putea împăca nicidecum cu acest gând. Suferea enorm, îl auzea vorbind în cabinetul lui, unde se închidea de fiecare dată. Îl găsea uneori cu James Francis pe câte o bancă, explicându-i micului băiat cine este el, iar bietul copil îl asculta şi îl privea cu ochii lui mari şi frumoşi. Trebuia să fie rege acest copil, trebuia să fie „King James", dar nu te poţi pune cu politicienii, oricât de rege ai fi tu. Mary se împăcase cu ideea exilului, găsise liniştea în rugăciunile din faţa altarului catolic.

Revenind la viaţa noastră la Somerset House, la început, precum am mai amintit, am fost lăsate în pace. Curând însă am primit o scrisoare oficială, rece şi plină de respect, prin care ni se anunţau reduceri de servitori, de cheltuieli şi tot ce este legat de întreţinerea noastră, astfel nu mai aveam voie să avem atât de mult personal catolic şi ni se cerea să nu ne plângem cumva Parlamentului pentru acest tratament restrictiv şi să ne mulţumim cu ce avem. Oricum nu aveam atâta personal şi Mary ştia asta. A fost cred doar o şicană şi cam atât. Nici nu am reacţionat la aceste restricţii, am răspuns că o să ne supunem cu umilinţă dorinţelor regilor stăpâni.

Acest lucru se întâmpla pe vremea când Pedro al II-lea asista la ce prevăzuse mai demult: la moartea Isabelei Louisa de varicelă. Trupul ei slăbit nu a putut face faţă acestei urâte boli. Eram triste pentru că nu apucasem s-o cunoaştem pe această frumoasă fată.

Cel de-al doilea copil al fratelui Catarinei trăia, avea deja un an, era sănătos iar Pedro era optimist. Spera să-l moşteneească cândva. Era născut în acelaşi an cu ducele de Gloucester.

Ne-am retras şi mai mult în noi şi am răbdat, ne-ar restrâns la două servitoare şi doi servitori. Nici măcar nu ieşeam din casă de teamă. Palatul era atât de mare şi de pustiu, dar mai ales lăsat în paragină. Se vedea că stăteam de milă acolo. Aveam mâncare, lemne de foc şi foarte puţin pentru cheltuiala noastră, dar noi nici nu aveam nevoie. Priveam Tamisa din Somerset House şi ne gândeam că toate trec, exact ca apele acestui frumos şi lat râu. Ne plimbam prin micuţul cimitir care era foarte trist în zilele acelea. Uneori mai primeam veşti din afară. Una dintre acestea fu că Palmer fusese eliberat din Turnul Londrei pe cauţiune. A plecat după 16 luni de suferinţă la o proprietate la ţară, după care nu am mai auzit nimic despre el. Despre asta începuse să-mi vorbească prietena mea într-una din plimbările noastre pe aleile parcului care de-abia se mai distingeau. Iarba creştea peste tot acum, iar iedera cuprinsese trunchiurile copacilor ucigându-i uşor, uşor.

- Juliana, începuse Catarina, îţi aduci aminte când fratele meu m-a rugat, de fapt m-a sfătuit, după moartea soţului meu, să mă întorc acasă, iar eu am spus că nu e încă momentul?

I-am răspuns că îmi aduceam aminte şi am lăsat-o să continue:

- Simt că acest moment a venit. Aici totul se va stinge. Stuarzii se duc curând, vei vedea. Dacă plecam atunci, îmi puteam vedea nepoata şi nepotul care acum nu mai sunt şi îmi pare rău. Îmi e dor de familia mea şi de o biserică în care să mă rog nestingherită. Nu mă mai ţine nimic aici, doar un mormânt al omului pe care nu l-am înţeles niciodată, dar pe care l-am iubit aşa cum mi s-a arătat. Am obosit, mă simt pribeagă! Poate dacă aş fi avut copii, aş fi avut un rost în ţara aceasta, dar cum nu e cazul se pare că m-am hotărât. Uite ce i-au făcut lui Iacob! Uite în ce paragină se transformă totul în jurul nostru! Mary nu are copii şi cred că e blestemul tatălui său la mijloc. Anne are acel prinţ nefericit, hidos, cu deformaţia aia ciudată, care nu cred că va supravieţui oricâte îngrijiri i se aduc. E a şaptesprezecea sarcină a acestei femei şi uite ce a ieşit! Nu cred că va salva el casa Stuart. Nici pomeneală! Are doi ani şi nu ştiu sigur dacă e un miracol cât a trăit. Am să scriu, Juliana, o scrisoare oficială şi o să cer o audienţă pe care o să mi-o acorde în calitate de mătuşă sau orice altceva. Am s-o fac curând.

Primul meu gest a fost să o îmbrăţişez pe Catarina şi să încerc să-mi stăpânesc lacrimile, fără şansă însă.

- Aşteptai de mult să-ţi vorbesc despre hotărârea mea, aşa-i? M-ai urmat toată viaţa, mi-ai fost un bun sfetnic cum cu greu aş fi găsit pe altcineva. Biata de tine! Iartă-mă, îmi spuse Catarina.

- Da, aşteptam de mult, dar mai ales de când cu scrisoarea reginei. Simţeam că încep să mă sufoc, apoi am îmbătrânit şi vreau să mor acasă la mine. Am partea mea de moştenire care mă aşteaptă şi am multe amintiri, o să-mi ajungă pentru tot restul vieţii.

- Juliana, tu o să stai cu mine şi o să pleci în casa moştenită de la mama ta, contesa, după ce mor eu, îmi promiţi?

I-am promis Catarinei, cum altfel? Eram ca două surori părăsite pe lumea aceasta, obişnuite să trăim laolaltă, să ducem greutăţile împreună, împărţind suferinţele, precum şi rarele bucurii. Ajunsesem să ne înţelegem din priviri. I-am spus că atunci când îi va scrie lui Pedro, voi pune şi eu o scrisoare pentru fraţii mei ca să ştie despre intenţiile mele.

- Sunt fericită Catarina, e un nou început, i-am spus eu în timp ce m-am aşezat pe banca de piatră deja înverzită, cu toate că o să-mi fie dor de Anglia asta ploioasă şi plină de ceaţă. E tinereţea noastră la mijloc, aici am trăit-o, chiar dacă speranţele mele muriseră din momentul semnării contractului tău de căsătorie.

- Gaspar? Încă mai ai inelul, zise Catarina, uitându-se la gâtul meu. E mort de multă vreme. Fără copii. În Spania. Poate o să ne ducem în pelerinaj acolo. Sigur ni se va permite. Dacă tu vrei, îţi promit că vom merge. Meriţi să îngenunchezi la mormântul celui care ţi-a răpit inima. I-am sărutat mâna în semn că îmi doresc asta şi că visez deja la acel moment. Atunci, Juliana, să ne facem planuri şi vise. Chiar acum o să scriu scrisoarea şi o să fim primite curând de regină. Acum să mergem, parcă e răcoare şi prea multă umezeală.

A doua zi misiva era citită de regină. Catarina nu se ascundea, îi expusese planul ei şi dorinţa de a fi primită în audienţă. Mary se afla în postura de a face două lucruri bune pentru ea: să scape de Catarina şi s-o trimită acasă şi să închidă casa Somerset, dar mai ales să scape de o catolică. Îi răspunsese imediat prietenei mele şi fixase şi ziua. Din scrisoare reieşea nerăbdarea de a ne vedea plecate şi promitea că ne va pune la dispoziţie o navă şi un echipaj, atunci când timpul ne va fi prielnic să putem pleca sau mai ales când noi vom hotărî acest lucru. Fixase audienţa la sfârşitul lui septembrie al anului 1691, adică aproape imediat de la scrisoarea trimisă de Catarina.

- Vrea să scape de noi, râse Catarina, citind răspunsul. Şi noi de ea, însă asta nu i-o vom spune pentru a ne facilita plecarea. De-abia aştept să mergem, mai spuse fosta regină.

Şi eu eram fericită şi am dormit ca un prunc chiar dacă nu mai eram de mult. Într-adevăr, regina Mary a II-a s-a ocupat în ziua cu pricina de tot programul. Ne-a trimis o trăsură cu blazonul lui Charles al II-lea, iar Catarina observă că este aceeaşi cu care a sosit pentru prima dată în Londra de la Portsmouth. Îi cunoştea tapiseria pentru că o mai folosise şi pe timpul domniei. Trăsura regală era însoţită de lacheii îmbrăcaţi în culorile casei Stuart. Totul contrasta puternic cu modesta noastră viaţă de la Somerset House, dar am înţeles-o perfect pe regină, dorea să pară în ochii lumii în relaţii foarte bune cu rudele sale prin alianţă şi cumva să dovedească respectul cuvenit unchiului său. Nu ştiu cum se descurca cu respectul faţă de Iacob al II-lea, tatăl său, însă cu noi i-a mers perfect.

De altfel, nici noi nu am fost mai prejos, ne-am îmbrăcat ca la curte, ceea ce fu pe placul lui Mary care probabil avea vreo teamă că ne vom prezenta ca niște cerșetoare sau ca niște sărmane dezmoștenite. Ne-am pus bijuteriile simple pe care le aveam, la care Catarina adăugă bijuteriile casei de Braganza. Arătam ca niște doamne care parcă locuiau în lux și bogăție însă Dumnezeu știe câte eforturi făcuserăm.

Nu am participat la întrevedere. Regina Mary a dorit să fie singură cu fosta suverană. Ceea ce o să vă spun va fi din relatările Catarinei la înapoiere. Oricum, nu a durat prea mult această întrevedere, știu doar că Mary a II-a era vădit ușurată de dorința noastră. Mai bine zis ochii îi strigau că am luat decizia cam târziu dar oricum ne pusese la dispoziție o navă pentru primăvara anului următor, echipată special pentru o regină a Angliei. Au mai vorbit de asemenea și despre copii, iar Mary i-a spus:

- Mătușă dragă, ne asemănăm cumplit, nu am putut avea copii, iar la tron mă va urma sora mea cu siguranță. Ne deosebește doar faptul că pe mine Wilhelm mă iubește și a acceptat situația aceasta nefericită. Cu toate acestea, cred că unchiul Charles, deși poate nu te-a iubit, a avut ceva pentru tine pe care nu-l pot descrie. Când era ceva împotriva ta îți lua apărarea ca un titan, ceea ce spune multe. Îmi aduc aminte de câte ori cerea respect pentru soția lui. Și mai vreau să-ți spun ceva. Nu cred că ducele de Gloucester va supraviețui. Dumnezeu știe cât îl iubim cu toții, câtă grijă îi acordăm să trăiască, însă teama mea este că totul e în zadar. Casa Stuart catolică sau protestantă va muri. Știu că în Franța mai este un vlăstar al tatălui meu, însă nu există nicio posibilitate de a ne întoarce la catolicism. Uneori mă întreb ce s-ar fi întâmplat dacă ar fi domnit? Ar fi continuat casa Stuart? Posibil, dar este un gând pe care îl alung. Îți spun toate astea mătușă pentru că vei pleca și că nu vei mai putea influența cu nimic Anglia. De fapt, niciodată nu te-ai amestecat, te-ai rugat doar și cam atât. Mă bucur că nu o să văd moartea casei Stuart, voi fi pe cealaltă lume pe atunci.

După acest monolog în care Mary își permisese să fie sinceră, îi mai promisese încă odată că totul va fi pregătit după trecerea iernii și întrevederea se termină aici. A fost ultima dată când cele două s-au mai văzut dar oricum nu a contat pentru niciuna dintre cele două doamne.

Catarina, având deja un program, a scris fratelui său în Portugalia. Acesta i-a răspuns mulțumit, o aștepta când dorea ea la anul, doar să-l anunțe cu ceva vreme înainte. Mai spunca că moștenitorul lui e sănătos și puternic și că avea doi ani deja. Adăugase în scrisoare câteva gânduri de bucurie ale soției sale Maria Sofia, care se părea, era amabilă și aștepta să-și vadă cumnata, care fusese atât de mult timp regină a Angliei.

Toată iarna aceea ne-am ocupat cu pregătirile, am petrecut sărbătorile în linişte, cu masa un pic mai plină datorită mărinimiei calculate a lui Mary a II-a. Ne-am luat cu noi daruri vechi ale regelui nostru, cadouri, câteva tablouri mici dar sufleteşte apropiate de inima noastră. Mai aveam haine destule de aranjat plus alte nimicuri necesare unei femei. Am renunţat la multe pentru că nu doream să umplem o grămadă de cufere degeaba. Catarina avea nişte bijuterii primite în luna de miere, pe care le păstrase pentru ea, nedându-le tezaurului coroanei. Nimeni nu ştia de ele astfel încât puteam să ne încredem că vom ajunge cu ele în Portugalia. Pe zi ce trecea fremătam ca apele Tamisei sub ferestrele noastre. Fraţii mei primiseră scrisoarea mea pusă în acelaşi plic cu al Catarinei. Mă aşteptau ca pe cineva de pe altă lume. Amenajaseră casa care îmi aparţinea şi acum se puseseră pe aşteptat, mai ales nepoţii pentru care cumpărasem o mulţime de mici cadouri.

Când se făcu martie, regina ne scrisese misiva de rămas bun, în care aveam data plecării naostre spre Portsmouth, detalii despre navă, despre trăsură şi altele de care se ocupase personal. Catarina mulţumi din toată inima şi îşi luă şi ea rămas bun, urându-i viaţa lungă ducelui de Gloucester, ultimul vlăstar masculin al casei Stuart cu şanse la tron.

La sfârşitul lunii, într-un echipaj de două trăsuri, am plecat către portul cu pricina unde ne aştepta nava noastră. Mergeam singure în trăsura din faţă, iar în spate se afla Marisa, bătrâna noastră servitoare cu care am venit în Anglia şi cu care ne şi întorceam acum. Trăsurile erau pline de cufere legate strâns şi de care aveau grijă lachei îmbrăcaţi simplu, pentru siguranţă. Pe drumul către Portsmouth, Catarina a vorbit continuu, aducându-şi aminte de locuri, de oameni, de soţul său.

- Îţi aduci aminte, Juliana, îmi spuse ea încreţindu-şi buzele, cât mi-am aşteptat soţul în oraş la sosire? O săptămână întreagă. Tot acolo m-am şi căsătorit în două rituri diferite. Cred că a întârziat pentru că Barbara aştepta un copil. Sunt însă vremuri de demult, nu-mi mai aduc aminte, nici nu mă mai doare. Acum mergem acasă. Oricum o să primim veşti mereu de la ambasadorul nostru de aici, de la Londra. Mi-a promis şi o să-mi scrie mereu. Sunt tare curioasă de această încrengătură de regi Stuart.

Afară începuse să plouă peste câmpurile bătute de vânturile acelea nemiloase. Am tăcut o vreme ascultând ploaia.

- Cred că Marisa e fericită, am început eu rupând tăcerea. A venit în camera mea şi mi-a spus-o. E fericită pentru că merge acasă şi că moare pe pământul ei natal.

- Biata femeie, câte a îndurat pentru mine şi religia noastră, zise Catarina. Dar gata, s-a terminat, acuşi vom ajunge în Portsmouth. Surghiunul s-a terminat. Cred că merităm să ne trăim în pace ultimii ani din viață. Anul acesta, 1692, este un nou început pentru noi. Ne întoarcem „ACASĂ”! Cam acest lucru fusese Anglia pentru noi și se terminase în sfârșit după 30 de ani.

Am călătorit cu bine până la Lisabona. Nava noastră era solidă și bine pusă la punct. Nu am avut parte de furtuni sau incidente majore. Eram doar nerăbdătoare, cu greu stăpânindu-ne să nu-l întrebăm pe căpitanul englez de câteva ori pe zi când vom ajunge. Afișa o atitudine distantă, de om care-și făcea doar datoria, iar noi eram prea mândre ca să avem discuții prea multe cu el. Am aflat zâmbind că Marisa nu-l cruța și după jumătatea călătoriei eram și noi informate de timpul cât îl mai aveam de petrecut pe mare. Numărăm pe ore, pe zile, dar parcă nu mai ajungeam odată. Marisa ne era acum servitoare la amândouă, dar era atât de fericită, plutea. Și noi la fel. Când am văzut coastele Portugaliei am plâns ca două copile ținându-ne strâns în brațe. Ajunsesem cu bine. Știam că eram așteptate de suita regelui și de frații mei.

CAPITOLUL 13

Până să ajungem în Lisabona, a mai durat câteva ceasuri, lungi cât cele mai negre zile trăite în Anglia. Uneori aveam impresia că stăm pe loc și ne uitam lung la căpitanul aflat la cârmă care rămânea insensibil. Englezii au darul acesta ca fără să scoată o vorbă, să te scoată din sărite. O privire de-a lor de gheață e mai rău decât o ploaie rece.

Astfel că nerăbdarea, precum și impasibilitatea căpitanului, au crescut laolaltă, cu fiecare lungime de corabie cu care înaintam. Când am văzut portul de departe iar peste ceva vreme mogâldețe ce se transformau în oameni cu cât ne apropiam mai mult, inimile noastre și timpul s-au oprit în loc. Eram acasă după atâta vreme, scurse de viață și obosite dar pe pământul nostru drag.

- Dumnezeu nu a îngăduit să murim în acel pământ înconjurat de ape, Juliana, îmi spuse Catarina luându-mă de mână.

Am încuviințat cu lacrimi în ochi, mai ales că vorbise în portugheză. Ce am simțit atunci e greu de descris, o stare de fericire nemăsurată, aproape de leșin. Stăteam agățate de balustrada ambarcațiunii cu Marisa alături, plângând cu sughițuri. Eram trei exilate care se întorceau acasă. Parcă totul se lumina și se limpezea în jur și mai ales era cald și soare. Nici urmă de nori și ceață. Aveam să nu mai stăm zgribulite de acum încolo cât mai aveam noi de trăit.

Cu cât înaintam cu atât auzeam mai clar uralele de bun venit, uimindu-ne și făcându-ne o deosebită plăcere. În sfârșit am ajuns. Când nava a ancorat, Pedro, regele, alături de frații mei, au urcat fără să aștepte să coborâm noi. Frații mei parcă erau ca tata așa cum îl lăsasem eu la plecarea în Anglia. Trecuse viața și peste ei, mănoasă dar efemeră și sfârșită. Pedro era ceva mai tânăr, dar nu mai regăseam copilul pe care îl lăsasem.

Ne-am îmbrățișat cu toții, minunându-ne că suntem din nou împreună. A fost o clipă cu adevărat fericită pe care o voi ține în inima mea mereu. Am coborât apoi, iar pe faleză ne astepta curtea portugheză alături de regina Maria Sofia. Am fost primite minunat, cumnata Catarinei era amabilă și vădit bucuroasă de această întoarcere atât de dorită de soțul ei. Mulțimea adunată arunca înspre cer cu pălăriile lor, spre mare noastră încântare. Mi-am amintit cum am plecat copilă, acum zeci de ani, de râsetele prevestitoare de rău ale lui Alfonso, de criza și de leșinul lui. A fost multă tristețe atunci, pe câtă bucurie era acum când ne întorceam vlăguite de prea mult ce îndurasem.

Ne-am dus împreună la palatul regal, unde am aflat că aveam deja un program pe care Catarina l-a acceptat imediat. Aveam voie o săptămână să stau în casele fraților mei și apoi să mă întorc la dispoziția Catarinei, pentru a ne muta. Până atunci casa mea era deja amenajată pentru noi.

- De când mi-ai scris că te întorci, iubită soră, spuse Pedro, m-am gândit să-ți construiesc un palat unde să locuiești, unde să te retragi și unde să-ți găsești liniștea.

- Vroiam să-ți cer acest lucru, îi răspunse Catarina luându-l de mână. Juliana poate locui o săptămână la frații ei dacă promite că mă va vizita zilnic. Așa m-am obișnuit, e hrana de care nu mă pot despărți.

- Îți promit, i-am spus eu surâzând.

Pedro continuă spunând că luase hotărârea ca până ce palatul din Bemposta va fi gata pentru Catarina, să locuim în casa mea. Luaseră hotărârea împreună cu frații mei, mie de altfel îmi convenea. Regele spuse că în Bemposta a cumpărat un teren unde este doar o capelă pe care o va încorpora viitorului palat și că acolo nu ne va deranja nimeni.

Până una alta, Marisa era deja acasă la mine și se pusese pe aranjat camerele, pe despachetat și pe desfăcut cufere. Îmi văzuse moștenirea înaintea mea. Pe Marisa noastră o așteptase în port fratele ei și soția acestuia, plângând cu toții de bucuria reîntâlnirii. Și ea ajunsese acasă după ce îi pusese la grea încercare nervii comandantului englez al corabiei. Dar nouă nu ne mai păsa de el, avea să plece înapoi peste câteva zile și cu el tot ce era legat de Anglia. Era soare și cald și păsările cântau bucuroase în copaci, iar ferestrele erau larg deschise primind aerul plin de parfum de liliac înflorit.

După această masă la care s-a vorbit cu mult entuziasm, frații mei m-au luat acasă, dar nu înainte de a o asigura pe Catarina că voi veni zilnic până e gata casa și voi sta cu ea până seara. Nu gândise rău regele, trebuia să stăm cu familiile noastre, să ne regăsim, să ne cunoaștem nepoții de care eram tare curioasă. Apoi urma să ne mutăm în casa contesei de Alfambra, adică mama mea, departe de zgomotul și problemele curții. Acolo puteam primi vizite, puteam să stăm în grădina din spate, puteam trăi neştiute. Era o casă retrasă şi totuşi foarte aproape de centrul Lisabonei. Eram tare curioasă să o văd şi eu, iar Catarina nu o ştia deloc.

Am plecat nerăbdătoare să-mi văd rudele, dar mai ales eram curioasă de copiii care erau mari de acum.

- Eşti fericită surioară? mă întrebă fratele meu mai mare la care trebuia să locuiesc.

- Da, de-abia acum simt că respir cu adevărat. Vreau să merg să-mi văd casa de la mama în care nu am mai intrat de atâta amar de vreme. Ştiu că aţi păstrat-o în bună stare şi vă mulţumesc. Voi locui cu Catarina, e minunat să am ceva al meu.

În acea săptămână am cunoscut şi recunoscut atâta lume la seratele pe care le dădeau fraţii mei care aveau casele una în faţa celeilalte, mi-am cunoscut nepoţii care se uitau lung la mine ca venită de pe altă lume. Începeam să mă obişnuiesc cu căldura, cu cerul senin şi fără urmă de ploaie.

Acum îmi stăruie în memorie două lucruri care m-au emoţionat: vizita la mormintele părinţilor, de fapt liniştea cimitirului şi pacea pe care am găsit-o acolo, un fel de acceptare a destinului necruţător şi casa moştenită de la mama. Am intrat şi mi-am reamintit-o imediat: scara de lemn care scârţâia datorită bătrâneţii, bucătăria curată ca pe vremuri, doi servitori bătrâni pe care îi lăsasem cu ani în urmă şi erau de atunci în serviciul nostru, camerele de la etaj minunat întreţinute cu flori la ferestre, strada de unde puteam vedea orice mişcare, salonaşul de lângă dormitor... Toate acestea erau minunate şi îmi readuceam aminte cum e să trăiesc şi să am poftă de viaţă. Marisa îmi arătă şi ea zâmbitoare camera ei.

Săptămâna Catarinei la palatul regal a fost asemănătoare cu a mea, cu multe vizite, cunoştinţa cu nepoţii ei şi mai de-aproape cu regina. Pedro a organizat multe ceaiuri în cercuri mai restrânse, fiindu-i pe plac Catarinei care s-a simţit minunat şi reprimită în sânul familiei. Tot în acea săptămână şi-a vizitat şi ea mormintele familiei unde am însoţit-o şi eu. A plâns la mormântul ciudatului Alfonso, a căzut în genunchi în faţa mormântului mamei sale şi a privit mirată locul de veci al frumoasei logodnice a Europei, moartă atât de tânără fără să cunoască viaţa.

- Aici voi fi îngropată şi eu Juliana, îmi spuse ea când am ieşit şi am urcat în trăsură. De-abia aştept să ne mutăm. Uneori mă simt în plus. Regina e tânără, cu copii, unul după altul, iar eu sunt fără vlagă.

- Eu, îi răspunsei, am renăscut văzând casa mamei. Cât voi mai trăi mă oblig să recuperez timpul în care am fost nefericită. Voi fi fericită, asta nu ţine de tinereţe, ci de sufletul meu care începe să respire.

- Poate ai dreptate în felul tău, poate ești mai puternică, spuse ea oftând, poate o să-mi dai și mie din tăria ta.

- Suntem acasă, nu mai striga nimeni la noi că suntem catolice, îl avem întreg pe Dumnezeu. Ce ar fi să oprim la biserica aceea micuță, nimeni nu ne recunoaște sub văluri!

- Bună idee, spuse ea coborându-și peste ochi vălul.

Am intrat. Era o biserică încântătoare și liniștită. Nu erau decât doi călugări înăuntru care schimbau florile ofilite cu altele proaspete. Ne-am așezat și am rămas privind în jurul nostru. Ne-am oprit cu ochii asupra scenelor din Drumul Crucii, gândindu-ne că și noi am parcurs un drum și că am ajuns aproape de sfârșit. Cât am rămas nu ne-a deranjat nimeni, chiar dacă știam că acei călugări trag cu ochiul la noi. Am plecat pline de Dumnezeu în suflete. Când am ajuns în trăsură eram fericite că am scăpat de chinuri, avem libertatea de a ne ruga lui Dumnezeu așa cum consideram noi de cuviință. Mare lucru!

Catarina îmi spusese că Pedro știa de la călugări de viața noastră și de tot ce am trăit noi în Anglia. Inchiziția era acasă la ea în Portugalia. Era tot un fel de urmărire dar mai blândă, acum fiind catolice evidente și avide în a o arăta și simți liber. Tot în acea săptămână, Catarina avu o discuție lungă cu fratele ei. Doamna mea îi spuse fratelui său cât de mult și-ar fi dorit să-i cunoască prima soție și primul copil.

- Dar s-au dus amândouă, iar eu am rămas să trăiesc mai departe, spuse ea amărâtă.

- Îmi închipui ce e în sufletul tău sora mea dragă, însă Maria Sofia este atât de bună și blajină încât îți va face plăcere să discuți cu ea când vei veni la palat, dar bănuiesc că întâi trebuie să te aduni.

- Da, într-adevăr, marele meu noroc a fost și este Juliana. A fost mereu alături de mine și sunt fericită cu prietenia ei. M-am bucurat că va locui cu mine când palatul Bemposta va fi gata. Niciodată nu i-a părut rău de soarta ei legată de a mea, de posibilitatea de a fi rămas în Portugalia, de a se căsători și de a avea copii, în sfârșit, de a avea o viață fericită aici.

- Știu, asemenea devotament trebuie răsplătit...

- A avut o mare iubire și o poartă încă în suflet, a fost vărul nostru Gaspar, cel căsătorit cu Antonia, mort la cinci ani după ce am ajuns noi în Anglia. Am fost „martoră" a sărutului lor cast, la schimbul de bijuterii drept amintire, la privirile lor de adio, toate în apartamentul meu de aici. E capabilă de mari sacrificii și drept să spun și acum poartă pe un lănțișor de aur inelul cu inscripția ducală a casei Medina Sidonia pe care i l-a dăruit Gaspar atunci. Nu știu dacă Antonia a observat, a dat ce a avut mai scump atunci: inelul cu pecete. Când ne-am îmbarcat pe navă spre Anglia, o scrisoare şi o şuviţă de păr i-au fost trimise printr-un curier de către Gaspar. Mărturisesc că ea, contesa, le ţinea lângă Christ în camera ei.

- O să vă placă liniştea Bempostei atunci. O să aveţi la ce medita, spuse Pedro. Însă veţi locui prima dată la Juliana până ce va fi gata.

- Încă ceva, iubitul meu frate şi rege. I-am promis Julianei că o voi duce în Spania, la mormântul iubitului ei. Cred că merită acest lucru. La anul, te rog din suflet să ne înlesneşti plecarea. I se cuvine să plângă la mormântul celui iubit.

- Da, îţi promit că mă voi ocupa de toate şi veţi putea pleca la primăvară când nu e atât de cald, spuse Pedro luându-i mâinile surorii lui într-ale sale. Eşti mulţumită?

- Da, din toată inima frate. Am s-o anunţ pe draga mea contesă de acest dar din partea noastră.

M-am bucurat când am aflat de hotărârea regelui, ţin minte că i-am mulţumit cu lacrimi în ochi Catarinei, sărutându-i mâinile la prima întâlnire. Plecarea noastră la casa mea nu însemna că nu ne puteam vizita rudele sau ele pe noi. Era doar un loc retras şi din liniştea lui puteam ieşi doar dacă doream.

Tot atunci, îmi aduc aminte că am fost felicitate de reprezentatul Papei în ţară, pentru tăria noastră în credinţa părinţilor noştri. I-am multumit şi acestui personaj misterios, cel puţin asta era părerea mea intimă, asigurându-l de dorinţa noastră de a trăi în simplitate şi rugăciune.

Acum, în aceasta perioadă, am cunoscut-o mai bine pe Maria Sofia, regina. După părerea mea, era o femeie minunată care făcuse multe pentru ţara care a adoptat-o. Portughezii o iubeau pentru că era o fire caritabilă, ajutând oamenii sărmani, văduvele şi orfaniii. Era o persoană deschisă care umbla şi lua legătura direct cu aceşti oameni. Fondase şi o şcoală, Şcoala franciscană, pe care a patronat-o până la moartea ei prematură. Soţul ei o iubea si o admira pentru ce făcea ea, chiar dacă îşi permitea să mai calce strâmb uneori. Aceste merite însă nu i-au plăcut Catarinei. Nu înţelegea coborârea acestei regine în rândul poporului. Nu o plăcea, iar mai târziu această animozitate va creşte, poate şi datorită imposibilităţii pe care Catarina a avut-o în Anglia de a fi deschisă faţă de poporul ei. Poate era o traumă din trecut care se răsfrângea asupra ei acum. Nu i-am comentat vreodată părerea, iar gândurile mi le-am păstrat doar pentru mine. Îmi plăcea prinţesa palatină devenită regină a Portugaliei, dăruise un moştenitor ce avea acum trei ani.

Casa mea nu era un palat, mai degrabă o vilă, cum ar spune italienii, însă avea tot confortul. La etaj erau câteva camere minunate prin simplitatea lor, iar jos erau sufrageria, salonul, un cabinet, bucătăria şi camerele servitorilor. Pentru cinci persoane era destul. Când totul a fost

86

aranjat, Catarinei i-a plăcut din primul moment. Era atâta liniște. Ocupam doar noi două etajul, iar servitorii făceau prea puțină gălăgie. Camerele noastre dădeau spre grădină, așa că sunetele străzii nu ajungeau până la noi.

După ce ne-am instalat, frații mei au dorit să ne vadă. Catarina i-a primit îngăduitoare. Ne-am obișnuit cu această schimbare destul de repede, mergeam la liturghie, ne plimbam, citeam în grădină. Era minunat. Marisa ne ajuta pe amândouă să ne îmbrăcăm, să ne aranjăm, era camerista noastră de atâția ani. Bătrânul servitor stătea mai tot timpul în grădina pe care o considera fiica lui, iar soția lui, bătrână și ea, la bucătărie.

Când timpul a mai trecut și ne-am obișnuit cu noua noastră situație, îmi aduc aminte că am început să-i scriu Mariei de Modena, soția lui Iacob, cu teamă că poate nu o să-mi răspundă sau cine știe în ce situație se află. Teama mea s-a risipit însă odată cu prima epistolă primită de la Maria. Se mai liniștiseră și așteptau un copil. Vestea aceasta mi-a făcut mare plăcere, ca de altfel tot ce-mi scria Maria. Scria frumos și cursiv, îți făcea plăcere să citești ceva scris de mâna ei. I-am scris și eu despre actuala noastră situație și o rugam să continuăm această corespondență care îmi însenina existența. Așteptam să vină vara și să nască pentru a ști că și ea și copilul sunt în siguranță și sănătoși acolo la Saint-Germain-en-Laye. Iacob se bucura de viață, îl tulbura încă depărtarea de casă și nedreptatea fiicei lui. Îi plăcea să se plimbe, dar multe nu prea putea face, fiind totuși un exilat neputincios. Fusese rege, acum nu mai era și trebuia să accepte acest lucru.

Catarina s-a bucurat de noutăți și de altfel am început o corespondență adevărată din care am învățat multă geografie a locurilor unde trăiau foștii regi alături de băiețelul lor. Cred că Franța e minunată doar citind descrierile Mariei. Nu am ajuns niciodată acolo. De scris, scriam doar eu pentru că pe Catarina nu o mai interesa purtarea unei corespondențe susținute. Era atentă la toate veștile, se bucura, dar refuza să scrie două rânduri cu mâna ei. Prefera să stea în rugăciune, să mediteze la viața ei și să aibă lungi discuții la care participam și eu uneori cu preotul ei personal. Se schimbase oarecum și era mai retrasă ca oricând. Parcă o obosea schimbarea de climă cu soarele ei permanent.

Am amintit ceva mai sus că în casa mamei mele nu aveam decât trei servitori. Catarina refuzase ceva în plus de la fratele ei. Uneori ne plimbam cu trăsura iar atunci, cu o zi înainte, ea îi scria fratelui pentru a-i trimite echipajul, ceea ce Pedro făcea bucuros.

Era uneori atâta liniște de parcă mă dureau urechile. Catarina avea momente când nu scotea o vorbă cu orele. Privea în gol afară sau în sufletul ei, iar ochii parcă i se tulburau. Devenise melancolică și îi plăcea

87

că nu o deranjez. Rămâneam cu o carte în mână câteodată, însă alteori ieşeam afară, nesimţită de fosta regină a Angliei. Ce vedea departe de terasa pe care stăteam, nu am întrebat-o niciodată.

Marisa ne mai aducea veşti despre regina Maria Sofia, de cât de iubită era de oameni, de câte acte de milostenie făcea, cum se cobora printre săracii oraşului şi cum dădea mâna cu ei. Aceste manifestări dădeau privirii ei frumoase o lumină divină, cel puţin aşa spuneau sărmanii, iar ea ardea la rândul ei ca o candelă. Pentru Pedro era o punte de aur între el şi popor. O admira şi o iubea pe soţia lui chiar dacă îi era infidel, având destule favorite. Mariei puţin îi păsa, avea copiii şi actele de caritate. Era întotdeauna însoţită de doi preoţi în plimbările ei şi avea doar 26 de ani la acea vreme.

Catarina era uimită şi scandalizată, dar manifestările ei de dezaprobare le arăta doar între patru pereţi, cu voce înceată şi cu mine ca mator unic.

La sfârşitul verii am primit o scrisoare din Franţa. Maria născuse o fetiţă în iunie, iar acum se simţea bine şi întremată. Louisa Maria Teresa, fetiţa lor, era sănătoasă, iar Iacob un tată fericit. Avea acum ocupaţie cu această fetiţă drăguţă, avea încă un urmaş care îl făcea să uite de dorul de patrie. Maria mai povestea că Iacob nu-şi mai dorea tronul, însă ar mai fi sărutat odată pământul ţării sale care l-a trimis în exil. Aşa e omul, sărută mâna călăului său.

Revenind la cealaltă Marie, Maria Sofia, aceasta îşi dădea seama de fiecare dată atunci când se întâlnea cu cumnata sa de răceala acesteia. Ştia că fosta regină a Angliei nu o place, iar în public păstra doar o tăcere rece şi o politeţe aşişderea, calculată. Nu se plăceau şi gata, eu nu aveam niciun amestec în această situaţie. Îmi vine în minte acum o situaţie de la un dineu la care am participat, în care regina m-a luat de braţ surâzând şi mi-a spus zâmbind că ştie de sentimentele Catarinei pentru ea dar că nu se supără deloc.

- Catarina este o femeie de compătimit pentru câte i-a dat Dumnezeu să ducă pe umerii ei de femeie, o compătimesc din tot sufletul, mă rog pentru ea şi nu simt nimic rău pentru ea. Greutăţile au făcut-o ursuză, iar hainele acestea cernite o îndepărtează de lume, închizându-se în sine, spuse regina.

Nu am răspuns nimic la aceste vorbe, doar că nimeni nu va afla ce mi-a mărturisit între patru ochi la fereastră Maria Sofia. Am făcut o reverenţă maiestuoasă şi am plecat sub privirile acestei tinere. Catarina nu cred că observase scurta noastră discuţie, ea era în discuţii cu un cardinal într-un loc mai retras. Nu i-am spus niciodată că regina o intuise atât de bine şi nici ea nu a avut vreodată vreo dovadă a discuţiei mele cu Maria

Sofia. Subiectul era închis şi nu a fost reluat niciodată între mine şi suverană.

Cam aşa trecu primul an în Portugalia, după vreme îndelungată revenite pe meleagurile ei, adaptându-ne, mergând uneori la palat, rugându-ne la biserica din apropiere, iar eu aşteptând să vină primăvara ca să putem pleca spre Spania. Ştiam că Pedro se ocupa de toate prin secretarii săi. Anul Nou l-am petrecut în rugăciune şi în studierea schiţelor palatului Bemposta. Într-adevăr capela aceea era centrul de unde pleca tot palatul, înconjurând-o. Catarina era încântată. Eu visam la Spania, iar ea la viitorul ei palat, Bemposta.

CAPITOLUL 14

Cadou de la Catarina, am primit scrisoarea aceea în care îi fusese anunţată moartea vărului ei în 1667. Am pus-o lângă crucea din camera mea. Era îngălbenită de atâta vreme, însă tot ce era legat de vărul ei mă bucura. M-a uimit capacitatea prietenei mele de a ţine în ea atâta amar de vreme această veste şi apoi faptul că scrisoarea mi-a dat-o chiar acum în anul acesta, 1693, când doream să mergem în pelerinaj la mormântul lui. Murise tânăr, la 37 de ani. Pentru că soţia lui, Antonia, nu-i dăruise copii, titlul de duce revenise fratelui său vitreg, după mama sa - Anna Maria de Guzman.

Acest de-al XI-lea duce de Medina Sidonia trăia şi fusese anunţat de venirea noastră. Pedro primise înapoi o scrisoare în care ducele Juan Claros ne scria că ne aşteaptă cu bucurie şi cu curiozitate în acelaşi timp, mai ales pe fosta regină a Angliei. Era onorat şi el dar şi soţia acestuia, Mariana, de fapt a doua lui soţie. Prima soţie, Antonia Teresa Pimentel murise de ceva vreme, dar îi dăruise moştenitorul coroanei ducale. Manuel Perez de Guzman y Pimentel, viitorul duce, avea în 1693 22 de ani. Era în floarea vârstei semănând întocmai mamei sale, aşa cum aveam să vedem apoi.

Să revenim aşadar la iubitul meu. Toată lumea făcea eforturi considerabile pentru ca eu să-i văd piatra de mormânt. Gaspar Juan era fiul lui Gaspar Alfonso Perez, al IX-lea duce de Medina Sidonia, conceput cu prima soţie Anna Maria de Guzman. Mai avusese fraţi, dar toţi muriseră, doar el supravieţuise. Se născuse în 1630, iar atunci când l-am cunoscut eu avea 32 de ani şi nu era încă duce. Tatăl său avea să mai trăiască doi ani. Era căsătorit din interes cu Antonia, fiica lui Luis Mendez de Haro, al VI-lea marchiz de Carpio, o femeie geloasă, stearpă şi înţepătoare. Matrimoniul era eşuat, cei doi nu se mai iubeau mai ales de când Antonia văzuse că nu poate avea copii, acest lucru transformându-se într-o gelozie bolnăvicioasă. Multe despre el nu prea ştiu, aşteptam călătoria să mă dumiresc şi eu, să văd vreun portret, vreo rămăşiţă de la el. Mai era însă până în martie. Totul era pregătit, doar timpul rămânea să se facă prielnic pentru că urma să mergem cu o corabie până în portul Cadiz, de unde plecam câtre oraşul Medina Sidonia cu una dintre trăsurile ducale pregătită în acest scop.

Aceste rânduri sunt deci despre mine, ajunsă la o vârstă la care în mod normal trebuia să am copii şi nepoţi. Eu îmi retrăiam casta mea tinereţe cu visele ei cu tot. Ştiam că regele Portugaliei aranjase totul şi eram nerăbdătoare şi înfricoşată în acelaşi timp. Parcă mă duceam chiar să-l întâlnesc pe Gaspar Juan, nu doar să-i văd mormântul. Inima îmi tresărea altfel ca atunci demult în apartamentul Catarinei. Mă uitam atunci la şuviţa de păr, la inelul ducal şi mă cuprindea duioşia. Acum aveam două scrisori îngălbenite. Erau relicvele mele. Îi eram recunoscătoare Catarinei pentru că venea cu mine, înlesnindu-mi transformarea visului în realitate. Ea însă îmi zâmbea şi-mi spunea că atât poate face pentru mine, cu atât mă poate ea răsplăti pentru devoţiunea mea.

- Şi apoim Juliana, sunt şi eu curioasă să văd rudele mamei, sunt un fel de ambasador în această călătorie. Tu ai mers cu mine peste tot, iar eu voi face la fel. Nu ne vom despărţi niciodată, îmi spuse Catarina aşezându-şi dantelele manşetelor.

I-am mulţumit prietenei mele cu lacrimi în ochi, spunându-i că nădăjduiam să-l întâlnesc pe Gaspar Juan în ceruri şi i-am mărturisit că de multe ori mă rugasem ca Domnul să mă ia la el mai repede împlinindu-mi astfel visul. Catarina mă mângâie şi îmi spuse ca unui copil că e păcat să te gândeşti la aşa ceva.

- Te vei duce în ceruri când îţi va veni vremea, nu-l supăra pe Dumnezeu, continuă Catarina.

Cu adevărat se părea că mai am mult de trăit şi că nu voi vedea Cerurile deschizându-se pentru mine prea curând. Mă simţeam bine, nimic nu mă supăra, iar cu cât dorita călătorie se apropia, parcă întineream devenind mai sprintenă şi mai puternică.

Hotărâsem să duc cu mine un ghiveci cu o iederă, s-o las acolo pentru iubitul meu. Aveam s-o plantez şi ea avea să se întindă veşnic. Catarina nu găsi ideea mea a fi rea. Tot cu prilejul iederei mi-a spus că Juan Claros ştia motivul şi scopul acestei vizite, era bucuros că fusese cineva care îl iubise toată viaţa pe fratele său şi că nici el nu murise fără să ştie ce este iubirea pe care o întâlnise întâmplător. Am rămas surprinsă de aceste noutăţi, dar prietena mea mă linişti, simţind că acest frate era bun la suflet cu siguranţă. Îmi mai spuse că Pedro purta o corespondenţă cu el în care mă descrisese şi ne povestise scurta noastră poveste.

- Cine ştie ce surprize plăcute te aşteaptă în Spania, mai zise ea apoi, ridicându-se de pe fotoliul ei şi ieşind pe terasă.

Ce aflasem acum mă emoţionă adânc dar hotărâsem să mă las în voia sorţii. Nu mă interesau nici relaţiile dintre Spania şi Portugalia devenită liberă odată cu domnia tatălui Catarinei, ştiam că între cele două popoare exista o oarecare animozitate sau mai bine zis relaţiile erau însoţite de o politeţe de gheaţă cu multe subînţelesuri.

Funcţionarii regelui ne dădură toate actele şi aprobările în scopul vizitei. Eu eram doar doamna de companie a Catarinei. Motivul vizitei Infantei era de a-şi vizita rudele din partea mamei, mormintele lor dacă era cazul. Şi era, într-adevăr. Era un motiv plauzibil şi bine ales, adică veridic. Astfel, aprobările de partea spaniolă fuseseră obţinute mai uşor.

Când veni luna martie, nava a fost pregătită de plecare. Trebuia să călătorim doar pe lângă coastele Spaniei şi ajungeam la Cadiz. Căpitanul hotărâse două opriri pentru aprovizionare, în portul Lagos iar pe partea spaniolă la Huelva, înainte de a ajunge la Cadiz. Din aceste două porturi ne-am hotărât să trimitem scrisori la Lisabona şi la Medina Sidonia, anunţând despre toate evenimentele de pe drum. Marisa nu veni cu noi căci o dureau rău de tot picioarele, aşa că aveam la dispoziţie acum servitori aduşi de rege.

Fraţii mei erau bucuroşi că îmi voi îndeplini visul şi îmi urară drum bun şi revenire cât mai grabnică printre ei. Eu eram nerăbdătoare să ajungem la destinaţie. Vremea era încântătoare, exact cum spusese regele. Aveam cu noi o adevărată curte, casa de Braganza trebuia să-şi arate independenţa cumva, iar acest lucru era un bun prilej de a o face.

Eram exact la sfârşitul lui martie, cu un an după revenirea noastră din Anglia, ţară în care nu se schimbase mare lucru în acest an. Ducele de Gloucester, William, trăia chiar aşa cu capul diform şi ciudat. Gândindu-ne însă la Alfonso, nimic nu ni se mai părea straniu. Infanta se simţea bine, aparent ieşise din starea ei de apatie care dura uneori ceasuri lungi şi obositoare pentru mine. Îşi adusese aminte cum îşi luase rămas bun de la regină înainte de a pleca. Aceasta era însoţită de cei doi băieţi, Joao, care avea patru ani şi Francisco, care avea doar un an. Îmi mărturisi că fusese un pic geloasă pe această mamă minunată şi pe copii ei.

În Lagos nu am staţionat mult, doar pentru aprovizionare. Vremea era superbă, iar căpitanul dorea să profite de ea. Nici nu ştiu când am intrat în apele teritoriale ale Spaniei. Ţărmul se vedea destul de aproape, arid, cu pământul roşu, vedeam cum oamenii se opreau în loc să privească corabia casei de Braganza. Unii mânau turme de oi pe colinele acelea seci, alţii aveau alte diverse ocupaţii pe care nu le prea observam prin ochean, nava fiind într-o mişcare destul de rapidă.

La Huelva ne aşteptau scrisori şi din Portugalia, dar şi din Spania. Nu am vrut să coborâm pentru siguranţa noastră. Era sfatul căpitanului şi l-am urmat cu sfinţenie. Am citit scrisorile închise în cabina mea. Nu am ieşit afară pe punte, doar puţin către seară.

În Spania, domnea Carlos al II-lea, ce ironie, avea acelaşi nume ca al soţului Catarinei, un nefericit fără copii şi foarte bolnav, care de tânăr îşi scrisese testamentul, omorând continuitatea casei de Habsburg în favoarea casei franceze de Bourbon. Bietul om era ca Alfonso îşi vedea zi după zi înaintarea spre sicriu. Dar să nu mai vorbim despre lucruri triste.

Aveam să fim aşteptate la Cadiz de însuşi ducele de Medina Sidonia, adică de Juan Claros. Ducesa nu era cu el, însă ducele avea un alai destul de mare. Ne întâmpină cu mare bucurie, sărută mâna mătuşii sale, mă salută cordial şi pe mine şi apoi slujitorii începură să care cuferele la trăsură. Până în oraşul pe care îl stăpânea am călătorit în aceeaşi trăsură spaţioasă ce avea blazonul ducal pe părţile laterale, blazon la care mă uitam ciudat din cauza coşurilor cu dragoni din mijlocul său. Curând am lăsat Cadiz-ul în spate, oraşul fiind cel mai mare port al Spaniei, apoi am luat-o pe drumeaguri de ţară, unde praful roşu se ridica necruţător făcându-mă să strănut. Ducele mă asigură însă că nu era chiar departe destinaţia noastră şi în curând o să avem tot confortul la dispoziţie.

Într-adevăr, a avut dreptate, oraşul cu palatul lui ducal se văzu de după o colină, care de fapt era un deluşor de piatră roşie. Am fost întâmpinate de ducesa Mariana cu zâmbetul pe buze şi imediat ne-a arătat camerele unde să ne tragem sufletul. Palatul era frumos, construit din piatră albă ce contrasta puternic cu roşul pământului. În spate se afla o livadă de măslini ca o adevărată pădure, ţinând loc probabil de parc umbros. Aveam fereastra camerei pe partea aceasta a clădirii. Catarina o avea în faţă, iar ea vedea o fântână din care ţâşnea apă într-un heleşteu mare, plin pe margine cu peşti din piatră. Era tare frumos, uitam cât de arid este în jur. Totuşi eu cred că eram mai norocoasă, îmi plăcea mai mult pădurea aceea de măslini printre care se aliniau bănci din aceeaşi piatră ca şi clădirea.

Uitându-mă mai bine, pe masa din camera mea am văzut o bijuterie şi mă gândeam să o anunţ pe ducesă când mă fulgeră o idee care mă făcu să mă reped asupra ei. Era medalionul pe care l-a purtat la gât Gaspar Juan, cel dăruit de mine şi din care am scos bucla mea de păr. Ce surpriză! Am căzut în genunchi plângând în hohote. Am pus apoi bucla la loc şi mi-am pus medalionul la gât, eram din nou proprietara lui. Am plecat la Catarina, care înţelesese ce găsisem doar uitându-se la gâtul meu şi recunoscând şi ea bijuteria.

- Juliana, draga mea, Antonia nu a ştiut niciodată de această bijuterie. Actualul duce i-a luat-o fratelui său din mâini când acesta mai avu putere să vorbească înaintea morţii. Cât l-ai iubit tu, atât te-a iubit şi el pe tine, iar Juan Claros a vrut să-ţi facă o surpriză şi să te încerce în acelaşi timp. Ai trecut testul lui, ai recunoscut bijuteria. Mâine o să mergem la cimitir să vedem mormintele neînfricaţilor duci din care mă trag, iar tu o să plantezi iedera. Acum, dacă eşti gata şi mai liniştită, să mergem jos, suntem aşteptate. A trecut testul, nepoate, spuse Catarina în timp ce coboram scările. Are medalionul la gât după cum vezi.

- Mă bucur contesă, spuse ducele zâmbind. Ultimele lui vorbe au fost pentru dumneata şi ştiute doar de mine. Te-a iubit şi spunea că te aşteaptă în ceruri, poate acolo Dumnezeu va face dreptate şi veţi fi împreună.

- Mulţumesc, am zis eu abia stăpânindu-mi lacrimile, când am simţit că mă ia cineva de talie. Era Mariana, ducesa, care îmi zâmbi liniştindu-mă şi conducându-mă către locul unde era aşezată masa.

În timpul mesei am vorbit mult despre familia despărţită, o parte în Portugalia şi alta în Spania. A fost o masă liniştită, în care se simţeau calmul şi înţelegerea dintre cei doi soţi. Nici Mariana nu avea copii însă Juan Claros avea un moştenitor de la prima soţie, Antonia Teresa Pimentel, moartă de multă vreme. V-am mai amintit de acest tânăr, care lipsea acum, fiind cu treburi în Castilia, la vechi rude de-ale lor.

După masă intrarăm într-un salonaş ce se afla imediat lângă locul de luat masa. Ne instalarăm confortabil în nişte fotolii pentru a lua ceaiul, iar ducele sună din clopoţel. Imediat intrară doi servitori cu ceva mare şi dreptunghiular, învelit în pânză, în mâinile lor cu mânecile suflecate. Mariana mă luă de mână şi mă duse în faţa a ceea ce se dovedi un tablou. Am scos pânza şi am oftat, începând în cele din urmă să plâng. Era un portret al dragului meu Gaspar Juan. Era atât de bine redat, era aidoma chipului său de atunci din camera Catarinei.

- Dragă contesă, când a venit acasă fratele meu, a hotărât să-şi facă portretul, o idee pe care o respingea până în acel moment. M-a anunţat că îşi pierduse inelul şi asta m-a pus pentru a doua oară pe gânduri. Gaspar era atât de serios, corect şi nu uita niciodată nimic, însă nu am spus nimic. Imediat porunci confecţionarea altui inel, pe care îl port eu acum, zise ducele întinzând mâna, arătându-şi inelul.

- Inelul lui este la mine, am spus eu scoţându-l la iveală de la gât.

- Acolo va şi rămâne, spuse Mariana zâmbind.

- Iar tabloul este al tău, râse Catarina bătând din palme. Am înţeles acum.

- Mătuşă dragă, eşti o fire intuitivă, tabloul aparţine într-adevăr contesei, spuse ducele. Pe patul de moarte, fratele meu mi-a poruncit că dacă voi da vreodată de urma contesei de Alfambra, să i-l dau. Vreau să subliniez că până atunci refuzase să-şi facă portretul sau să se lase pictat alături de Antonia. O veţi cunoaşte, e singură într-un tablou, cu aceeaşi faţă palidă, dar mă scuzaţi, despre morţi numai de bine trebuie să vorbim.

Mărturisise că am adormit târziu, iar lumânarea mi-a luminat camera multă vreme. Mă uitam la tabloul pe care aveam să-l duc cu mine acasă. În locul gol rămas, puseseră un tablou cu iubitul meu pe când era doar un copil, lângă soţia lui matură, nefiresc oarecum, dar galeria familiei trebuia să fie completă. Am îmbrăţişat de atâtea ori tabloul şi visam deja unde îl voi pune acasă. Neapărat va fi pus în dormitorul meu, ferit de ochii lumii. Îmi fusese credincios şi eu lui, eram uniţi pe veci în faţa divinităţii. Atâtea surprize avusesem şi doar în câteva ceasuri de când ajunsesem în Spania. Într-un târziu, după miezul nopţii, am stins lumânarea şi am adormit împăcată cu mine însămi. Aveam să mai stăm două săptămâni încheiate iar apoi aveam să ne întoarcem.

Voi trece peste amănuntele neimportante ale călătoriei noastre. Am să vă povestesc cum a doua zi, eu, Catarina şi ducesa, am mers la cavoul familiei ducilor Medina Sidonia. Acolo erau îngropaţi cu toţii, alături de soţiile lor. Marmura îmbătrânită a mormântului dragului meu Gaspar Juan era înverzită pe ici, pe colo. Pe placă scria numele, anul de naştere şi cel al morţii. Lângă el era locul Antoniei, care murise după el din câte am aflat. Erau atâtea inscripţii peste tot, era un loc ca un muzeu dar mi s-a părut că totul e prea rece şi că nu-l regăsesc pe ducele meu acolo. I-am spus acest lucru şi Catarinei, care m-a înţeles, şoptindu-mi că e el în inima mea şi doar acolo. Am ieşit de acolo şi am hotărât să plantez iedera lângă uşă. Speram să se caţere pe toată clădirea. Mariana îmi promisese că va avea grijă să o pună pe o sfoară să poată ajunge până pe acoperiş. După ce am sădit-o, m-am rugat să se prindă şi am început apoi să ne plimbăm prin cimitir. Catarina adusese flori pe care le pusese peste marmura rece a bunicilor săi, făcea în mintea ei o uniune dintre Luiza, mama ei şi părinţii săi aflaţi departe de fiica lor.

Am venit la morminte în fiecare zi, nu erau departe de palatul ducal, ştiam şi singură drumul. Catarina nu a mai venit. Spre sfârşitul celor două săptămâni am fost încredinţată că iedera mea se fixase cu rădăcinile în pământul Spaniei. Mariana îi poruncise paznicului să bată nişte cuie şi să pună o sfoară pe care să se poată agăţa iedera, îi mai porunci de asemenea s-o ude zilnic şi să aibă grijă de ea. Îi dădusem câţiva bănuţi pentru treaba aceasta, însă el îmi replică:

- Pentru dona Mariana aş face orice, nu-mi trebuie bani! Este atât de bună cu familia mea. Cealaltă ducesă care doarme acolo înăuntru nu s-a uitat niciodată la mine. Soţul său îmi plătea simbria şi mă mai ajuta, însă ea era atât de mândră, iar eu atât de mic încât nu avea timp de un muritor atât de neînsemnat ca mine. Ea a închis însă mai repede ochii decât mine şi tot cu ajutorul meu. Am iertat-o de multă vreme.

Pe mine m-a uimit firescul cu care vorbea despre ducesa Antonia, pentru el era o femeie ca oricare alta, care moare ca oricine şi trăieşte cam la fel, pe care o îngropase şi de care avea grijă. Îmi mai spusese că se ruga ca Sfânta Fecioară s-o ierte pentru îngâmfarea ei.

În ultima seară l-am cunoscut şi pe moştenitorul titlului ducal. Tânărul acesta, puţin trecut peste douăzeci de ani, avea ceva din tatăl său însă obrazul îi era mult mai fin. Semăna probabil cu Antonia Pimentel, mama lui, căreia i-am zărit de asemenea tabloul în galerie.

Totul fusese aranjat pentru plecare, toate darurile pe care le-am primit erau deja pe navă şi nava încărcată cu provizii. Întinerisem după această vizită, iar drumul înapoi a fost parcă mai scurt. Poate şi pentru că nu ne-am mai oprit în Huelva, ci doar în Lagos, de unde am scris scrisori către duce, rege şi fraţii mei. Pe vas îi mărturisii Catarinei că mă liniştisem şi că aşteptam să pun piciorul pe pământul patriei mele.

Când am ajuns, toată lumea a observat cât de bine ne făcuse călătoria, eram înviorate. Toată familia era mulţumită de ce vedea. Era cam pe la sfârşitul lui aprilie sau chiar începutul lui mai. Vremea era minunată, chiar dacă cam dogoritoare. Îmi reamenajasem camera punând tabloul în cui. Eram atât de fericită, Gaspar mă privea ori de câte ori mă uitam la pânză, doar că el era tânăr, iar eu bătrână. Mă amuza această situaţie.

Am primit o scrisoare din Spania, în care Mariana îmi povestea că iedera creştea viguroasă şi că pusesară lângă rădăcinile ei, jos pe clădire, o placă pe care îmi scriseseră numele, faptul că iedera îmi aparţinea şi că era un cadou pentru ducele mort în 1667. Ţin să spun că m-a impresionat acest gest, etern, toată lumea va şti de mine acum. Era interesant. I-am multumit scriindu-i înapoi, odată cu această scrisoare plecând şi una către Franţa, în care îi descriam Mariei călătoria noastră în Spania.

Restul timpului ni l-am petrecut ca şi în Anglia, în plimbări prin împrejurimile Lisabonei, unde nimeni nu bănuia cine suntem şi nici teamă nu aveam. Oricum, eram însoţite de câţiva servitori. Marisa ar fi putut veni, dar nu o mai ţineau picioarele. O vizita fratele ei destul de des, însă ea nu prea ieşea din casă. Uneori mergea până în grădină, însă mai mult de atât nu putea să facă. Umezeala Angliei îi afectase oasele, şubrezindu-le.

Maria Sofia, regina Portugaliei, era însărcinată şi avea să nască anul viitor. Ar fi al patrulea copil al reginei şi al şaselea pentru rege, ţinând cont de Infanta Isabel din prima căsătorie şi de fiica sa naturală, recunoscută, Luisa de Braganza, care avea 14 ani în 1693. Maria Sofia nu avea nicio supărare cu privire la aceste amante şi la copii lor. Îşi iubea sotul, iar calmul şi bunătatea ei îl readuceau mereu înapoi. Aceste femei erau trecătoare, ea era soţia lui, ea îi dăruise moştenitorul. Astfel că trecu şi anul 1693, plin pentru noi şi în acelaşi timp odihnitor.

CAPITOLUL 15

Ne-am bucurat de încă o iarnă ca în copilăria noastră, fără vânturi puternice, fără foc continuu în şeminee. Într-una din zile chiar am mers pe malul Atlanticului şi am cules scoici, asemenea zilelor din copilăria noastră. Le-am pus la ferestrele salonului de zi, în care stăteam mai toată ziua. Ne delectam cu scrisorile de la Maria, în care povestea cu mult haz despre năzbâtiile celor doi copii, despre dinţii lor care creşteau, ori începeau să cadă, depinzând de vârsta fiecărui copil. Maria era amuzată şi ne umplea şi pe noi de haz. Catarina asculta dar nu era atentă. Trebuia totuşi să-i aduc la cunoştinţă orice lucru nou pe care îl aflam, chiar dacă nu prea mai avea păreri de spus.

În acest an, 1694, Maria Sofia născu o fetiţă care a adus o bucurie scurtă familiei. Infanta Francisca Xaviera muri imediat după naştere, spre nefericirea tuturor. Pedro era de neconsolat, îşi dorea atât de mult această fetiţă în amintirea primului său copil. Plânsetele şi jalea mare ne-au cuprins la ceremoniile de despărţire de acest trupuşor firav. Îi mulţumii totuşi lui Dumnezeu că fetiţa era botezată şi împăcată astfel cu El, intrând ca înger în Împărăţia Lui. Doar părintele său care şi-a dorit-o atât de mult era mai greu de îmbărbătat, era tată atunci, nu rege.

I-am scris despre această poveste tristă şi Mariei care ne consolă de la depărtare. Am fost surprinse de biletul cu scrisul Louisei, pe care Maria îl ataşase scrisorii sale. Louise ne povestea cum a fost deposedată de darurile de la Charles al II-lea, cum i s-a luat pensia imediat după 1688, cum trăia la Paris din mila regelui Ludovic al IV-lea, dar se descurca destul de bine. Catarina a răspuns ridicând din umeri:

- Şi ce ar fi dorit această femeie? Ca Mary a II-a să-i dubleze pensia? Îţi aduci aminte prin ce am trecut noi şi cât de constrânse am trăit? Cum ar fi putut Mary s-o plătească pe amanta unchiului ei? Cred că Louise, îmbătrânind, nu mai are vioiciunea pe care am iubit-o atâta. Nici amanţii nu mai stau la uşa ei şi nici spioană nu cred că mai poate fi. Are 45 de ani şi viaţa de femeie fatală s-a dus cu totul. Uneori mă bucur că nu am fost frumoasă, m-ar fi ispitit cochetăria şi cine ştie ce mai făceam acum. Excesele distrug întotdeauna. Mă bucur că e sănătoasă şi că regele francez îi dă o pensie, însă asta nu e viaţă, e închisoare ţinând cont de ce tinereţe plină de excese a avut parte. Acum îi este greu şi o înţeleg, dar ce pot face de aici pentru ea? Nimic.

Am lăsat-o să vorbească, Catarina uita că Louise nu-i cerea ajutorul, ci doar ni se confesa ca unor vechi prietene. Până la urmă şi steaua ei a apus, ca steaua tuturor curtezanelor bătrâne şi fără o leţcaie în buzunar. Mi-o amintisem atunci pe Barbara, dar doar pentru o secundă. Toţi îmbătrânim şi dacă nu avem inteligenţa s-o trăim acceptând-o, viaţa e o povară, o bilă de fier prinsă de picior ca la ocnaşi. Bătrâneţea are şi ea farmecul ei dacă spiritul îţi rămâne treaz şi tânăr. Catarina îşi simţea anii, însă eu nu. Când mă uit la acel drag tablou din camera mea, sunt tot cea care i-a furat inima omului iubit, pe atunci tânăr şi frumos.

La curte erea mare vânzoleală, Maria Sofia fiind iarăşi însărcinată. Catarina era puţin îngrijorată:

- O s-o omoare aceste sarcini dese, însă Dumnezeu, dacă o face să rodească, să-şi poarte crucea atunci.

Şi eu eram de aceeaşi părere. De-abia pierduse copilul şi aştepta altul în 1695. Regina spera ca pruncul să fie tot fetiţă.

Într-un târziu i-am răspuns Louisei la adresa din Paris pe care mi-o indicase în bilet. Nu i-am scris multe lucruri doar unele esenţiale din viaţa noastră. Atitudinea Catarinei m-a determinat să-i scriu aşa, în consecinţă ştiam că nu voi primi vreun răspuns prea curând.

Am primit în schimb veşti din altă parte, de data aceasta pe cale diplomatică. Mary a II-a a Angliei murise de variolă la doar 32 de ani. Tatăl său fusese anunţat, însă nu i se permisese să calce pe pământul patriei, rămânând în Franţa fără a-şi lua rămas bun de la fiica lui, care l-a înfruntat şi umilit atât de mult. Î-am scriso scrisoare de condoleaţe în Franţa, la care ni s-a răspuns cu mulţumiri.

Wilhelm al III-lea de Orania va domni singur, tânjind după soţia lui şi rămânând neconsolat. Refuză să se însoare şi deci refuză a mai avea copii cu altcineva, copii ce ar fi putut să-i ducă numele mai departe. Toată lumea se uita către ducele de Gloucester care, la această vreme, avea cinci ani şi trăia chiar dacă era cu dizabilităţi fizice.

Nu ne-am dus bineînţeles la inmormântare, eram reprezentaţi de ambasador şi cam atât. Casa regală trimisese de asemenea o scrisoare oficială de condoleanţe în care Catarina adăugă câteva rânduri personale în memoria nepoatei sale. Dar ca orice pe această lume, totul trece, totul se transformă şi piere.

În 1695 Maria Sofia mai născu o dată, de data aceasta un băieţel care a trăit. I s-a pus numele Antonio, iar regina îşi recăpătă încrederea în sine cu cât mai multe zile pe măsură ce zilele au trecut, iar micuţul trăia şi era bine. Pedro, la petrecerea de botez, a fost vesel şi a făcut mult haz pentru că nu are nicio fată, dacă nu o punem la socoteală pe Luiza, mama ei, Maria da Cruz Mascarenhas, fiind de mult uitata. După naşterea lui Antonio, Maria Sofia parcă se schimbă puţin pentru cei care o cunoscuseră mai bine. În faţa tuturor afişa acelaşi calm, aceeaşi blândeţe şi aceeaşi bunăvoinţă, însă uneori un nor îi întuneca fruntea dispărând imediat. Parcă sufletul ei nu mai ardea pentru ea ca până atunci, ci în proporţie mai mare pentru alţii. Oare o deranja nefericirea soţului cu privire la dorinţa de a avea o fetiţă? Oare ce sacrificiu încerca să facă această regină? Doar eu însă observasem acest lucru din cercul nostru. Am ţinut acest amănunt pentru mine şi aşteptam. Nu aveam cu cine vorbi despre acest subiect, ştiam că regina va face totul pentru ca Pedro să aibă o fată. Şi da, în anul următor născu o fetiţă, minunată şi tare frumoasă, căreia îi puseseră numele Teresa Maria.

Ce de copii, ne gândeam noi! Câtă forfotă în jurul lor! Câte botezuri şi petreceri pentru ei! Ce picioruşe roz şi grăsunele! Ţin să spun că am fost tare încântată. Îmi păstrasem naturaleţea tinereţii, ceea ce nu pot afirma despre Catarina, care era din ce în ce mai opacă şi nu avea relaţii prea strânse cu regina care însă nu era deloc supărată. Mărturisesc că Maria Sofia s-a refăcut mai greu după această naştere, a stat două săptămâni mai mult în pat faţă de alte sarcini anterioare.

Catarina era ca un copil care îşi găsise jucăria preferată. Se ocupa de viitorul ei palat, de Bemposta, care se ridica încet, încet, fiind departe de a ne muta curând în el. Prietena mea se ocupa de schiţe, avea lungi discuţii cu arhitectul, dorea să-şi pună blazonul în faţă, pe zidul de la intrare, să fie cât mai vizibil şi alte multe amănunte şi mici nimicuri.

După ce îşi reveni, regina îşi continuă operele ei de caritate precum şi educaţia copiilor. În curând, se află că era iar însărcinată. Era ca o martiră pentru noi. Se bucură când doctorul îi confirmă această nouă sarcină. În fond, era tânără, avea 30 de ani. Astfel se născu Infantele Manuel, conte de Ourem. Regina se refăcu mai repede, iar când ieşi în public arăta bine, chiar dacă eu observam că norii de pe fruntea ei stăteau mai mult acolo până să dispară, luminându-i fruntea. Aceşti nori, aveam să aflăm, erau cauzaţi de soţul ei care avea o nouă amantă, adică mai bine spus, o nouă favorită. Dacă pe prima favorită nu a cunoscut-o, pe aceasta din urmă o ştia, era Anne Armands de Verger. Vedeam că o doare, că încearcă să-şi păstreze demnitatea şi că norii stăruiau deja. Observase şi Catarina, care îmi spuse într-o zi scandalizată:

- Nu pot înţelege cum fratele meu Pedro împarte două paturi, al reginei pe care o chinuie cu naşterile acestea şi care închide ochii ţinându-şi gemetele de durere pentru ea şi patul acestei favorite, care nu-mi place! Măcar dacă ar fi fost spirituală ca şi Louise. Poate că în această perioadă nu va mai naşte regina, măcar s-o lase să se refacă. Să nască această favorită.

Eu nu am avut niciun comentariu, ştiu că lucram şi m-am prefăcut tare ocupată cu ghergheful meu, iar Catarina vorbea şi nu băga de seamă agitaţia mea cu privire la subiectul acesta, pe care îl mai trăisem odată în Anglia. Prietena mea îşi uitase durerea pe care o trăise şi se revolta pentru durerea alteia.

Aşadar, în următorul an nu se mai născu în familia regală niciun copil, se pare că regele frecventase mai mult patul amantei sale. La un moment dat, în 1698, se petrecu un lucru înfiorător pentru credinţa noastră. Atât regina cât şi favorita erau însărcinate. Această sarcină a reginei era dureroasă pentru ea. Prezenta o tăcere mută, iar zâmbetul îi pierise şi îl afişa când era obligatoriu, dar şi atunci era schimonosit. Regele nu observă durerea soţiei sale. Nefericirea şi chinul purtării acestei sarcini puse pe şuşotit întreaga curte. Nu ne permiteam să vorbim despre acest subiect cu regina şi apoi, noi nu stăteam prea mult în palatul regal.

Când îi veni sorocul, regina născu o fetiţă la sfârşitul lui ianuarie 1699, iar mai apoi favorita, care născu un copil recunoscut de rege, căruia îi puseseră numele de Miguel. Din nefericire, Maria Sofia nu se refăcu total. Reuşi să se ridice din pat, să strângă din dinţi şi să-şi îndeplinească rolul, dar cine ştie ce dureri avea şi nu le spunea nimănui până când zâmbetul ei milos pieri şi îi fu imposibil să mai iasă în stradă la poporul ei.

Aceste naşteri o obosiseră şi era evidentă durerea pe care o simţea şi pe care nu o mai putea ascunde. Doctorii îi recomandară repaus şi o călătorie departe de zbuciumul Lisabonei, poate şi pentru a fi departe de această favorită şi copilul ei. Cine ştie!? Supusă, regina acceptă şi plecă în această vacanţă de refacere, pe care regele o aprobă din toată inima, odată pentru că avea nevoie de Maria Sofia pentru puntea ce o reprezenta între el şi popor, dar şi a doua oară, pentru a sta nestingherit cu metresa lui.

Când s-a întors însă, suverana arăta mult mai rău, avea cearcăne adânci, era mai palidă şi mai slabă. Îi spusese Catarinei în vizita de bun venit pe care i-o făcuse, că îşi scrisese un fel de memorii pe care dorea ca aceasta să i le păstreze şi să le dea soţului ei la un moment dat. Nu spusese moarte, cred că încă mai spera să trăiască.

101

Doctorul avu o discuţie cu regele care era nemulţumit de slăbiciunea soţiei sale. Diagnosticul era rezervat, iar doctorul îşi permisese să spună, cu jumătate de gură, că inevitabilul se va produce mai curând sau mai târziu, depinzând aici de voia Domnului nostru. Regina nu avea decât 32 de ani, însă sarcinile o doborâseră, slăbind-o considerabil.

- Şi nu doar că a pierdut din greutate, Majestate, nu, şi inima bate neregulat, plămânii sună altfel, nu mai are poftă de mâncare, iar stomacul îi este afectat, detalie doctorul.

- Dar nu vreau s-o pierd, îşi spuse ca pentru sine Pedro cu voce tare când se află singur în cabinetul său.

Într-un final şi regina înţelesese inevitabilul pe care anturajul i-l ascundea. Favorita fusese îndepărtată prentru mai mult calm. Până şi poporul înţelesese, cu mintea lui slabă, vestea bolii iubitei lor regine. Datorită acestei slăbiciuni continue, regina se îmbolnăvi şi de erizipel, faţa fiindu-i inflamată şi, pe zi ce trecea, mai desfigurată.

Maria Sofia se consolase şi i-o spusese şi soţului său. Îşi săruta cu ardoare copiii, uimiţi de transformarea mamei lor, ca pentru ultima dată şi mulţumea cerului pentru fiecare zi pe care o primea de la el. Pedro deveni apatic. Era o situaţie tare tristă.

Poporul stătea în faţa porţilor palatului aşteptând o veste de bucurie precum şi chipul reginei la balcon, sau de tristeţe. Regina se deforma din ce în ce mai tare. Oglinzile fuseseră acoperite, iar servitorii nu aveau voie să se mire de nimic. Maria Sofia nu se mai ridică din pat, iar Pedro se găsea în faţa celei de-a doua văduvii. Îi promisese solemn soţiei sale că nu se va mai căsători vreodată.

Când regina simţi că sfârşitul îi este aproape, primi Sfânta împărtăşanie şi îşi ceru copiii, dar şi pe noi, chemate fiind în grabă. Îşi luă rămas bun liniştită, sărutându-şi copiii, fără lacrimi. Se liniştise odată cu împărtăşania. Îşi luă rămas bun de la Pedro, pe care îl ierta din toată inima. A murit ca o sfântă, pe 4 august 1699, cu două zile înainte de a împlini 33 de ani. A fost plânsă ca o martiră, iar poporul a fost lăsat la sicriul ei. Portughezii plânseră mâna aceea care nu se mai apleca peste ei şi o înmormântară într-o linişte plină de durere.

Pedro părea distrus, întotdeauna ne dăm seama de ce pierdem abia după ce nu mai putem face nimic. Era vina lui, îşi spunea, prea multe naşteri şi prea multe amante. Catarina îi dădu jurnalul Mariei Sofia, acela scris în ultima ei plimbare care nu a întremat-o însă. După ce îl citi, Pedro căzu într-o mare tristeţe, din care doar războaiele îl mai scoteau. O desemnase regentă pe Catarina pe timpul absenţelor sale. Joao era încă minor. Catarina acceptă şi această misiune.

Moartea soţiei sale deschise calea la multe morţi, pe care noi, cei vii, trebuia să le primim şi să ne reculegem. În următorii ani în care Pedro trăi liniştit, încercând să-şi revină după marea pierdere a soţiei lui, Domnul îi chemase la El pe mulţi, spre uimirea noastră.

Ducele de Gloucester, speranţa Stuarzilor, lăsă garda jos şi muri, obosit de asemenea de viaţa pe care o avusese. Era născut în acelaşi an cu Joao, iar moartea lui îl înspăimântă pe Pedro. Oricine poate muri, aşa cum muri de asemenea William, singurul copil al Annei. Secolul începuse deci prost pentru casa Stuart. Am trimis din nou o scrisoare de condoleanţe, la care Anne ne răspunse doborâtă de durere. Piereau cu toţii, într-adevăr se zărea deja în depărtare casa de Hanovra fluturându-şi steagurile. Era neputincioasă, nu mai putea avea copii după atâtea avorturi. Nu i-am mai răspuns. Ce puteam să-i mai spunem? Nimic nu o mai putea consola, în ea trebuia să găsească puterea necesară.

În următorul an, Mariei de Modena îi veni rândul să-şi plângă soţul. Iacob muri trist, departe de ţara lui, îngropat fiind acolo la Saint-germain-en Laye, plâns de soţie şi de cei doi copii ai săi, aflaţi lângă el. Oare ce s-ar fi întâmplat dacă fiul lui, un Stuart catolic, ar fi continuat ca rege? Dar aceasta este o poveste imposibilă. Nimeni nu ar accepta catolici pe tronul Angliei, mai degrabă o altă casă regală decât catolici legitimi.

Urmându-ne cronologia, în anul în care ne-am mutat în frumosul palat Bemposta, după un an de răgaz, muri şi regele protestant al Angliei. După multe escapade pe care Wilhelm le făcea călare, căzu de pe cal şi se răni. Îşi reveni, dar căzu răpus de pneumonie, din cauza umezelii excesive a acelor ţinuturi. Nu avea urmaşi, astfel că la tron urmă durdulia Anne, ultima Stuart pe tron. Liniştita regină se bucura de iubirea soţului ei, prinţul consort George, cu toate că nu mai avură alţi moştenitori. Au locuit tot la Kensington Palace şi au preferat la conducerea ţării pe cei din partidul celor mai moderaţi, adică pe „tories", mai puţin intransigenţi.

Am spus mai sus că în anul 1702 ne-am mutat la Bemposta, însă înainte de acest eveniment aşteptat de pe vremea de când ne-am întors din Anglia, am locuit o perioadă la palatul regal. Catarina era desemnată regentă pentru Joao. În 1701 Pedro avu tăria de a pleca la război, pentru succesiunea la tronul spaniol. Acel tânăr, Carlos al II-lea, bolnav şi ţinut în viaţă de spiritul său puternic, murise în noiembrie 1700. Îi urmă însă la tron Philip al V-lea, lăsat cu limbă de moarte în testament ca succesor de către cel trecut la cele veşnice. Astfel, pentru casa de Habsburg, moartea lui Carlos însemna pierderea tronului Spaniei în favoarea francezilor, adică a casei de Bourbon. Era cam aceeaşi poveste ca şi în Anglia, unde casa Stuart pierdea tronul în favoarea casei de Hanovra.

O perioadă cu atâtea evenimente încurcate şi cu atâtea morţi ne-a făcut să fim martore ale unor importante schimbări în destinul unor mari puteri ale vremii. Când Pedro a revenit, ne-am retras uşurate în palatul Catarinei. O luasem cu noi şi pe Marisa, lăsând în casa mea puţini servitori, doar pentru a o întreţine.

Bemposta era un palat minunat, cu armele Catarinei încrustate la intrarea principală. Capela din mijlocul lui era interesantă. Fusese o idee bună încorporarea ei în cadrul palatului. Nu aveai cum să te rătăceşti, pentru că dădeai inevitabil de capelă. Catarina îşi petrecea mult timp aici, era atâta linişte şi locatari puţini. Urât secol ne-a mai fost dat să trăim. Doar Ludovic al XIV-lea ne uimea, se ţinea tânăr şi în putere, îngropând toţi regii generaţiei sale. Era născut în 1638, asemenea Catarinei, dar ce forţă, ce vigoare afişa! Era un rege temut în Europa, mai ales că avea o relaţie de despot faţă de protestanţi.

Avusese dreptate Pedro să construiască Bemposta, în acest palat ne-am liniştit şi calmat zbuciumul inimii cu adevărat. Palatul avea un parc foarte frumos, cu copaci minunaţi, cu bănci pe care ne aşezam când veneam împreună ori când căutam singurătatea separat. Ascultam foşnetul copacilor şi priveam florile din grădina palatului şi uitam de toate. Ne întrista foarte mult faptul că Marisa nu mai putea merge. O duceau servitorii pe sus şi o aşezau într-un fotoliu pregătit anume pentru ea. O slujnică tânără stătea în permanenţă cu ea cititndu-i din Biblie. Vorbea rar, stătea mai mult privind în gol, ascultând glasul tinerei. Ajunsese să fie slujită, ea nu mai putea sluji.

Într-o zi primirăm vestea că Marisa ceruse un preot pentru a se împărtăşi. În ultimele zile nu vorbise prea mult şi mâncase puţin. La întrebările noastre nu răspundea decât cu privirea. A murit a doua zi dimineaţă, făcând-o pe Catarina să exclame: „Toată lumea ne părăseşte, toată lumea moare!" Am îngropat-o, vărsând lacrimi amare, în parc la rădăcina unui copac minunat. Pentru noi ea fusese de neînlocuit pe tot timpul vieţii, acum, rămânea în urma ei doar o umbră pentru noi, o amintire scumpă.

O perioadă urâtă, până şi Marisa nu era veşnică, era trecutul nostru englezesc si umed în oasele sale. Domnul o luase la El, făcuse din ea o fericită. Doar noi rămâneam în viaţă, ca două stânci lângă mare, care oricât de bătute de apă ar fi fost, rămâneau vii fără să se prăvale în spuma valurilor. Pe noi Dumnezeu ne vroia încă în viaţă, poate că mai avea pentru noi multe sarcini pe care trebuia să ni le dea. Piatra rece încă nu era pentru noi.

CAPITOLUL 16

Acum sper că nu am plictisit pe cei ce au citit ultimele pagini într-atât încât să nu continui şi acest pasaj. Mă gândesc că trebuia să scriu, aducând astfel aminte, în mod plictisitor, de aceste evenimente triste, de aceste morţi înşiruite. Într-adevăr au fost multe şi unele dintre ele au avut o însemnătate capitală, cum a fost de exemplu moartea nefericitului William, de care se legau atâtea speranţe şi pe care îl cunoşteam personal. Mă repet, urât început de secol.

După tristul eveniment din Franţa, am continuat corespondenţa cu Maria de Modena. Încercam s-o consolez că-i avea pe copii, pentru care trebuia să trăiască, dar sincer, cred că obosisem şi noi cu adevărat. Eram sătule de viaţă, de atâta luptă şi suspans. Moştenitorul tronului avea pe atunci 14 ani, iar în acel an, 1703, promitea a se transforma într-un tânăr frumos, pe lângă faptul că era înzestrat la minte. Venea la noi în vizită cam o dată pe săptămână, când scăpa de toţi profesorii care îl învăţau o grămadă de reguli şi de proceduri în vederea viitorului său rol de rege. Cred că le considera necesare, însă îl plictiseau la culme. După moartea mamei sale se ataşase foarte mult de mătuşa lui şi aceasta de el. Astfel, Catarina îl putu influenţa în multe privinţe după dorinţele ei. Ne plăceau tinereţea lui şi speranţa de a face ceva bun, avântul, conştientizarea că într-o zi va domni, că va fi rege în locul tatălui său. O ruga pe mătuşa lui să-i povestească amintiri de la Curtea Angliei, iar Catarina găsea întotdeauna întâmplări drăguţe care înfierbântau mintea de copil a tânărului. Aceste întâmplări influenţau mult dorinţa de a face doar ceea ce este dator în viitor, însă era încă un copil. 14 ani e o vârstă destul de crudă, mă gândesc eu cu mintea mea bătrână, dar încă vie.

Era cel mai bun urmaş pentru Pedro, iar eu l-am putut cunoaşte când era inocent, lipsit de orice vicii, de care se făcu vinovat mai târziu.

Ne rugam doar ca regele să trăiască, pentru că şi el era destul de bolnav în acea perioadă.

Am mai primit rare scrisori din Paris, de la Louise, care ne spunea că scăpătase şi era nefericită în lipsurile ei. Când îi povesteam Catarinei, aceasta dădea din mână plictisită. O mai trezea la viaţă doar acest copil care mai avea puţin până să devină rege. Într-o zi, îmi aduc aminte bine, am vizitat mânăstirea Jeronimos şi ochii Catarinei s-au aprins la vederea pietrei de mormânt a fratelui ei Alfonso.

- În curând voi fi şi eu aici, spuse ea.

Am încercat s-o contrazic, dar mi-a făcut acelaşi semn cu mâna, care devenise obişnuit acum şi am tăcut. În fond, ştia ea mai bine. În acest an, Pedro mai avu un copil natural, un băieţel pe care îl recunoscu şi căruia îi dădu numele Jose. Mama lui era frumoasa Francisca Clara da Silva şi era rodul anului 1702. Cu acest copil seva lui Pedro se stinse. Obosise prea tare, chiar dacă avea cu 10 ani mai puţin decât Catarina.

În anul următor, însă, fu ţintuit la pat de o boală gravă din care îşi reveni de-abia în 1705. Care putea fi motivul? Posibil moartea Infantei Teresa Maria, care avea doar şapte ani. Pedro îşi adorase fetele toată viaţa lui, el credea că băieţii trebuie crescuţi rece, milităreşte, însă fetele trebuiau crescute exact invers băieţilor, trebuiau răsfăţate şi adorate. Văzu astfel multe fete pierindu-i de-a lungul vieţii lui, fără a ne gândi la uriaşa decepţie a morţii prinţesei de Beira, Infanta din prima lui căsătorie.

- Toate fetele mele mor! striga el, delirând şi muşcând aşternutul. Mai am doar o singură fată, pe Francisca Josefa. Şi pe asta vrei să mi-o iei la Tine, Doamne? La ce îţi trebuie Ţie? Nu poţi lua din altă parte?

Toată lumea de la palat credea că moare, astfel că în această perioadă Catarina deveni din nou regentă pentru adoratul ei Joao. Această situaţie ne făcu să părăsim din nou Bemposta şi nu ştiam când ne vom întoarce. Curtenii se uitau la Joao ca la viitorul rege. Băiatul avea lungi discuţii cu mătuşa lui, care îi povestea multe lucruri interesante şi utile, unele legate de Anglia, altele legate de guvernarea unei ţări. Joao era foarte atent, îi plăcea sora tatălui său.

Regenta dădu ordin ca rugi pentru sănătatea regelui să fie săvârşite în fiecare biserică din oraşele mari, iar acestea au fost, spre mulţumirea noastră, ascultate. Pedro luptă mult, dar îşi reveni din amorţirea care îl cuprinsese atât de mult timp. A fost capabil să-şi reia îndatoririle de rege. Am fost bucuroase când, în vara lui 1705, am putut pleca înapoi liniştite.

Într-una din serile calde ale acestui anotimp, Catarina mă chemă în grădină. Îmi povesti calmă că avusese un vis, cum că cineva o arunca într-o prăpastie din care ea încerca să se ridice, însă nu avea putere. Nimeni nu-i răspundea, căzuse cu tot cu calul care o însoţea la plimbare. Era tânără şi frumoasă, iar întâmplările aduceau parcă cu ele ceva din izul Angliei. Cu siguranţă că acolo se afla prăpastia aceea.

- Am să mor, Juliana, simt asta, uite această scrisoare pe care vreau s-o desfaci după ce eu nu voi mai fi.

Am luat scrisoarea şi nu am putut să spun nimic, Catarina ridicase deja mâna a tăcere, semnul ei obişnuit. Am lăsat-o în tăcerea ei, iar eu m-am cufundat într-a mea.

- S-o citeşti în prezenţa fratelui meu şi a dragului meu nepot, mai spuse ea într-un târziu.

Ştiu că după vizita din 1703, de la mânăstirea Jeronimos, îşi pregătise locul de veci, însă eu nu acordasem importanţă, era doar o teamă şi o toană, după părerea mea. De fapt, dacă gândeam corect, nu era niciuna dintre acestea. Eram bătrâne rău, ea trebuia să împlinească 67 de ani în noiembrie. Avea de ce să-şi facă griji. Doar eu aveam acelaşi spirit mai zglobiu, poate pentru că nu fusesem măritată şi nu cunoscusem răutăţile abătute direct asupra mea. Regele nici nu ştia despre aceste lucruri, el fiind atât de multă vreme bolnav, nimeni nu-l obosise cu amanunte neînsemnate.

De atunci aproape că nu mai ieşi din cameră, iar când intram la ea nu vorbea mai deloc. Nu cred că eram în plus, niciodată nu am fost, cred că se gândea la alte lucruri cu adevărat importante. Poate că în sufletul ei îşi lua rămas bun de la viaţă, luptându-se cu ea însăşi. Poate îi apărea în minte chipul soţului ei, pe care avea să-l revadă curând. Cred că fiecare la capătul vieţii ştie acest lucru, îl simte.

Şi eu simţeam că o pierd. Stătea la fereastră şi privea. Ce putea vedea din fotoliu? Îşi ţinea mâinile în poală, mâini de om bătrân. Parcă nu le conştientizasem până acum vârsta iar dacă am făcut-o, m-am speriat şi m-am uitat instinctiv la mâinile mele. Erau marcate de bătrâneţe cu pete maronii. Şi ale Catarinei erau la fel.

„Da, avea să moară în curând" îmi spusei în gând, ieşind din cameră. „Nu mai vrea să trăiască. Charles, acest rege pe care l-a iubit, o va aştepta oare? Se gândea la el?" Vorbea puţin, nu aveam de unde afla. Devenisem şi eu mai interiorizată.

Inevitabilul veni în noiembrie, luna aniversării sale, când nu se mai ridică din pat. O îngrijeau două călugăriţe şi eu, însă mie îmi făcea mereu semn cu mâna să ies, şoptindu-mi: „du-te şi dormi!" Călugăriţele se uitau şi îmi făceau semne că o vor îngriji ele, deci pot merge la mine. Era ciudată această situaţie, eu cea care stătusem toata viaţa lângă ea, eram trimisă să dorm, de parcă puteam face acest lucru. Nu mă puteam împotrivi. Astfel trecu toată luna.

De Crăciun mă chemă şi făcu un semn celor două femei să iasă. Îmi arătă cu mâna ei descărnată, care pe mine mă sperie, scrinul dintre cele două ferestre. M-am dus către el şi am deschis sertarul de sus, aşa cum pricepusem eu din semnele ei. Erau bijuteriile ei de la Charles. Îmi făcu semn să le iau pe toate. „Cadou!" şopti ea, „nimeni nu ştie de ele!", mai continuă ea. Am căzut în genunchi şi am plâns cu capul în aşternut. Îmi mângâie părul încărunţit şi mă lăsă să mă liniştesc. Am înţeles apoi, cu greu, că avusese acelaşi vis din vară şi că ştia că sfârşitul îi e aproape. Am priceput că trebuie să-l chem pe Pedro şi pe ceilalţi din familie. Astfel, i-am spus toate acestea, ea a înţeles şi am plecat cu bijuteriile care se doreau a fi un fel de înlocuitor al ei pe viitor. Călugăriţele erau lângă uşă şi le-am poruncit să aducă un preot care nu era de altfel prea departe, era la capela aceea minunată a Bempostei.

- Eu plec la palat, le-am mai spus, iar ele făcură semnul crucii, una intrând şi alta alergând spre capelă.

Îmi aduc aminte ce urât era afară. Ploua ca niciodată. Am ajuns la palat unde gărzile mă lăsară să trec imediat. Am cerut să fiu primită la rege, iar acesta se înspăimântă de felul în care arătam.

- Sora Majestăţii voastre m-a trimis! E pe moarte, vrea să-şi ia rămas bun.

Regele se înspăimântă, dar apoi se calmă şi porunci ca toţi copiii să fie pregătiţi. Îşi iubea sora şi se vedea acest lucru. Mă concedie, dându-mă pe mâna unui servitor, care-mi servi un ceai cald. Am plecat cu două trăsuri spre Bemposta.

Am intrat cu toţii deodată, iar Catarina mi-a adus aminte de scrisoare doar ridicând mâna. Am ieşit iute şi am revenit cu hârtia. Când m-a văzut s-a liniştit şi a închis ochii. Murise. Iar eu trebuia să citesc în faţa tuturor ceea ce scrisese ea. Iubirea ei se revărsa din fiecare cuvânt pe care îl citeam, iar lacrimile curgeau şiroaie. Muri plânsă de toată lumea.

Din Anglia nu am primit decât o scrisoare rece de la Anne, pe un ton diplomatic caracteristic , în care aceasta îşi exprima decepţia morţii mătuşii sale. Pedro era o umbră faţă de fiul său Joao. Cine putea să prevadă că peste un an, regele îşi va dormi somnul de veci la fel ca şi sora lui? În acel moment, nimeni. Pedro era mai palid si mai obosit ca oricând. Avea 57 de ani, dar părea de 80. Mă rugă să rămân la Bemposta până după înmormântare, apoi puteam să mă mut în casa mea, dar de data aceasta singură.

Condusă pe ultimul drum de noi şi de curteni, Catarina fu aclamată de portughezii aflaţi preturindeni, pe toate străzile. Era fata celui care le adusese Portugalia înapoi de la spanioli, era o martiră a religiei, era nepreţuită. Însă, mai presus de toate, fusese prietena mea, cea care m-a înţeles întotdeauna, cea care m-a ascultat şi datorită căreia am cunoscut iubirea, pe Gaspar Juan. A fost scopul meu în viaţă, ea a fost clădirea, iar eu iedera care s-a agăţat de ea, unindu-ne astfel strâns.

După acest trist eveniment, am mai stat la Bemposta o săptămână, în care am pus huse peste tot, am aranjat ca totul să nu se deterioreze şi apoi am plecat acasă.

EPILOG

Scriu cu mâna pe lănţişoarele mele de la gât. Sunt mai bătrână decât moartea pentru că nu mă mai ia odată. Mi-am îngropat fraţii si pe nevestele lor. Am doar câţiva nepoţi de treabă, care se poartă frumos cu mine şi-mi deschid uşa. Ei trăiesc şi ţin pasul cu mine.

Atunci când Pedro al II-lea a murit, am fost lângă el ca umbra surorii sale. Am asistat la încoronarea lui Joao la o vârstă atât de fragedă, cum nu se prea întâlneşte, la 17 ani. M-a impresionat însă mai mult nunta din 1708, dintre Joao al V-lea şi verişoara lui, Maria Anne de Austria, care era cu şase ani mai mare. Am fost, aşa bătrână cum sunt, invidioasă. Eu nu am ştiut toată viaţa decât să-mi ard zilele altora, să mi le dedic tuturor, uitând de mine. Nu am fost mireasă niciodată, doar pentru Christos poate. Dar să mă opresc a gândi greşit, eu am ales aşa.

M-am întors la casa mea, unde stau şi privesc florile în grădină. Şi ele sunt frumoase şi apoi mor. Nu mai puteam sta la Bemposta nici dacă tânărul rege m-ar fi rugat în genunchi. Mă trezesc uneori privind tabloul lui Gaspar Juan. Am fost doi nefericiţi, el mai norocos pentru că a murit tânăr. Oare iedera se întinsese pe cavoul familiei ducilor de Medina Sidonia? De la fiul lui Pedro am avut un fel de pensie pe toată viaţa, pe care a primit-o regulat, pentru că eram un fel de relicvă a familiei lui.

Uneori îi mai scriam Mariei de Modena în Franţa, însă când am aflat că îi murise fiica, am jurat să nu mai aud de morţi şi nu i-am mai scris niciodată. Aştept propria-mi veşnicie. Am obosit să tot aflu despre trecerile altora la cele veşnice.

E anul 1713 şi am hotărât să nu mai scriu. Nu mai am despre ce şi despre cine. Toată generaţia mea e dusă, doar eu am rămas ca exemplu de supravieţuitor. Am 72 de ani, merg pe picioare, dinţii încă îmi sunt ciudat de buni. De mâncat mănânc bine, însă refuz să mai văd vreun doctor în faţă. Cu siguranţă voi trăi veşnic. Pe mine m-a uitat cineva aici jos, pe pământ.

Cât a trăit Catarina, am avut un scop, acela de a o sluji, de a-i fi alături. Acum însă, nu mai am niciun scop. Adio.

Juliana de Alfambra

"Nu te-a uitat aici jos nimeni, mătuşă! Te-ai stins încet, ca o candelă, 10 ani mai târziu. În 1723. Până şi mai tânăra Maria de Modena a murit înaintea ta. Ai trăit 82 de ani şi dormi în cavoul conţilor de Alfambra. Îţi multumim că ai trăit şi că ai lăsat acest manuscris încântător. Nu ai trăit degeaba, am învăţat multe de la tine, noi cei care încă trăim.

Era să uit. În casa ta locuieşte acum fiica mea, iar când te-am înmormântat, ţi-am lăsat scrisorile de la ducele tău, bijuteriile, precum şi toate amintirile voastre, iar Manuela, fiica mea, a desfăcut rama tabloului, punând pânza în sicriul tău. Aşadar, îl ai cu tine pe duce!

Miguel de Alfambra
1724"

SFÂRŞIT

24 Ianuarie 2013

AM FOST ODATĂ REGE

~ Roman ~

Corinne Wandenburg

MOTTO:

"... your Highness arrives too young into a very old world ...!"

~ Joao Chagas ~

To Manuel Reis, with respect and friendship !

CAPITOLUL 1

Nimic nu este mai frumos pe lume ca primul anotimp al anului. Totul renaşte, păsările zboară căutându-şi rosturile unui alt început al creaţiei căreia i-au fost destinate. Pajiştile înfloresc, iar copacii foşnesc din nou, pentru că vezi tu, cititorule, au din nou frunze. Cred că cei născuţi primăvara sunt norocoşi pentru că se pot bucura, fireşte fără să-şi dea seama, de soare, de adierile uşoare ale vântului, de minunea plimbărilor în aer liber. Poate că oamenii născuţi primăvara sunt mai optimişti, mai încrezători şi, vezi tu, mai norocoşi.

Eu nu am de unde să o aflu, sunt născută la sfârşitul verii, când totul e pecetluit, se ştie că vine frigul peste o lună, două. Nu ştiu însă dacă portughezii simt atât de dramatic trecerea de la cald la frig şi invers. La ei este totdeauna cald. Însă cine poate şti ce tristeţi îi apasă şi pe ei, cu toată căldura lor aproape permanentă. Cu siguranţă, gânduri gri îi macină şi pe ei, altfel nu ar fi inventat acele cântece triste, aproape de jale, pe care le murmură mereu când sunt împreună. Şi le place să se strângă laolaltă mai mulţi şi să-şi suspine viaţa în ritm de fado. Cred că fiecare popor îşi pune inima în câte un cântec, în câte un ritm care îi aparţine doar lui, care îi este specific. Prin cântec e mai simplu, poezia te ridică uneori la alt nivel, pe care nu întotdeauna eşti capabil să-l accepţi şi să-l înţelegi. De aceea e mai simplu prin cântec. Teatrul e deja prea complicat.

Portugalia, această ţară de la capătul Europei, din care dacă faci un pas şi închizi ochii, te şi găseşti în Lumea Nouă, în America adică, e un tărâm interesant, cu ţinuturi de basm şi un farmec aparte. Deja ne-am depărtat mult de subiectul acestei cărţi. Dacă vă place Portugalia, sau dacă măcar sunteţi curioşi, puteţi începe să vă satisfaceţi curiozitatea citind paginile acestei cărţi, care arată, sau măcar încearcă să arate, de ce portughezii poartă în subconştientul lor tot timpul un sentiment de tristeţe, iar la final poate veţi înţelege muzica lor, fado.

Subiectul acestei cărţi este o pagină tristă din istoria acestei frumoase ţări, care însă datorită personajului principal îşi găseşte motiv pentru un zâmbet. Este ca şi muzica lor, tristeţea care aduce fericire. Pare o contradicţie, însă în cazul acestui popor plin de soare este o realitate trăită ceas de ceas.

De ce iarăşi Portugalia? Nu ştiu să răspund la ceva care vine din interiorul sufletului meu şi, evident, nu are o explicaţie. Tot ceea ce este iubire şi pasiune, de orice fel, nu are dreptul la cuvinte spuse fără rost. Iubesc această ţară cu oamenii ei, cu viile ei, cu mănăstirile ei şi mai ales îi iubesc istoria, din care ador să aduc la suprafaţă crâmpeie pe care le modelez şi le îmbrac în mătasea tainică pe care o ţes în inima mea.

Dacă în una din celelalte scrieri ale mele am vorbit despre minunata şi tainica Infantă Catarina de Braganza, a cărei tată a readus Portugalia portughezilor, de ce nu am vorbi în aceste pagini despre ultimul rege al acestei ţări, un rege din întâmplare şi pentru atât de puţin timp, care a ştiut în exil să-şi păstreze şarmul, optimismul şi să-şi cânte tristeţea ca un adevărat portughez cu zâmbetul pe buze. Cine altul decât Manuel al II-lea m-a făcut să iau tocul şi să încep să scriu? Nu trebuie să fiţi portughezi pentru a iubi Portugalia şi Casa de Braganza, trebuie doar să le ascultaţi cântecele când se strâng laolaltă. Mai mulţi adunaţi înseamnă, inevitabil, fado. Înseamnă că un ochi plânge şi altul râde, înseamnă viaţa cotidiană pe tărâmuri ce nu cunosc ierni cu temperaturi sub zero grade, care însă cunosc apele Oceanului şi ale Mării.

Încercaţi să cunoaşteţi oamenii de rând, sunt minunaţi şi binevoitori, iar în unele privinţe, puri şi inocenţi. Cartea însă nu este despre ei, ci despre tânărul rege, născut într-o primăvară pe malurile râului Tejo.

CAPITOLUL 2

Binecuvântat fie regele care a dat poruncă a se construi Palatul Belem în anul 1726, Joao al V-lea, căci despre el este vorba. A dorit ca palatul să aparțină coroanei și mănăstirea care funcționa acolo să fie mutată. Ce frumusețe, ce măiestrie a arhitecților vremii! Palatul, așezat pe malul râului Tejo, pe o colină care îi dădea o măreție majestuoasă, era o clipă de bucurie pentru orice muritor ce trecea prin Belem, cu sau fără vreun gând de a intra la Mănăstirea Jeronimos din apropiere. O construcție solidă, care a rezistat până și puternicului cutremur ce a dărâmat Lisabona în 1755. Cu mici reparații, acest palat în stil baroc a rămas să privească prin ferestrele sale pe post de ochi, cum Lisabona se cutremura sub ruinele neputinței, cocoțat pe ridicătura sa. Capitala a fost însă încet, încet reconstruită iar liniștea s-a așezat peste oraș. Tejo, martor la toate, a rămas mut, ducându-și cu el apele vălurite la mal, exprimându-și nepăsarea prin zgomotele lor înfundate. Astfel, acest palat minunat a fost martor la multe întâmplări ale istoriei, mai mult sau mai puțin importante, dar pe una dintre ele, zidurile sale o țin cu siguranță minte.

Într-o primăvară, atât de minunată în Portugalia, zvonuri că un nou prinț de sânge s-a născut cuprinseseră capitala. Și era adevărat, chiar se născuse un prinț pe 19 martie 1889. Nu era primul băiat născut, deci nu avea motive de teamă că va trebui să poarte corvoada coroanei, dar pentru părinții săi era o chezășie a continuității și o speranță că viața învinge, gândindu-se probabil la tristul eveniment petrecut cu doar un an înainte, când prima fetiță, Infanta Maria Ana, se născu și muri la scurt timp. Dar să intrăm cu adevărat în poveste.

În apartamentul ducesei Amelie de Orleans era forfotă mare în acea zi fericită. Doctorii roiau în jurul ei si al copilului care, lăudat fie Domnul, striga în gura mare, semn de sănătate a plămânilor. Ducesa, amețită încă, întinsă pe pat, privea toată această mișcare din camera în

115

care, istovită fiind, încerca să-şi recapete forţele pentru vizita anunţată a Prinţului. Cameristele ei o aranjau cât de cât şi strângeau tot ce trebuia strâns după o naştere. Ferestrele erau deschise pentru că vremea era deja plăcută, iar aer proaspăt trebuia să intre în încăpere. Servitorii terminaseră totul curând, iar copilul îi fusese dat mamei. Probabil, soţul ei Carlos, aşa trebuia s-o vadă, cine poate şti?! În cameră rămăsese doar doica pentru orice eventualitate. Ducesa ştia că băieţelul îi va fi luat curând pentru ca ea să se poată odihni. O servitoare aflată de partea cealaltă a uşii o deschise brusc strigând:

- Doamnă, soţul dumneavoastră, prinţul moştenitor!

Amelie îşi strânse copilul mai aproape şi concedie doica, o trimise în camera de lângă dormitorul pe care îl ocupa. Carlos intră voios şi îngenunche lângă pat. Îi luă mâinile soţiei sale şi i le sărută fericit.

- Draga mea, cu mulţumire, încă un fiu pentru noi şi Portugalia. Doctorii spun că e sănătos şi că tu eşti la fel de bine, doar că ai nevoie de odihnă. Am dat ordin ca 19 tunuri să dea salve pe malul râului pentru fericirea de a avea încă un moştenitor. O să le auzi cu siguranţă. M-am gândit şi la un nume pentru fiul nostru, un nume ilustru, al unui mare rege din trecutul îndepărtat al ţării. O să-l numim Manuel! Ce părere ai, draga mea? o întrebă prea vorbăreţul prinţ pe soţia lui.

- E o idee bună, dragul şi iubitul meu soţ, îi răspunse Amelie. Dar trebuie puse şi celelalte nume, continuă ea.

- Nu-ţi fă griji pentru asta, le vom alege fără greş împreună. Astăzi sunt fericit! Dacă ai să poţi, ascultă salvele de tun, iar de nu, înseamnă că dormi şi îţi recapeţi forţele, ceea ce mă gândesc eu că ar fi totuşi mai bine. Ah, era să uit, spuse prinţul care începu să caute ceva în buzunarul tunicii sale. Găsind, începu să râdă. O sărută pe Amelie pe fruntea istovită şi îi puse pe deget un inel, darul lui pentru darul ei.

Ducesa zâmbi, dând semne de oboseală. Carlos înţelese şi o chemă pe doică, care luă imediat copilul. Mai stătu puţin alături de soţia sa şi ieşi, văzând că aceasta îi zâmbea somnului odihnitor după atâta zbucium. Amelie nu auzi salvele de tun, camerista închisese preventiv ferestrele, însă prinţul era fericit şi le auzise din cabinetul său. Chiar le numărase, erau cu adevărat 19.

În acea zi, tânăra mamă mai primi vizita regelui şi a reginei. Luis I şi Maria Pia erau cu adevărat fericiţi. Îi aduseseră daruri, fără a zăbovi prea mult. Ştiau că era obosită, cum altfel? O felicitară pentru copilul sănătos şi frumuşel. Mai veniră în vizită prieteni mai apropiaţi ai ducesei, iar mai apoi prinţul moştenitor, Carlos.

- Nu ai auzit salvele, aşa este? zise el zâmbind.

116

- Nu, îi răspunse soţia zâmbind şi ea, am dormit. Îţi mulţumesc pentru inelul dăruit, este atât de frumos! Am să-l port cu siguranţă, ca de altfel şi pe cel de la naşterea prinţului Luis Felipe. Amelie primise un dar asemănător la naşterea fetiţei, însă nu purta niciodată acea bijuterie, din superstiţie. Cine ştie?

- Au fost şi părinţii mei, Majestăţile sale, spuse Carlos. Au fost atât de fericiţi că sunteţi amândoi sănătoşi. Manuel va fi duce de Beja, doar să semneze regele decretul.

- Manuel va fi fericit Carlos, îi spuse Amelie soţului ei. Nu va fi niciodată rege. Ducele de Beira, Luis Felipe va fi.

- Nu te grăbi să priveşti atât de departe. Tata nu a împlinit decât 50 de ani de-abia, iar mama are doar 41. Sunt tineri şi, apoi, mai sunt şi eu după ei. Mai pot trăi o mulţime de ani, îi răspunse Carlos.

- Cu cât mai mulţi, cu atât mai bine. Am înţeles că situaţia nu e tocmai roz în ţară. Nu vreau pe umerii tăi puterea, nu încă, îi şopti Amelie.

- De ce ţi-e teamă?

- Nu mi-e teamă, probabil am starea aceasta din cauza naşterii, dar mă voi reface curând. De-abia aştept să mă plimb, ador Belem-ul! E o construcţie minunată cu o privelişte splendidă. Îmi plac malurile râului care duc nepăsătoare ape dincolo de Lisabona. Am devenit melancolică şi parcă îmi este somn.

- Atunci, te las, şi ne vedem mâine, îi spuse Carlos sărutând-o uşor. Vise plăcute şi somn împlinit! Lasă gândurile în seama mea, mă voi ocupa eu de tot.

După ce soţul său ieşi, Amelie se gândi oare unde se va duce prinţul ei şi cu cine îşi va petrece seara, ba chiar noaptea! Zvonuri că ar avea destule femei ajunseseră şi la urechile ei, însă ei nu-i păsa. Toţi regii aveau acelaşi comportament, darămite un prinţ moştenitor. Ştia că ea era bună, doar îi născuse doi băieţi şi că iubirea dintre ei se transformase în ceva puternic, indestructibil. Era învăţată de acasă, i se spusese despre eventualitatea acestor situaţii şi reacţiile ei erau deci aproape fireşti.

Va fi regină, o ştia, avea copiii, stima soţului ei pentru comportamentul ei ireproşabil, dar mai ales era tânără, avea 24 de ani, cu doi mai puţin decât soţul său. Fusese o căsătorie potrivită, se gândi ea îngânând somnul cu starea de trezie, care până la urmă fu învinsă de dorinţa de a dormi, mult şi bine. Avea să-şi vadă copilul mâine când în mod oficial şi Luis Felipe, băieţelul mai mare, va veni să-şi cunoască fratele mai mic cu doi ani, ei fiind născuţi la două zile diferenţă în aceeaşi lună. Luis Felipe primise în dar un frate mic şi sănătos. Amelie adormi gândindu-se că ea şi soţul ei erau născuţi în aceeaşi zi, 28 septembrie. O coincidenţă care a amuzat-o teribil când i-a fost adusă la cunoştinţă. A văzut-o ca pe un semn divin. Amelie trecuse deja în lumea viselor, dormea dusă când camerista intră să tragă draperiile, temătoare să nu o trezească pe viitoarea regină, atât de obosită acum.

Dimineaţa, Amelie se simţi mai bine, însă nu avu voie să se dea jos din pat. Aştepta cu nerăbdare să-şi vadă copiii. La intrarea micuţului Luis Felipe, acesta se repezi din braţele guvernantei direct în braţele mamei. Încă i se permitea, educaţia nu începuse încă. Aceasta îl sărută fericită şi îl întrebă dacă vrea să-şi vadă fratele mai mic. Luis Felipe răspunse fără ezitare pe limba lui stâlcită uşor că dorea.

Când doica aduse copilul, prinţişorul îl primi cu bucurie, era atât de mic iar el deja atât de mare. Începu să pună fel de fel de întrebări şi să-şi arate sentimentele. Ca la un semn, Manuel ridică şi el o mânuţă în somn. Fratele său i-o prinse iar frăţiorul lui nu-i mai dădea drumul.

- Mamă, ce mic este! Trebuie să-l apăr când voi creşte mare, zise Luis Felipe plin de importanţa celor doi ani ai săi. Uite, nu-mi dă drumul la mână. Îmi cere să am grijă de el.

Amelie începuse să-i spună că trebuie să se iubească mult când vor creşte şi că nu e un lucru rău să-l apere pe micuţul său frate. Într-un târziu, bebeluşul îi dădu drumul la mână fratelui său, căscând în somn. Luis Felipe se retrase un pic, apoi se sui în patul mamei sub privirile dezaprobatoare ale guvernantei. Ameliei însă nu-i plăceau regulile reci şi stricte decât în public. Când era cu fiul ei, uita că acesta va trebui crescut pentru a domni, iar când îşi amintea, se bucura că încă era mic şi îi aparţinea doar ei.

Ştia că peste câţiva ani fiul ei cel mare nu va mai fi decât al îndatoririlor şi prea puţin al ei. „Cel puţin îl voi avea pe Manuel, el nu va fi educat strict, îmi va aparţine", se consola ea în gând. Şi apoi spera să mai aibă copii, îşi dorea din toată inima o fată, care să trăiască. Se ruga Fecioarei Maria din toată inima s-o scutească de încă o situaţie ca în anul ce trecuse. Toată lumea fusese alături de ea mângâind-o, îşi amintea ea, însă rana ei era de-abia o cicatrice gata, gata să se desfacă. Nimeni nu ştia câtă teamă i-a fost pentru această naştere şi ce fericire i-a adus verdictul medicilor: Manuel era un nou-născut sănătos. La botez aveau să-i pună o mulţime de nume aşa cum se obişnuia, dar pe ea aceste amănunte nu o interesau deloc.

Zi după zi, mamă şi fiu erau din ce în ce mai sănătoşi şi viguroşi. Dimineaţa în care au avut voie să iasă la aer a fost una plină de fericire. Amelie îşi ţinea în braţe copilul iar doica se uita neputincioasă.

- Manuel, dragul meu, eşti doar al meu! Frăţiorul tău va domni, în curând va începe o educaţie specială, însă tu o să stai departe de toate aceste lucruri urâte. Te vei bucura cu adevărat de o viaţă lipsită de griji în spatele tronului. Bunicii tăi sunt tineri, deci ne putem baza pe tihnă în viitorii ani.

Mama îi vorbea copilului ca şi cum ar fi fost mare. Sigur, amândoi băieţii erau iubiţi, însă sorţile lor îi despărţeau, unul trebuia să fie rege, iar celălalt să rămână doar duce de Beja, adică mai apropiat de mamă.

Luis Felipe, care încă nu înţelegea mare lucru, auzea în fiecare zi că va deveni rege şi că va domni. Amelie era obosită de atâtea discuţii inoportune pentru un copil de doar doi anişori. „Şi peste ce ţară, Doamne!" gândea ea cu buzele strânse.

Industrializarea crea greutăţi, facţiunile politice nu ajungeau la nicio înţelegere, totul parcă se ducea la vale în Ocean. Era o stare de acalmie, ca cea de dinaintea unei furtuni măreţe. O acalmie încă posibil de controlat, însă niciodată nu se băgase în politică, ca de altfel şi regina Maria Pia. Avea însă ochi să vadă şi suflet treaz ca să simtă totul.

Botezul micuţului Manuel fu minunat, avură atât de mulţi oaspeţi care veniseră să-i felicite pentru noul născut, că nici nu li se mai ştia numărul. Banchetul de după nu-l puteau uita multă vreme. Incertitudini avea fiecare în ţara lui, această serbare le descreţiseră un pic frunţile tuturor, iar doamnele erau minunate, pline de bijuteriile scoase din casete doar la evenimente speciale, cum era şi acesta. Amelie arătase splendid, era tânără şi frumoasă, iar cele trei sarcini nu-i îngroşaseră cu nimic talia. Şi soţul ei arăta foarte bine în uniforma lui militară. Chiar şi regele se însufleţise un pic. La miezul nopţii artificiile zdruncinaseră geamurile reşedinţei regale, iar aplauzele, ţipetele şi râsetele nu contenirăă multă vreme. Copii nu fuseseră treziţi de zgomote, ei dormeau angelic, fiecare în pătuţul lui.

Târziu, când toată lumea se retrăsese, Amelie merse să-şi vadă copiii, adoraţii ei urmaşi. Luis Felipe adormea întotdeauna dezvelit, oricât se chinuia doica lui să-l acopere. Şi acum avea un picioruş afară din plăpumioară. Tânăra lui mamă se aplecă şi îi sărută copilului talpa mică şi rozalie, apoi îl acoperi punându-şi un deget la gură, semn de tăcere făcut doicii, care privea ridicată în capul oaselor. Trecu în cealaltă cameră unde Manuel cu pumnii lui mici şi strânşi, dormea fericit zâmbind îngerilor din visele lui. Liniştindu-se, plecă fără zgomot în apartamentul său. Carlos nu era acolo, astfel că hotărî să se dezbrace şi să se culce fără să-l mai aştepte.

Hotărâse de mult să nu o intereseze escapadele soţului său. Era fericită cu maternitatea ei şi cu zona ei de penumbră în care alesese să stea. Când camerista ieşi, Amelie se întinse între cearşafurile reci şi ascultă liniştea nopţii, aerul curat o îmbăta mai ales după acea zi obositoare şi călduroasă. Adormi apoi liniştită şi până dimineaţă nu se mai trezi.

Uşor, uşor, căldura puse stăpânire pe Lisabona. Sub copacii din parcul palatului atmosfera era stătută, lipsită de orice boare de prospeţime. Nicio adiere nu făcea vreo frunză să tremure. Hotărâseră să meargă la Vila Vicosa pentru a scăpa de străzile încinse ale capitalei. Plecarea urma să aibă loc peste câteva zile. Copiii erau amândoi sănătoşi iar Luis Felipe din ce în ce mai ataşat de fratele său.

Amelie era fericită că băieţii erau apropiaţi ca vârstă, doi ani diferenţă nu însemnau mai nimic. Prinţul moştenitor îl mângâia pe Manuel cu o floare, pe care bebeluşul încerca s-o prindă. Dădea din picioare cu nervozitate, dar nu reuşea, Luis o ascundea apoi de mânuţele grăsune şi lacome şi începea să râdă, atunci mama ridica ochii din cartea pe care o citea şi zâmbea nevăzută. Chiar şi doicile erau destinse, aşa copii cuminţi mai rar întâlneşti, spuneau ele uneori.

Câteodată, aceste scene erau privite de la una din ferestre de Carlos, care însă cobora rar în parc lângă familia lui. O iubea pe Amelie din toată inima şi pe băieţi la fel. Avea însă atâtea de făcut, de organizat, atâtea întâlniri solemne la care participa. Soţia lui avea mai puţine, nu se implica prea mult, dar avea şi o motivaţie: copilaşul de-abia născut.

La Vila Vicosa plecau însă împreună, ca într-o vacanţă de vară. Aproape ca o familie obişnuită. Regele şi regina aveau să se descurce ca întotdeauna în lunile celui de-al doilea anotimp al anului. Aveau sa fie doar ei patru şi aveau să-şi încarce cu toţii resursele de energie.

Şederea pe tot parcursul verii la reşedinţa regala de la Vila Vicosa fusese, aşa cum şi-au dorit, tihnită şi plină de bucurii. Manuel creştea şi deja stătea rezemat de spate, privind lumea normal, nu doar culcat. Mare mirare fu pentru el când făcu diferenţa. Carlos pleca uneori în capitală, când obligaţiile cele mai urgente i-o cereau, dar se întorcea pentru a o lua de la capăt, pentru a reintra în atmosfera basmului care avea să fie ultimul trăit fără nicio grijă.

Aşa trecură lunile de vară, în care Amelie înflorise din nou, iar copiii erau din ce în ce mai legaţi unul de altul. Băieţilor le plăcea să-şi arunce unul altuia o minge mică din cauciuc moale. Ce mai chiote erau când Manuel nu reuşea s-o prindă. Parcă se supăra, o primea apoi de la mama lui şi o arunca la fel de stângaci către fratele său care râdea fericit. Seara, când mergeau la culcare, erau atât de obosiţi că adormeau imediat. În vacanţă miroseau a pământ, a flori, a libertate. Veni însă septembrie şi trebuiră să părăsească cu toţii palatul pentru prăfuita şi uneori din ce în ce mai periculoasa Lisabonă.

Împrospătară atmosfera la palat când veniră plini de odihna cea aflată departe de curte. Regii se bucurară să-şi vadă nepoţii. Ameliei i se păru că socrul său e cam palid şi îl întrebă pe Carlos despre senzaţia ei.

- Nu e nimic draga mea, e obosit şi nu uita că el nu a fost în vacanţă. Poate că acum îşi va reveni, pentru că îi adoră pe copii şi o să-l înveselească. Cât am lipsit noi, fratele meu nu prea a ştiut să ne înlocuiască. Ducele de Porto e mai mult absent, are activităţi pe care noi nu i le cunoaştem.

- Poate că te invidiază că eşti primul născut, îi răspunse Amelie.

- Cine, Afonso? Niciodată. Ştii că el e cam ciudat şi nu a fost crescut pentru a deveni rege. A avut o educaţie mai liberă, aşa cum o va avea şi Manuel. Peste patru ani şi Luis Felipe va începe o astfel de iniţiere, iar fratele său nu, continuă Carlos.

- Aş vrea ca regele să trăiască mult şi să domnească multă vreme pentru a putea fugi încă de responsabilităţi, zise Amelie.

- Oricum vei deveni regină, îi spuse Carlos luând-o de umeri şi întorcând-o către el. Aşa cum şi Luis Felipe va fi rege când eu nu voi mai fi. Dar nu vreau să mai vorbim despre subiectul ăsta. Regele, tatăl meu, este tânăr, o mai poate duce mult timp pe tron. Nici eu parcă nu aş lua tronul mâine.

- Paloarea aceea nu o avea când am plecat la Vila Vicosa. E prima dată când o observ la bunul rege, repetă mâhnită Amelie.

Discuţia se termină aici. Nimeni nu poate controla destinul cuiva, iar a putea influenţa cu ceva ar fi totuşi fals, destinul îţi este scris în frunte, iar ghemul vieţii e unic şi aparţine doar proprietarului. De aceea, moartea subită a lui Luis I, la sfârşitul lui octombrie, surprinsese pe toată lumea, mai puţin însă pe Amelie.

Regele Luis I fusese un copil crescut nu pentru a domni, era un fel de Manuel al ei. Nu era primul băiat al familiei, era copilul Mariei a II-a şi al lui Fernando al II-lea. Îi plăcea mult să scrie poezie, era modul lui de relaxare şi mai avea o plăcere: oceanul cu toate necunoscutele lui. Îşi cheltuise o avere pe nave de observare a vieţuitoarelor marine. Venise la tron în urma morţii fratelui său, Pedro al V-lea, acesta nelăsând urmaşi. Pentru el fusese o surpriză care îl scosese din caietele sale cu poezii, dar care nu-l făcuse să renunţe la curiozităţile oceanului.

Îşi aducea aminte noua regină, tânăra şi frumoasa Amelie, de vizita pe care o făcuse la imensul Acvariu Vasco da Gama, unde văzuse nişte animale nebănuite de mintea ei. Acest Acvariu uriaş, deschis publicului, a fost înfiinţat chiar de regele Luis I, „cel popular", cum i se mai spunea.

A fost atâta lume care aclama pe străzi sicriul regelui, mort atât de repede, căci te întrebai cum de pot încăpea pe străzile Lisabonei. Cine ar fi crezut că va muri atât de repede? Maria Pia, devenită acum regină-mamă, nu-şi putea reveni. Era de neconsolat. Cel care o sprijinise toată viaţa nu mai era s-o bată uşurel pe mână, liniştind-o. Pentru el părăsise Italia tatălui ei, cu el domnise atâţia ani plini. Şi nu avea decât 42 de ani. Ei îi citea poeziile prima dată, înainte de căsătoria lor din 1862. Era rege, dar el se dovedise a fi mereu o fire romantică. Avea să se retragă în ea şi să-şi sprijine fiul, rege atât de tânăr.

Amelie, acum regină, era uimită că acest an, 1889, îi schimbase total viaţa. Ce îşi dorise ea şi ce avea acum să urmeze! De fapt ştia, era pregătită, însă venise prea curând şi prea dureros aş spune. Carlos chiar o întrebase de unde avusese premoniţia cu privire la tatăl său, iar regina Amelie ridică din umeri şi zâmbi uşor.

- Nici eu nu ştiu, răspunse ea strângându-i mâna soţului său cu putere. Ştiu doar că acum avem alte îndatoriri, pe care nu le aveam înainte, dar le vom face faţă cu bine. Te voi sprijini!

- Mulţumesc, spuse Carlos sărutând-o pe frunte. O iubea pe soţia sa foarte mult, iar escapadele sale amoroase nu contau prea mult. Ştia să fie darnic cu amantele sale însă soţia lui era a lui. Era cea care îi dăruise băieţii care vor duce numele lui mai departe. Monarhia portugheză nu va pieri, era convins de asta.

Cei doi tineri regi primiseră multe scrisori de felicitare, dar mai ales una plăcu în mod special. Cel mai bun prieten al lui Carlos, Alberto I de Monaco îl felicita şi din scrisoare reieşea cu adevărat sincera lui bucurie şi dorinţa de a-i vedea în vizită în Principatul său cât de curând. Tinerii monarhi începură astfel vizitele de recunoaştere în Spania, Franţa, Regatul Unit, terminând cu vizita la Alberto, cu care împărtăşea pasiunea moştenită de la tatăl său Luis I, oceanografia.

Amelie aştepta cu nerăbdare întoarcerea, îi era dor de copiii ei, de patria ei adoptivă şi de frumosul şi preferatul ei Belem. Când ajunseră în Lisabona, răsuflă uşurată, fiind o gazdă cu adevărat fericită pentru oaspeţii regatului. În acea perioadă au fost vizitaţi de regele Spaniei, de cel al Marii Britanii, de Împăratul german Guillerme al II-lea, dar şi de Preşedintele francez, Emile Loubet.

Totul începuse sub auspicii bune, însă treptat totul porni să se schimbe. Carlos îşi afişa iubirile în văzul lumii, cu aceste doamne era extravagant şi din cale-afară de risipitor. Amelie se dedica celor doi copii, sprijinită de regina mamă, care o îmbărbăta liniştind-o şi convingând-o să nu facă niciun fel de scenă. Ce rost ar fi avut?

Situaţia politică din ţară, ca de altfel în întreaga Europă, era dezastruoasă. Era vădit că în Europa, Portugalia nu mai avea prea multe de spus, mai ales după ce îşi cedase coloniile Marii Britanii, prin două tratate care i-au scos din minţi pe portughezi. Nu le cedaseră pe toate, dar pe aproape şi nimeni nu le veni în ajutor pe cale diplomatică pentru a-i ajuta să şi le recapete de la britanici. Fără resursele majore date englezilor, portughezii suferiră două falimente totale ale ţării, clasa politică luând foc, în joc intrând alte două grupări politice: republicanii şi socialiştii. Ziarele vuiau contra lui Carlos I şi a monarhiei. Instigatorii erau peste tot, strigând mesaje contra regelui. Cereau drept de vot pentru toţi bărbaţii, nu doar pentru cei cu şcoală şi avere.

În aceste condiţii, prim ministru a fost numit Joao Franco, iar cu acordul şi ajutorul regelui, acesta începu dictatura. Oricât s-au împotrivit cele două regine, fratele regelui, dar şi moştenitorul tronului, Luis Felipe, nu s-a ajuns la nicio schimbare. Dictatura continua, iar ura crescândă împotriva monarhiei atingea cote ameţitoare.

În aceşti ani rezumaţi din punct de vedere politic, cei doi copii crescură educaţi în chip diferit. În primii ani fuseseră lăsaţi împreună, iar ei începuseră să se înţeleagă perfect. Se ajutau, se jucau, umblau după diferite lucruri prin parc, îşi imaginau că sunt piraţi sau tot felul de personaje minunate din poveşti. La un moment dat, Luis Felipe îşi începu educaţia pentru a fi rege şi oftând, cei doi copii aveau mai puţin timp de petrecut împreună.

- Eu voi fi rege, tu nu, îi spuse la un moment dat Luis lui Manuel. Tu te vei juca, vei studia altceva, însă eu sunt legat de tron.

Manuel nu-i răspunse, era ca acel copil care scapă pasărea din mână. Avea copii cu care să se joace, însă el tânjea după fratele lui mai mare. În zadar însă. Fu îndrumat spre literatură, pe când spre politică şi studii despre ea fu înclinat cel ce trebuia să domnească. Manuel nu era invidios, îi plăcea să citească, să studieze literatura portugheză, istoria ţării în care se născuse, ştia foarte bine franceza, îi plăcea muzica pentru care i se adusese un bun profesor de pian, învăţase să călărească şi să joace tenis, ceea ce fratele său mai mare nu avea în programul său educaţional. Luis Felipe, spre destindere, avea de ales doar dintre exerciţii fizice de diverse feluri.

Manuel era fericit, avea relaţii minunate cu toţi copiii de la curte, avea voie să se joace şi să facă multe lucruri care fratelui său nu i se permiteau. A avut mulţi profesori care i-au sădit în inimă minunate cunoştinţe despre matematici, franceză, engleză, latină şi germană, făcând din tânărul duce de Beja un tânăr plin de însuşiri plăcute.

Pentru prima dată, tânărul făcu o călătorie în afara ţării, în 1903, alături de mama sa şi de prinţul moştenitor, unde îi uimi pe toţi cu vastele lui cunoştinţe. Egiptul i se păru colosal, iar faraonii nişte oameni cu înzestrări extraordinare astfel încât au rămas atâtea lucruri de necrezut în urma lor. Adora noutăţile şi nu îl interesa deloc criza financiară şi falimentul ţării sale. Fusese altfel crescut, pe când Luis Felipe tremura să se întoarcă în țară pentru a pune umărul la salvarea țării sale și evident a viitorului său monarhic.

În următorul an, cu totul neașteptat, regii devenirâ pentru a patra oară părinți. În sfârșit aveau o fată pe care o botezaseră Maria Melchora. Manuel a fost foarte fericit, semăna mult cu mama lui pe care o diviniza. Avea 15 ani când această fetiță se născu în 1904, iar Luis Felipe 17. Pentru prințul moștenitor bucuria a fost mai mică, el trebuia să domnească peste ceva vreme așa că nu se putea gândi mai serios la surioara lui. Cel mai mult se bucurară regina Amelie și Manuel. Pentru regina mamă era ceva de neînțeles această naștere și acest copil făcut la 39 de ani de către regină.

De fapt, Luis Felipe de Braganza își pregătea ieșirea în lume alături de tatăl său. Plecaseră amândoi în străinătate, călătoria terminându-se cu ceva nemaiauzit în epocă, vizita unui prinț moștenitor în coloniile pe care coroana portugheză încă le mai deținea. Nu se mai auzise despre un asemenea fapt și nu se mai înfăptuise de la Joao al VI-lea încoace o asemenea escapadă. Fuseseră în centrul atenției întregii Europe, iar Luis era foarte mândru. Era totuși bun la ceva și postul de prinț moștenitor, avea și acesta plăcerile și momentele lui de delectare, îi măgulea vanitatea într-un fel.

În timp ce Luis Felipe era felicitat pentru vizita lui alături de rege în colonii, Manuel era apropiat de mama sa și de surioara lui de 3 ani, gândindu-se cu multă seriozitate la o carieră în domeniul naval. El nu se temea de amenințările cu moartea pe care republicanii le aruncau în eter. Știa că erau reale aceste acțiuni, mai știa că fratele lui umblă înarmat însă el nu acorda o importanță atât de mare acestor lucruri. Era un visător în fond. Mereu își spunea că nu era bun de rege, era prea visător, nicidecum ca Luis Felipe care își luase rolul în serios.

Când fratele lui mai mare îl întâlnea în grădină, acesta pufnea scurt și îi spunea în față că nu înțelege ce găsește el în plantarea micuțelor rădăcini cu câte două frunze în vârf.

- Găsesc viața, Luis Felipe! Aceste plante se vor face mari, vor înflori și vor spulbera semințe pentru viitor.

La răspunsul fratelui său, prințul moștenitor ridica din umeri și pleca. „Îl iubesc, este fratele meu, dar este prea diferit de mine. De unde i s-a permis să se comporte altfel și a avut o educație diferită!" Manuel știa și el că este iubit, însă un viitor rege era conștient că nu putea planta răsaduri. Sau oare putea?

Anul 1907 fu unul plin de revolte, de mârâieli înfundate din partea celor care nu-l mai doreau rege pe Carlos. Se săturaseră de stilul lui de viață. Cele două grupări politice, republicană și socialistă, își scoteau colții din ce în ce mai des, pe față, împotriva monarhiei. Astfel, Casa Regală hotărî să-şi petreacă sărbătorile şi prima lună din noul an în cuibul ducilor de Braganza, în leaganul lor oficial de la Vila Vicosa. Aveau nevoie de o pauză şi de multă gândire lucidă. Ameninţările cu moartea erau din ce în ce mai dese asupra regelui Carlos I.

Plecară înainte de Crăciun acolo unde întodeauna se simţeau bine şi îşi încărcau cu curaj şi dragoste inimile. Amelie plecă cu o strângere de inimă pe care şi-o explică când ajunseră la reşedinţă. Îşi uitase inelul pe care i-l dăruise soţul său la naşterea moştenitorului. Nu era din fire superstiţioasă, însă totuşi ceva o strângea în piept când se gândea. Era un amănunt, îl va regăsi când se vor întoarce la Lisabona.

Palatul avea pusă pentru eternitate şi amprenta reginei, care îi adusese multe îmbunătăţiri de-a lungul câtorva ani. Tuturor le plăcea această zonă a Alentenjo-ului. Clădirea era înconjurată de livezi de măslini, de multă apă, o minune pentru clima toridă a Portugaliei.

În faţa palatului se afla Biserica Augustinilor, unde reginei îi plăcea să meargă singură, pentru că aici nimeni nu îndrăznise să ţipe împotriva lor. De fapt, aici era singurul loc unde eticheta nu era atât de riguros respectată, nici curtea nu era cu ei întreagă, doar câţiva apropiaţi credincioşi şi cam atât.

La una din mese, Carlos chiar le aminti celor prezenţi, dar în special celor doi fii ai săi că:

- Aceste ţinuturi sunt cele din care ducii de Braganza îşi trag de secole seva şi puterea de a continua, de a se ridica şi de a-şi urma destinul. Este un pământ binecuvântat, unde suntem intangibili. Aici nimeni nu va îndrăzni să ne atace sau să ne murdărească prin ziare. Alentejo este regalist, este mândru că ne tragem dintre livezile lui şi dintre apele lui limpezi.

Amelie îi privea tăcută pe cei trei bărbaţi ai săi. Fusese de dimineaţă la biserica ei dragă şi îi împărtăşise temerile părintelui, care o iubea şi o îmbărbăta mereu. „Temerile tale, fiica mea, sunt întemeiate, dar Domnul este sus şi va veghea asupra familiei tale. Lucruri nemaiauzite se întâmplă în toată Europa, valul este peste tot, nu doar în ţara noastră", îi spusese el blând, mângâind-o uşor. Regina tresări uşor când auzi aplauzele după toastul ţinut de soţul său. Regina nu auzise mai nimic şi duse mecanic la gură cupa cu şampanie. Dorea să se plimbe, iar când se termină masa plecă uşor şi se opri pe o bancă în livada minunată, care îi dădea impresia de siguranţă, de zid. Se credea singură, însă un foşnet o făcu să se ridice. Era doar Manuel, fiul său cel mai mic.

- Mamă, ce faci aici singură? întrebă el mirat.
- Mă gândesc, am o stare de tulburare pe care nu mi-o pot explica.

- Probabil te gândeşti la rege şi la fratele meu. Am citit şi eu manifestele şi ziarele republicane, chiar dacă mi-a fost interzis. Dacă le citeşti peste tot vezi doar ură şi mult sânge. Ştiu că tu nu o să spui nimănui de lecturile mele. Imediat am aruncat hârtiile în foc, nu mai e nicio urmă de nesupunere din partea mea, aize Manuel zâmbindu-i mamei sale.

- Da, la ei mă gândesc, Manuel. Îmi este teamă! Şi oricum mă doare mai mult neputinţa mea de a face ceva. Nu-mi place teama, dar trăiesc cu ea şi nu pot s-o alung ca pe un lucru oarecare.

- Mamă, prin asta dovedim că şi noi regii avem sentimente ca toţi oamenii obişnuiţi, suntem fricoşi, ne e teamă şi ne gândim şi noi la ziua de mâine. Republicanii spun lucruri urâte despre tata, că ar fi un fel de căpuşă care cheltuie banii cu o mulţime de aventuri galante.

- Taci fiule, nu-mi mai adu aminte! Am fost crescută să trec aceste lucruri cu vederea. Regele este doar soţul meu şi tatăl copiilor mei, altceva nimic şi mai apoi, toţi regii sunt la fel, nu este unicul cu aceste apucături nefericite. L-am iertat de mult. E un subiect închis.

- Iartă-mă, mamă! Nu am vrut să deschid subiectul ăsta. Asta am citit.

- Tu trebuie să-l vezi pe tatăl tău, regele, ca pe omul perfect, cel mai bun, nu apleca urechea la lucrurile lumeşti legate de el.

- Aşa îl şi văd, mamă, exact cum ai spus şi tu şi aşa îl văd şi pe fratele meu ca monarh. Însă, aş vrea să-ţi mai spun că eu sunt fericit cu viaţa mea. Niciodată nu aş vrea să fiu rege, nu cred că mi-ar plăcea. Sunt prea romantic şi cu capul în nori. Dar, uite-i că vin, spuse Manuel arătând către capătul aleii.

Tatăl şi fiul, regele şi prinţul moştenitor, se apropiau de banca pe care stăteau cei doi.

- Aici eraţi! Aţi plecat atât de repede de la masă, spuse Carlos.

- Mă durea capul, dragul meu soţ, iar aici e întotdeauna minunat de stat. Manuel a apărut de nu ştiu unde şi am rămas aici.

- Da, este singurul loc plin de pace în momentul acesta, spuse oftând regele. Noi ne duceam la capătul livezii, lângă apă. Veniţi şi voi?

- Nu, dragule, spuse regina, noi o să rămânem aici, continuaţi-vă drumul. Regele salută, Luis Felipe zâmbi, iar mai apoi îşi văzură de drum. Uite-i cum se duc, murmură regina. Ce ciudată plimbare, rar i-am văzut în postura asta!

- Ce ai spus, mamă? întrebă Manuel, aşezându-se din nou pe bancă.

- Nimic, dragul meu, vorbeam cu mine, cu gândurile mele, spuse mama, strângându-şi mai bine şalul. Cred că ar fi mai bine să ne întoarcem. Oare ce fac regina mamă şi fetiţa mea dulce?

126

- Cred că dorm amândouă, e odihnitoare Vila Vicosa. Întotdeauna picăm de somn aici. Cred că la noapte voi dormi buştean.

- Sper, fiule, pe mine nu mă mai odihneşte nimic, presimt ceva, dar nu ştiu ce. Am fost la părintele Eugenio şi nici el nu mai reuşeşte să mă liniştească ca altă dată. A văzut teama în ochii mei, a văzut că am plecat de la el la fel de tulburată precum am venit. Cred că i-am mâhnit bătrâneţile de om sfânt. Întotdeauna m-a iubit, cred că e trist că nu a putut să-mi dea curaj.

- Să mergem, mamă, nu te mai gândi. Când ai s-o vezi pe Maria ai să uiţi totul, ţi-ai dorit atât de mult o fată.

Manuel îi dădu braţul mamei sale şi plecară către palat, în direcţie total opusă celei în care plecaseră regele şi Luis Felipe. Parcă îşi separau destinele.

Crăciunul veni plin de cadouri şi toată lumea fu veselă şi destinsă. Atracţia a fost Infanta, care începea să se dumirească la măreaţa ei vârstă de trei ani de câte ceva. Maria Pia, regina mamă, se duse repede la culcare, corpul ei cerându-i impetuos odihnă. Infanta adormi şi ea printre cadouri şi nu se trezi în braţele doicii. „Va dormi în hăinuţele cu care e îmbrăcată", zâmbi mama ei, care îi sărută zulufii blonzi.

Mai stătură o vreme, jucară cărţi, râseră unii de alţii când pierdeau şi astfel Crăciunul trecu, zile fericite şi pline de căldură familială. Puţine erau momentele când se bucurau de aşa ceva. Pentru prima dată Amelie adormi repede şi visă spre dimineaţă. Se făcea că era cu cei doi băieţi şi cu regele pe un câmp verde plin de flori de mac, însângerând câmpul. Se plimbau, alergau, parcă aveau şi o minge pe care o tot aruncau de la unul la altul, râdeau toţi fericiţi de bucuria jocului. Deodată parcă Manuel aruncă mingea cam prea tare şi nu la partenerul de joc, cel vizat fiind tatăl său. Carlos fugi după minge şi parcă mingea, în mod magic, fugea şi ea mai departe, tot mai departe, până când regele dispăru.

- Vezi ce ai făcut? Îi strigă Luis Felipe fratelui său rămas locului. Ai stricat jocul!

Prinţul fugi după tatăl său să-l ajute să oprească mingea, dar dispăru şi el. Cei doi, rămaşi locului, aşteptară un timp şi apoi începură să-i caute, să-i strige, dar nici urmă de rege sau de prinţ.

Amelie se trezi scuturată de un fior de frică. „Amândoi!" şopti ea. „Manuel va fi rege! El nu a plecat după minge. Doamne! Neliniştea mea, asta înseamnă." Închise în sipetul inimii sale acest vis şi se reaşeză pe perne. Nu era timpul potrivit să se trezească.

Trecu şi sărbătorirea Anului Nou când tunurile bubuiseră la miezul nopţii, făcând front comun cu toate clopotele bisericilor. Ciocniră şampanie şi îşi urară un an nou, 1908, cu adevărat fericit şi izbăvitor de toate cele. Aveau să mai stea o lună, Carlos hotărâse că primul ministru se putea descurca şi fără el sau îl putea deranja la Vila Vicosa pentru problemele importante. Franco era văzut venind discret şi plecând la fel de discret. Nu dorea să deranjeze vacanţa familiei regale. Avea câteodată o mină descumpănită, transfigurată, însa motivele acestei seriozităţi nu au fost dezvăluite pe faţă nici de el şi nici de rege.

Toată lumea ştia că se dorea înlăturarea regelui şi astfel gărzile erau mai numeroase acum. Dar şi grupările anti-monarhice erau mai vigilente. Poate că regele ştia că este vreun „soldat otrăvit" în anturajul său, dar nu aducea vorba în faţa familiei despre asta. Ştia să privească demn în faţa destinului. Şi, apoi, avea aproape o lună de vacanţă în minunata Vila Vicosa, avea să o dedice familiei şi va fi minunat să uite.

Ianuarie fusese o lună plăcută, nu plouase deloc sau doar puţin, nici cald nu era, puteai să te plimbi nestingherit printre măslini. Chiar şi Luis Felipe îşi regăsise voioşia şi odată cu ea pe fratele său. Uitase că era prinţ moştenitor şi se lăsase angrenat în diversele şi plăcutele activităţi ale fratelui său.

- Ştii, Manuel, că viaţa ta e mai frumoasă şi mai liniştită decât a mea? Tu, cu toate pe care ţi le poţi permite în voie, vei fi un om liber mereu. Nu o să fii nevoit să asişti la protocoale de stat, la vizite plictisitoare alături de oameni cu două feţe. Mereu sunt doar oameni dintre aceştia la tata. Am avut ocazia să văd şi să-mi dau seama de asta. Puţină lume îl iubeşte cu adevărat şi îi este fidelă. Vremurile se schimbă...

- Noi îl iubim mult, Luis! Şi el ştie asta, însă are un destin de împlinit, ca şi tine de altfel. Si eu am un destin, acela de a sta în umbră şi de a vă sprijini din spate, dintre ale mele, zise scurt Manuel. Ador grădinăritul, mă linişteşte întotdeauna. Îmi place să-mi ud florile şi vezi şi tu că şi aici am luat în stăpânire grădina. E frumoasă, dar s-ar mai putea face multe dacă ar fi bani destui.

Luis îi zâmbi fratelui său, continuându-şi plimbarea pe aleile frumos desenate ale reşedinţei. Duminica mergeau cu toţii la biserică, unde stăteau până la finalul liturghiei. Întodeauna aşteptau binecuvântarea preoţilor. Această biserică veche, aproape severă, le inspira ceva din trăinicia ei şi le reamintea ce reprezintă Casa de Braganza pentru popor.

Erau şi cetăţenii oraşului în aceste ocazii, oamenii de rând îşi iubeau regii, credeau că aşa trebuie să fie şi nu înţelegeau dorinţa unora de schimbare. Ei îşi vedeau de traiul lor zilnic şi de Dumnezeu. Pentru ei palatul de Braganza era un simbol regalist al lor, era de neconceput o nouă eră pentru ei, pe care nu o puteau localiza în vreun trecut. Noutăţile îi nelinişteau. Erau mândri când priveau întreaga familie regală la rugăciune. Atunci, parcă erau egali în faţa lui Dumnezeu şi a Bisericii Sale. Şi familia regală adora să-şi privească supuşii aflaţi cu ei în biserică. Smerenia lor le intra întotdeauna în minte, iar parcă pentru câteva momente, viaţa devenea simplă ca a lor.

Doar regina mamă nu vedea nimic din toate acestea. De când se retrăsese îşi făurise o lume a ei şi vorbea mereu de Italia inimii sale. Dacă ar fi putut cred că ar fi luat-o înapoi către strămoşii săi, în gând cred că o şi făcea. Începuse s-o iubească pe fetiţa fiului său şi pentru că aceasta, atât de micuţă, nu era încă încorsetată în eticheta curţii. Astfel că Infanta Maria avea întotdeauna un aliat al său personal. Îi plăcea că bunica îi arăta poze vechi, caiete pline de desene, colecţia ei de fotografii. Infanta nu strica niciodată ce îi dădea regina mamă, din contră, la vârsta ei era foarte responsabilă. Maria Pia spunea întotdeauna că seamănă cu răposatul rege şi asta o încânta pe fetiţă, care imediat îl arăta în vreo poză. Fiind născută atât de târziu, era jucăria şi bijuteria familiei. Toţi o doreau pentru ei măcar pentru o clipă, însă ea o prefera pe bunica ei şi pe regină, mama ei. Manuel ce mai avea uneori dreptul de a se juca cu ea, însă ceilalţi nu prea aveau acest privilegiu căci fugea imediat din cauza seriozităţii lor.

Fusese o lună de vis acest ianuarie 1908. Familia parcă îşi unise şi mai tare legăturile ce o susţineau. Franco îl ruga însă insistent pe rege să se întoarcă, astfel Carlos fiind nevoit, fixă într-un târziu data: 1 februarie 1908. Mai aveau câteva zile până atunci, mai puteau să se relaxeze. Toată lumea parcă întinerise, avea putere să meargă mai departe. Când pregătirile de plecare fură gata, porniră către Lisabona sub privirile oamenilor simpli, buni şi fideli din Vila Vicosa.

CAPITOLUL 3

Carlos, regele, era puţin îngrijorat. Franco îi aducea mereu la cunoştinţă în vreo scrisoare că gluma cu revoluţiile se îngroaşă, că oamenii în nu ştiu care state europene ies pe stradă şi îşi cer drepturile, îi vorbea despre grevele din ce în ce mai acute de la fabrici, toate acestea destabilizând conducerea ţărilor. Îi povesti încă odată despre situaţia dezastruoasă chiar de la ei, din capătul Lumii Vechi. Erau tot felul de societăţi secrete, înfiinţate doar cu scopul de a înlătura regalitatea şi de a proclama Republica Speranţa tuturor în mai bine, îi ameţea, făcându-i visători. Carlos se stăpânea gândindu-se că mai sunt doi băieţi în spatele lui în cazul în care el ar fi păţit ceva. Regina vedea toate acestea, însă tăcea şi încerca să fie cât mai firească. Ea oricum nu putea face mare lucru. Vacanţa se terminase, aveau să înfrunte totul odată cu sosirea lor în capitală.

Călătoreau într-o maşină spaţioasă în care încăpeau cu toţii, asta până în oraşul Berreiro, de unde trebuiau să ia o ambarcaţiune care îi va duce lin pe Tejo până în Lisabona. Vremea era frumoasă şi priveliştea minunată de-a lungul cursului lin al apei. De o parte şi de alta a maiestuosului râu, salcii se plecau spre a atinge cu crengile lor subţiri valurile ce dansau necontenit. Păsări speriate de zgomot ţipau şi se avântau în zbor pe cerul senin al acelei zile. Fetiţa le arăta cu degetul pe toate şi râdea zglobie pentru că se speriau şi ţâşneau de la locurile lor. După scurt timp însă Infanta adormi obosită şi doborâtă de aerul curat. Braţele bonei o cuprinseră cu drag, iar copilul atât aştepta. Se încălzise şi se simţea bine.

Regele privea zâmbind acest cadru intim de familie. Garda care îl păzea era cu ochii în patru, iar el se simţea în siguranţă. De-abia aştepta să ajungă şi să se înhame iar la conducerea regatului său, pe care l-ar fi dorit mai puternic politic şi financiar. O privi pe soţia lui care însă nu se uita la el. Regina privea apa care o ducea spre Belem, spre preţioasa ei reşedinţă de care se ataşase întru totul. Aici îşi născuse toţi copiii, aici se închidea când dorea să rămână cu ea însăşi. Şi ea vroia să ajungă mai repede şi să se odihnească, parcă gândul că vacanţa s-a sfârşit o epuizase cu totul. Fusese minunat, cu atât de puţină lume în jur, doar familia şi câţiva apropiaţi. Parcă nici paza nu fusese atât de strictă.

Aveau să ajungă curând în centrul Lisabonei, acolo în Cais do Sodre aveau să debarce şi să ia o trăsură deschisă spre a merge la Palatul regal. Când echipajul porni, încadrat de gardă, Lisabona era cuprinsă de o forfotă obişnuită pentru rege. De obicei se găseau mulţi oameni care să-i facă cu mâna regelui şi să arunce cu flori. Regina primise un buchet minunat de flori, pe care-l mirosea încet. Pe nesimţite, trăsura coti spre strada Terreiro do Paco. Manuel se gândea că trebuia să se reapuce de studiile lui la Academia Navală. În curând va avea o activitate serioasă de dus până la capăt.

Aici era puzderie de lume. Regele zâmbea, bucurându-se că în curând va fi acasă. Erau obosiţi şi dornici de o ceaşcă de ceai pe care o meritau cu toţii. Nici nu intraseră bine pe stradă, când câteva împuşcături scurte distruseră visul tuturor. Ţipete, mai bine zis urlete, începură să se audă şi atunci lumea începu să se înghesuie.

Orăşenii asistau la o dramă politică şi totodată de familie. Regele lor, Carlos I, a fost împuşcat mortal, iar moştenitorul aproape la fel. Fuseseră prinşi şi omorâţi şi cei doi fanatici republicani. Franco, care era şi el în alai de când regele coborâse de pe vaporaş, dădea indicaţii clare, agitat peste măsură, dar totuşi lucid.

- Să-l salvăm pe prinţul moştenitor, Luis Felipe! striga el cu înfrigurare.

Cineva îl luase în primire pe Manuel, care era doar rănit. Femeile scăpaseră tefere. Ce bine ţintiseră cei doi nenorociţi! Nimeni nu mai visa, acum toată lumea înţelesese că Portugalia se metamorfoza. Devenea sânge. Regina mamă striga înnebunită, îşi striga fiul şocată de ce trăise şi încă trăia. Regina Amelie lovea cu florile pe care le păstrase. Luis era grav rănit, leşinat de graba morţii care i se întipărise pe faţă. Zâmbea cu ultimele puteri în mâinile medicilor.

- Manuel, spuse el încetişor fratelui său care stătea lângă el, şi un grădinar poate fi rege!

Ducele de Beja tăcu, doctorii îi scoteau gloanţele din braţ. Ofta doar privindu-şi fratele care se uita la el aproape mort. Ştiu când îşi dădu duhul şi se sperie. Reginele începură să ţipe când şi prinţul moştenitor plecă lângă tatăl său. Parcă uitaseră de Manuel în nebunia lor. Când unul din doctori le spuse că ducele de Beja este în afara pericolului şi că va trăi, se repeziră ca păsările de pradă asupra acestuia. Realizară că monarhia va

131

continua prin acest fiu pe care nimeni nu-l văzuse rege vreodată. Dar Manuel era obosit, epuizat de operaţia de extracţie a gloanţelor şi se uita ca prin ceaţă la cele două trupuri aşezate unul lângă celălalt, pentru a pleca împreună în veşnicie.

Maria Pia, regina mamă îşi pierduse minţile când văzuse cele două trupuri însângerate unul lângă altul, tată lângă fiul său. Nu îşi putea reveni. Căzuse în prăpastia durerii eterne. Primul ministru dădu dispoziţiile necesare pentru funeraliile naţionale. Era zdruncinat de ceea ce făcuseră acei oameni lipsiţi de minte din gruparea radicală, care se intitula Carbonaria. Aceştia, împuşcaţi imediat după atentat, fuseseră identificaţi, dar ce mai conta acum că se numeau Alfredo Costa şi Manuel Buica. Lui Franco îi era teamă de toate consecinţele unei regalităţi cu un rege care nu fusese crescut în acest scop, tânăr şi lipsit de orice cunoştinţe politice. Era în joc însăşi cariera lui, dictatura lui se prăbuşea prin aceste două morţi nefericite şi inoportune.

Regina Amelie nu se gândea la asta, ştia că îşi va sprijini fiul până la ultima picătură de sânge, ştia că era un inocent, pradă în gura lupului, dar trebuia să ducă mai departe Braganza şi regalitatea. Avea încredere în doctori, Manuel era tânăr şi avea să-şi revină. Mai erau şi cele două înmormântări, iar ea nu se putea odihni înainte de a se reface fiul ei şi a fi proclamat rege. Nu putea să rişte, mai ales că republicanii dăduseră greş până la urmă. Acest băiat trăia pentru a duce mai departe regalitatea în Portugalia. Dar oare pentru câtă vreme? „Timpul ne-o va spune", gândi Amelie, oftând dureros.

Plecară într-un târziu la palatul Belem. Cu greu, regina mamă a putut fi scoasă de lângă fiul ei, însă era necesar pentru ca cei doi să fie puşi în sicrie după o toaletă completă şi apoi duşi la Palacio de Necesidades, Palatul Regilor. Mintea reginei Maria Pia fu zdruncinată cu totul. Nu-şi mai putu reveni din şoc până la sfârşitul vieţii ei. Ajunseră cu bine la palat, unde Manuel plecă în camera sa după ce toţi se încredinţaseră că totul era bine.

Se aşeză pe pat şi începu să-şi descheie tunica distrusă la braţ. Oftă de durere şi se întinse. Îl cuprinse o ameţeală mai întâi, la asta se mai adăugă şi oboseala şi şocul acelei zile, care îi schimbaseră destinul. O vedea pe iubita lui mamă cu părul desfăcut aproape tot, strigând şi bătând cu florile în colţurile trăsurii, o figură disperată care nu păţise nimic, dar care văzuse totul. Ce dacă ucigaşii fuseseră ucişi? Nu mai conta. Adormi într-un târziu şi nu simţi când mama lui veni să vadă ce face. Amelie se sătură să privească cum servitorii pun la toate balcoanele pânză neagră. Această culoare pe care tot timpul o detestase.

Regina mamă adormise după ce doctorii îi dăduseră prafuri de somn, însă ea, Amelie, refuză să doarmă. Dorea să fie martoră a istoriei. Ştia că această violenţă nu va duce la linişte şi că nimic nu va fi bine în domnia lui Manuel. Se gândea uneori că ar fi mai bine să lase totul baltă şi să plece. Viaţa era importantă. Din rege puteai deveni o amintire în două secunde, văzuse ea bine.

Stătea în salon apatică, sprijinindu-şi capul în palme. Prin ceaţă îl văzu intrând pe primul ministru şi plecăciunea acestuia.

- Majestate, spuse el, trupurile regelui şi al prinţului au fost pregătite pentru a pleca la Palacio de Necesidades. Am comandat multe flori şi am amenajat sala cea mare. Toata lumea va putea să le aducă un ultim omagiu.

- Vezi dumneata, domnule, spuse regina încet, şi regii sunt oameni, când destinul trebuie împlinit, nicio gardă, oricât de mare, nu poate face mare lucru. Un singur glonţ, sau două, în cazul Portugaliei şi totul se duce. Eu nu mai cred în regalitate în această ţară plină de ură. Fără îndoială îmi voi sprijini fiul, dar nu-i voi risca viaţa. Facă-se voia Domnului! Dacă va fi obligat să abdice, voi accepta pentru viaţa şi viitorul familiei mele. Am văzut prea multe azi care m-au făcut să gândesc. Amelie se ridică şi se duse la fereastră arătând cu mâna. Totul este negru, ferestrele acestea îmi displac, mai spuse ea. Ştiu de ce aţi venit. Manuel trebuie proclamat rege imediat. Credeţi că pot să-l trezesc? Nu pot, am fost la el în apartament şi am văzut că doarme. Nici nu ştiu ce fel de rege va fi, lui îi place scrima, călăritul, grădinăritul, cântă minunat la pian şi este pasionat de plante.

- Despre asta doream să vă vorbesc într-adevăr, spuse Franco înclinându-se. Putem însă aştepta până mâine. Documentele sunt gata, trebuie doar o semnătură. În ce priveşte înclinaţiile către lucruri frumoase, cred că va trebui să le uite curând.

- Dumnezeule, îi răspunse regina, nu vă e teamă?

- Ba da, voi cădea odată cu acest copil care va deveni rege, dar îmi asum acest gest de distrugere. Altcineva îmi va lua locul, Manuel, tânărul prinţ, nu este decât un romantic liniştit. Nu cred să fie ferm pe poziţii ca şi tatăl său. Acum, permiteţi-mi să mă retrag, voi îndeplini eu totul şi voi fi în fruntea cortegiului către Palatul Regilor. Văd şi înţeleg că voi fi singur. Sper să ies viu din această deplasare. Mâine va trebui să fiţi văzută şi dumneavoastră acolo.

- Vom fi acolo cu toţii, spuse Amelie, iar Manuel va semna, devenind rege. Pentru astăzi însă este destul.

Primul ministru se înclină şi ieşi pentru a face totul ca deplasarea să fie făcută în perfectă ordine. Cavaleria era mult mai numeroasă iar gărzile aveau rândurile mărite cu mult. A doua zi Portugalia avea să aibă un rege!

A doua zi dimineață Manuel semnă actele și astfel fu proclamat rege al Portugaliei. Nu a fost prea multă bucurie. Felicitările erau cuprinse de tăria evenimentelor din ziua precedentă. Tânărul rege, cu mâna bandajată, își însoți familia la palatul în care tatăl și fratele său erau înconjurați de flori, de coroane, de drapele și mai ales de odioasa pânză neagră, obsesia Ameliei din acele zile.

Poporul salută noul rege care de-abia avea 18 ani, iar acesta învăță să schițeze zâmbete și să facă cu mâna sănătoasă semne de salut. În inima lui ar fi vrut să fie oriunde în altă parte, dar nu avea încotro. Amelie îl simți și îl sprijini din toată inima ei. Se liniștise într-un fel. Maria Pia, cealaltă regină, era liniștită datorită medicamentelor. Avea crize de demență, când își amintea și când durerea începea s-o înțepe, străpungând-o.

Aceste zile trecură însă, iar cei doi fură duși în Panteonul Casei de Braganza, lângă strămoșii lor, mai mult sau mai puțin norocoși. Biserica Sao Vicente da Fora era plină de invitați, de capete încoronate, iar străzile din prejur vuiau de lume. Portughezii simpli și obișnuiți prinseseră drag de acest rege tânăr și nefericit, aclamându-l din toată inima, iar el simțea acest lucru, uitând parcă durerea și dorind să-i slujească pe toți portughezii lui. Nu mai era un băiat acum, era un rege. Nu știa nici el de ce gândurile îl duseseră în Egiptul altui rege, aproape copil, dar uită imediat privind înainte spre țara sa.

CAPITOLUL 4

Ţara sa, care uită în câteva zile de regicidul prin care trecuse, încerca acum să speculeze naivitatea şi lipsa de experienţă a acestui tânăr rege prea frumos şi prea instruit în orice, dar nu în meseria de rege. Norocul lui a fost mama sa, Amelie, care l-a ajutat din toată inima, aşa cum promisese cu câteva zile în urmă. Regina mamă avea sprijinul marelui om politic, Jose Luciano do Castro, care încerca, pe cât posibil, prin sfaturi, să atenueze tinereţea regelui.

Din discuţiile purtate de acest trio, Manuel îşi dădu seama că modul de conducere al ţării adoptat de tatăl său a dus la consecinţele nefericite din 1908. Înţelegând foarte bine situaţia în care era ţara în acel moment, a decis că va domni însă nu va guverna, cu alte cuvinte, se va implica puţin în treburile statului.

Unul din primele lui acte ca monarh a fost cererea demisiei dictatorului Joao Franco şi a cabinetului acestuia, fapt la care se aştepta primul ministru şi pe care-l acceptă fără niciun fel de tăgadă. Ştia şi îşi dădea seama că Manuel nu prea avea ce să salveze. Barca era în derivă în mijlocul oceanului, cu nicio posibilitate de a cere ajutorul cuiva. Monarhia pierea odată cu fiecare zi care trecea. Se organizară alegeri libere, mult dorite de către partidele politice. Republicanii şi restul opoziţiei obţinură doar 42% din voturi, iar partidele monarhice majoritatea. Dar ce folos? Manuel era neputincios, nu ştia să gestioneze acest avantaj din lipsa experienţei şi, cu toate că era un rege iubit, nu-i putu aduce casei sale dinastice prestigiul din trecut.

După aceste alegeri, se formă un guvern de uniune naţională, condus de Francisco Joaquin Ferreira da Amaral. Ce a simţit tânărul rege la 6 mai 1908? Nu e greu de ghicit. În niciun caz bucurie, chiar dacă cele două regine îi zâmbeau cald de la balcon. Această zi fu ziua încoronării lui, în care jură să fie credincios Constituţiei Portugaliei lui dragi, chiar dacă simţea că norii se adună încetişor deasupra capului său.

Regele gândea că o domnie începută sub auspiciile sângelui nu este de bun augur şi, slavă Domnului, nu era un tânăr superstiţios. La 18 ani nu ai cum, vântul tinereţii suflă cu putere în corabia entuziasmului şi a optimismului. El îşi formase în cap această idee şi ştia că nu se înşeală. Aştepta descătuşarea pe care o simţea în ceafă, ca privirile republicanilor în ochii săi, iar el îi privea cu calm pe asasinii tatălui său. Ce putea să facă? Fusese forţat să susţină o nouă formă de guvernare, pentru prestigiul şi întărirea casei lui regale. O făcuse, dar singur în Palacio de Necesidades, ştia că nu întăra niciun prestigiu.

Era pregătit pentru orice, nu mai era durere. Aceasta fusese îngropată odată cu tatăl său şi cu Luis Felipe. Se gândea uneori la fratele său. El ar fi ştiut să conducă. El fusese pregătit. Avea şi cu doi ani mai mult în momentul asasinatului.

Începu un lung turneu în ţara lui, unde găsi multă simpatie şi dragoste din partea oamenilor simpli, care îl iubeau cu adevărat. „Ce folos, când aceştia care mă iubesc poate că nu au fost niciodată în capitală, darămite să cunoască ce înseamnă colţii veninoşi ai puterii!" gândi el. Prima lui vizită fu făcută în Porto, iar în lanţul vizitelor sale inaugură şi o nouă cale ferată la Espinho. Toţi l-au primit bine, în fiecare colţ lusitan pe care-l călcară cizmele sale. Simpatia faţă de copilul-rege creştea mereu, pentru că oamenii simpli nu-l percepeau decât prin tinereţea şi frumuseţea sa. Nu vedeau în spatele lui mizeria politică de care inevitabil era atins şi el.

Manuel, tânărul rege, făcu vizite de curtoazie în afara ţării, unde fu primit de asemenea foarte bine, cu multă condescenţă, de fiecare dintre şefii de stat. La Paris chiar se îndrăgosti pentru prima dată, dar de o starletă, o actriţă tânără şi frumoasă şi nesperat de plină de tact, pentru o asemenea femeie. A fost singura lui amantă pe perioada burlăciei sale. Iubirea dintre Manuel şi Gaby Deslys s-a desfăşurat discret, actriţa intrând în Portugalia neanunţată şi plecând la fel, fără ca actele ei să fie cunoscute de cineva. Când era „prinsă", iar ziariştii o asaltau, Gaby nu dădea niciun fel de relaţie, zâmbea uşor şi lăsa parcă să se înţeleagă: „cine, eu? iubita regelui? hm ..." Asta a crescut-o mult în ochii tânărului rege, care o vedea ca pe un refugiu pentru zilele lui nefericite. Şi-a meritat cu vârf şi îndesat toate atenţiile pe care Manuel i le-a acordat. Chiar şi după nefericitul act din 1910 s-au mai întâlnit când ea avea turnee în Londra, însă un an mai târziu, ea a hotărât să plece pentru a-şi consolida cariera în Statele Unite, astfel iubirea lor fiind trădată unilateral. Manuel a dat însă din umeri, a

136

înţeles şi a acceptat destinul pe care i-l dăduse divinitatea. A uitat-o şi el curând, altă posibilitate nu a fost.

Această relaţie, aşa cum am mai spus anterior, a fost unica de care s-a ştiut. Şi nu a fost o relaţie de zi cu zi, ci una care se împlinea când regele mergea la Paris sau când Gaby venea în Lisabona. Nu trebuie deci acordată o prea mare atenţie acestei relaţii. Tânărul Manuel avea prea multe pe cap pe atunci.

În mod normal, Portugalia, în marea ei parte, este o ţară agrară, putin industrializată în această perioadă de început de secol 20. Ar fi trebuit ca suflul revoltelor europene să o atingă mai puţin. Aceste momente tulburi de pe continent au fost minunatul pretext al republicanilor pentru a crea discordanţe între cei care guvernau. Manuel s-a văzut nevoit să-şi dea sprijinul socialiştilor, care erau mai moderaţi în acte. Le ceru acestora reorganizarea ţării pe baze reale, conform particularităţilor acesteia.

Regele, sprijinit îndeaproape de mama lui, a făcut dese călătorii, dar mai ales a încercat să aibă relaţii cât mai strânse cu ţara în care Amelie s-a născut. Se ştie, britanicii au fost mereu aliaţi cu portughezii. Speranţele se îndreptau către arhipelag. Chiar era dorită o căsătorie cu o prinţesă engleză pentru a-şi întări legăturile cu Anglia. Dorinţa aceasta nu deveni însă realitate datorită împotrivirii guvernului britanic, temător în urma evenimentelor din 1908. Acest guvern îşi dădea seama de nesiguranţa ţării pe care Casa de Braganza o conducea.

Manuel s-a consolat cu această idee şi a încercat să-şi canalizeze timpul spre posibilitatea de redresare a ţării. Încercă, cu ajutorul unor experţi, înfiinţarea unui Institut Naţional al Muncii în septembrie 1910, dar acest act a venit prea târziu pentru monarhia constituţională aflată de mult în derivă.

Tânărul rege de doar 20 de ani, îşi dădu seama de situaţia precară a aşa zisei sale domnii. Într-o discuţie cu mama sa îi prezentă toate ideile sale, pe care Amelie le ascultă aprobându-l întru totul.

- Mamă, îi spuse el, în aceşti doi ani, am numărat doar eu şapte guverne care s-au perindat la conducerea ţării. Fiecare cu ideile sale, care s-au bătut cap în cap şi au destabilizat mai tare ţara. Citesc în ziare că partidul republican creşte în sondaje pe când partidele monarhice uită pentru ce există, agasându-se între ele. Eu cred că ăsta e finalul monarhiei, ar fi bine să ne pregătim pentru ce este mai rău. Sprijin intern nu avem, sprijin extern nici atât. Toate ţările se confruntă cu aceleaşi probleme pe care le avem şi noi. Partidul republican va acţiona radical şi în forţă ca în 1908. Eu nu mai am dubii şi m-am săturat să stau între două idei politice. Nu e niciodată bine să fii la mijloc, am învăţat-o. Poporul mă iubeşte, dar el este naiv şi îşi vede de traiul lui, nu se uită mai mult de lungul nasului.

Republicanii vor acţiona curajoşi, chiar dacă nu sunt mulţi, au crescut oricum faţă de acum doi ani. Mai devreme sau mai târziu, peste o lună sau un an, îmi vei da dreptate.

- Vezi prea dur lucrurile, însă le vezi corect, îi răspunse Amelie. Te-ai maturizat, dragul meu, în aceşti ani. Păcat că nu poţi arăta ce poţi să faci cu mintea ta strălucită. Luis Felipe a învăţat toate astea din cărţi, tu le-ai învăţat pe propria ta piele. Dacă va fi nevoie, vom pleca. Alt fiu nu mai vreau să pierd. Lucrurile acestea le-am discutat şi cu Castro. Familia mea este mult mai importantă şi vezi şi tu în ce stare este bunica ta, nici acum nu se poate consola de evenimentele mizerabile de acum doi ani. Nu cred că ar rezista la o altă faptă de genul acesta.

Această discuţie, pe care cei doi au avut-o în septembrie, s-a dovedit reală peste numai o lună. Lisabona se transformase într-un furnicar ostil în această ultimă perioadă. Amelie se duse cu cealaltă regină la Panteonul familiei şi nevăzute de nimeni, îşi luară rămas bun de la toţi cei aflaţi acolo. Regi din timpuri străvechi, infante cu crinoline imense, cu toate regina vorbi în timp ce Maria Pia stătea pe o băncuţă aşteptând-o. Bătrâna regină era într-o stare ciudată şi obosise să se plimbe printre atâtea pietre mortuare. Rămăsese aşezată în faţa fiului ei, în faţa acestei pietre atât de recente. Plecaseră repede, nu zăboviseră. Ştiau că nu e bine să iasă în evidenţă cu nimic.

Amelie scrisese şi expediase în secret o scrisoare cu pecetea ei în Marea Britanie, unde ceru ajutorul şi dorinţa de a se aşeza în casa în care se născuse, dacă situaţia o va cere. Primise un răspuns scurt şi favorabil. Totul, dacă era nevoie, se va pregăti. Regina era fericită pentru că nimeni nu îi interceptase scrisorile, mai aveau încă oameni loiali, se gândi ea. Regele era de acord cu ea şi pentru orice eventualitate, pe care el o spera cât mai îndepărtată, pregătise şi un vad de care republicanii nu ştiau ce scopuri are şi deci nici ce destinaţie va avea până la urmă. Aveau prieteni care îşi puseseră viaţa în pericol pentru ei, aceştia aveau să rămână şi dacă erau descoperiţi, să suporte consecinţele.

Începutul lui octombrie îl găsi pe rege în palatul său. Stătea închis în cabinetul său cu o carte în mână. Îi plăcea în continuare istoria şi citea de câte ori avea timp. Era linişte în palat, parcă mai linişte, dar lui Manuel i se mai întâmplase să nu audă nimic. De când nava aceea era pregătită pentru exilul său, parcă era mai încrezător. Ştia că nu va muri ca şi tatăl său, ca un şoarece în cursă. Deodată, valetul său credincios, cel care-l purtase în braţe şi-l văzuse crescând, intră anunţându-l.

- Ce-i, Angelo?

138

- Majestate, se văd ambarcaţiuni cu steagul republican fluturând, venind spre palat. Au tunurile îndreptate spre clădire. O vor bombarda, cu siguranţă.

- Ce spui? Arată-mi! zise Manuel ridicându-se.

Atunci, valetul îl luă de mână şi îl duse la ultimul etaj unde se afla o lunetă, într-un foişor special amenajat pentru observaţie.

- Aşa este, cred că încep să înţeleg totul. Mama e la Belem. Cred că trebuie anunţată. Să pornească spre Mafra!

- Va fi anunţată, Majestate! Totul este pregătit!

În palatul ei iubit, Amelie stătea în faţa unei ceşti de ceai, de acum rece. Când servitoarea îl anunţă pe Angelo, bătrânul şi bunul servitor, ea înţelese.

- Doamnă, făcu el o plecăciune, fiul dumneavoastră, încă rege, vă ordonă să plecaţi imediat spre Palatul Mafra pentru a vă întâlni. Timpul o cere! Trădarea se apropie. Nu pot să rămân, regele mă vrea înapoi. Aveţi o trăsură în spate şi vă va conduce nevăzută. Începutul e pe apă, auziţi bubuiturile, se bombardează palatul regelui. La Mafra, doamnă, plec acum.

Angelo, ca o fantomă, se făcu nevăzut. Amelie o convinse cu greu pe Maria Pia să urce în trăsură spre Mafra. Noroc de doamna de companie. Lisabona era liniştită, de-abia ce se vedeau câţiva oameni pe străzi.

- Această revoltă nu are sprijinul maselor, spuse Amelie fără să vrea.

- Ce revoltă? întrebă regina cea bătrână.

- Exilul doamnă, se bombardează palatul regelui. Ne vom întâlni cu Manuel la Mafra, iar mâine plecăm spre Anglia.

- Spre Anglia? Ce să facem acolo? Portugalia este ţara noastră! spuse Maria Pia.

- A fost şi mai este pentru o noapte, dar apoi s-a terminat. De aceea ne-am dus la mormântul fiului dumneavoastră.

Maria Pia nu mai spuse nimic. Ajunseră la Mafra şi coborâră lângă o latură discretă a palatului, unde o uşă se deschise şi se închise imediat. Era Angelo. Bubuiturile nu se mai auzeau, semn că revoluţionarii intraseră în palat. Amelie, când îl văzu pe Angelo, se linişti, însemna că şi Manuel era acolo, în acel palat de vânătoare întunecos şi prea puţin locuit de doamne. „Bine că a scăpat!" spuse ea. Regele le veni în întâmpinare cu o primire de gheaţă.

- Acum se declară republica la Palacio de Necesidades, spuse el fără să zâmbească. Nu mai sunt rege! mai adăugă el.

- Dar eşti viu, spuse Amelie, şi asta contează.

- Cum, nu mai eşti rege?! strigă Maria Pia, rămânând pentru un timp şocată.

- Nu, nu mai sunt decât un simplu cetăţean, spuse el bunicii sale. Însă nu au lume adunată în faţa tribunelor. Lumea nu-i iubeşte pe trădători şi pe cei care iau cu forţa puterea, adică tot un fel de dictatori, un fel de Franco. Când am plecat de acolo, nu începuseră să bombardeze. Din foişor se vedea cum vin încet, mişeleşte, către palat. Am avut timp să rup nişte flori pe care o să le păstrez, să mă mai uit odată la bustul lui Joao al V-lea şi la grădinile pline de acele plante exotice de care mă bucuram singur, când nu aveam ce face. Dar, să ne aşezăm în salon. Nu ne vor căuta, încă sunt prea entuziasmaţi pentru ce au reuşit să facă.

Familia se aşeză, iar Maria Pia îşi luă medicamentele, avea nevoie de ele. Adormi în fotoliu. Amelie se ridică şi se uită prin cameră. Niciodată nu-i plăcuse Mafra, cu toate trofeele acelea pe pereţi. Părea sinistru şi niciodată nu pătrundea lumina soarelui aşa cum pătrundea la Belem. Aştepta cu groază semnalul de la fiul ei să plece pentru totdeauna. De doi ani de zile ura cu patimă Portugalia, era crucea pe care trebuia s-o ducă.

Manuel ieşi din încăpere la un moment dat şi începu să se plimbe prin palatul neluminat de vreo sursă care să facă lumină cu adevărat. Doar lumina ce intra pe ferestre, dar asta era prea puţin. Străbătu galeriile pline de capete de animale, puse la vedere pe pereţi într-o frumoasă expoziţie. Zâmbetul său trist îi apăru când străbătu culoarul dintre cele două apartamente regale. Se spunea că regele se anunţa la regină cu sunet de trompetă pentru a fi auzit, atât de mare era distanţa dintre cele două apartamente. „Ce oameni nostimi aceşti regi din trecut, iar eu nici măcar însurat nu sunt!" gândi tânărul.

Vântul care mişca crengile copacilor îi aduse aminte de legendele care circulau pe seama acestui palat gri. De altfel, fiecare clădire impunătoare avea poveştile ei. Începuse să râdă încetişor când se gândi la superstiţiile legate de canalizarea palatului. Se spunea că noaptea, din canale, ieşeau şobolani uriaşi care omorau şi devorau ocupanţii clădirii dacă îi găseau altundeva decât în pat.

- Ha, ha, unde sunteţi? De ce nu-mi săriţi în spate să mă sfâşiaţi? întrebă el. Popor portughez, pe cât de catolic pe atât de superstiţios! Nimic nu e adevărat, continuă el să vorbească împiedicându-se de o treaptă, încetinindu-şi astfel vorba.

Se aşeză pe scară şi se gândi la fratele lui, mort atât de groaznic şi atât de tânăr.

- Luis, vorbi el, un grădinar nu poate fi rege, te-ai înşelat amarnic. Ştiu că mă priveşti de undeva de sus. Îmi vine acum în minte înmormântarea ta şi a tatei, trăsurile acelea pline de negru, calul tău şi el tot în negru, mulţimea aceea de coroane, florile fără niciun sens omorâte şi ofilite, oameni căţăraţi pe acoperişuri, în balcoane, la ferestre. Puteam şi eu să fiu omorât. Garda nu putea face față, nu avea cum, dar poate că le-a fost milă de mâna mea bandajată. Știi ce s-a întâmplat cu calul? A fost împușcat, pentru a veni mai repede la tine, poate vei putea călări pe nori, cine știe? Și acum, fug din Portugalia! Nu mai sunt rege, nu vreau să mor! Mi-a ajuns! Și nici Gaby nu e aici, cine știe ce spectacol are! Dar am s-o văd curând. Și bunica cu minţile ei pierdute... Te lăsăm în Lisabona, Luis! Sper ca mormântul tău să nu fie profanat. Mafra are ceva negru în cerul ei, ceva ce mă înfioară.

Spre dimineață, Manuel fu trezit și sculat de pe scări.

- Majestate, ambarcațiunea este pregătită. Doamnele vă așteaptă să pornim către Ericeira cât timp e încă întuneric, spuse bunul lui servitor.

- Mulțumesc, sunt gata, spuse Manuel.

- Unde ai fost? strigă mama lui când îl văzu atât de palid.

- Mamă, cu adevărat Mafra este un palat al fantomelor, dar să mergem...

Se urcară în trăsura care îi ducea la nava ascunsă și plină cu lucruri dragi, de care nu doreau să se despartă. Urcară la bord și fără întârziere porniră în larg. Se pare că Mafra fusese supravegheată și cineva dăduse alarma. De pe mal se auzeau împușcături îndreptate către navă.

- Prea târziu! le strigă Manuel fără să fie auzit. Căpitanul poruncise plecarea cu toată viteza de care era capabilă nava. Gloanțele cădeau în apă inofensive. Eu voi trăi să vă blestem! mai strigă el când coastele portugheze încă se mai vedeau.

Lumea se strânsese destulă în acea zi de 5 octombrie. Privea fuga celui ce fusese rege. Exilul. Se opriră doar în Gibraltar pentru a aștepta deznodământul luptelor dintre monarhiștii din Porto și adversarii lor republicani. Când aflară rezultatul, se urcară din nou pe navă și plecară pentru totdeauna în Anglia, spre locurile unde Amelie se născuse și la care nu visase să se mai întoarcă. Ajunși în Portsmouth, au avut doar o mică neînțelegere. Regina mamă, Maria Pia, refuză să rămână în Anglia. Dorea să meargă acasă la ea în Italia.

- Vreau să mor acasă la mine și să fiu îngropată cu toți ai mei, spuse ea. Îndreptați nava către Italia mea dragă, la Torino vreau să ajung. Tu ,Amelie, ai ajuns acasă. Și eu vreau același lucru.

Nimeni nu o putu convinge pe Maria Pia să-și schimbe gândurile. După ce căpitanul aprovizionă nava pentru această călătorie neplanificată, se îndreptară spre Italia, apoi aveau să se reîntoarcă în Anglia și să se îndrepte către Fulwell Park.

Fură foarte bine primiți de regele George al V-lea, care înțelesese perfect atitudinea bătrânei regine. Exilul nepotului său fusese ultima picătură. Minţile ei aveau să fie zdruncinate pentru totdeauna. Adio,

Portugalia! Bine ați venit la Torino! ... sau la Londra, pentru ceilalți membri ai familiei. Totul era pregătit la casa Ameliei, doar că vremea era atât de urâtă, nimic nu semăna cu căldura Portugaliei.

Au aflat de declararea Republicii portugheze și a schimbării imnului de stat. Era prima republică și era condusă de Teofilo Braga, președinte al guvernului provizoriu, fost deputat de Lisabona. Manuel puse ziarul jos pe masă uitându-se pe fereastră la ploaia măruntă care nu mai contenea. Focul ardea în șemineu, făcând atmosfera mai plăcută. Era singur. Privea la parcul din fața lui, care arăta urât din cauza umezelii și a ceții. Se terminase. Avea să trăiască pentru el de acum.

Amelie primise o scrisoare în care i se confirmă că Maria Pia ajunsese cu bine la Torino și că se simțea fericită acasă. Și ea era acasă și încerca să se bucure, chiar dacă avea sentimentul că e un copilaș care trebuie să se împace cu ideea că i s-a luat mingea și nu mai are voie să mănânce desert la cină.

CAPITOLUL 5

De sărbători, regele Angliei îi invită la palat pentru a se bucura împreună de noul an şi de Crăciun. Se hotărâseră să meargă chiar dacă Amelie nu-şi dorea din toată inima.

- Mamă, îi spuse fiul său o dată când se aflau singuri, şi eu vreau restauraţia, dar asta nu înseamnă că nu trebuie să mai trăiesc. Dacă nu voi mai fi rege nu voi muri, voi scrie, voi citi şi voi juca tenis. Nicidecum nu mă voi închide în mine, arătând lumii întregi înfrângerea şi suferinţa mea. Trebuie să ne purtăm firesc, să petrecem dacă suntem invitaţi şi să ne trăim în rest viaţa cu micile sale bucurii. Vom merge mamă, iar tu vei străluci cu diadema Casei noastre dinastice. Eu îmi voi pune toate decoraţiile şi vom fi mândri de Portugalia. Am jurat să respect această ţară şi o voi respecta chiar dacă este sub o altă formă de conducere

- Ai devenit un filosof şi un strateg, îi răspunse Amelie de Orleans. Cu adevărat, dacă portughezii şi-au dorit republică, măcar să le fie bine cu ea, însă ceva îmi spune că nu va fi chiar aşa. Încă îmi este greu să accept această cădere, dar tot îţi voi urma sfaturile, dragul meu Manuel. Ne vom duce să sărbătorim cu prietenul tău, George. E şi el în primul lui an de domnie, dar ce solide sunt structurile monarhiei engleze!

- Uiţi de Oliver Cromwell şi de Republica lui, îi răspunse promt Manuel. Nimic nu este aşa cum pare, nimic nu este solid, poate cădea oricând, chiar dacă sunt de acord cu tine. Într-adevăr, este o diferenţă majoră între Portugalia şi Regatul Unit. Pot însă adăuga că portughezii de rând nu au fost interesaţi şi entuziasmaţi de noul regim, care a schimbat monarhia. Lusitanii sunt cumva nepăsători şi aşteaptă să le pice de la Dumnezeu totul în coş, ceea ce este un comportament greşit. Englezii nu sunt aşa. Ei au o patimă pe care poporul meu nu o are. Lusitanii cântă fado, lăcrimează şi se conformează spunând că aşa a vrut Cel de sus. Eu îmi iubesc însă poporul aşa cum este el. Nu el i-a omorât pe tata şi pe Luis, ci nişte minţi bolnave care nu vor ridica ţara din haosul în care este. Să nu mai vorbim despre asta. Un an nou începe şi sper să fie mai bun! Păcat că bunica nu este aici cu noi. A fost atât de dezamăgită pentru pierderea tronului încât nu vrea să mă mai vadă. Cred că îi provoc durere şi aducere aminte.

- Maria Pia este cu minţile zdruncinate, Manuel. Cred că din toată viaţa ei i-a rămas solidă doar prima ei casă: Torino. Acolo se poate linişti, acolo s-a născut. Şi eu m-am născut aici, însă parcă mai am nevoie de timp pentru a digera aceste evenimente atât de rapid derulate. Şi apoi, uită-te şi tu ce vreme urâtă! Când voi avea eu timp să mă obişnuiesc cu ea? Unde e soarele de pe Tejo? Îmi e greu să mă uit pe fereastră la parcul în care m-am jucat când eram doar un copil.

- Vei învăţa să iubeşti din nou Anglia aducându-ţi aminte de copilărie, îi răspunse Manuel.

- Ah, am uitat să-ţi spun. Astăzi avem un invitat la prânz: parohul de la biserica St. James, de care aparţine Fulwell. Va trebui să mergem la slujba de Crăciun, probabil parohul vine să ne ureze bun venit şi să ne spună că suntem aşteptaţi.

- Ce bine, mamă! Mă bucur, chiar e bine că vine şi că avem prin preajmă o biserică romano-catolică. Apoi, omul acesta ne va pune la curent cu toate noutăţile din zonă şi nu cred că e un om posac. Voi fi prezent la masă. Cred că am să plec acum, vreau să inspectez biblioteca. Voi citi tot ce prind. Nu văd ce aş putea face pe o vreme ca aceasta.

La masă, invitatul se dovedi a fi pe gustul regelui. Era vorbăreţ şi deschis la minte. Vorbiră puţin despre situaţia nefericită în care se aflau, însă Manuel răspunse cu privire la acest subiect că:

- Inima mea va bate întotdeauna pentru ţara în care m-am născut şi voi accepta întotdeauna ceea ce politic se înfăptuieşte, chiar dacă aş avea păreri contrare. Am jurat pe Constituţie, sunt un patriot, chiar dacă de la depărtare, iar asta spune tot.

Vicarul aprobă totul, dând din cap, apoi la sfârşit îi invită la slujba de Crăciun şi în fiecare duminică la micuţa şi vechea lui biserică. Regina îi mulţumi pentru vizită şi îi promise că vor veni. Când trăsura vicarului se auzi pe dalele curţii, respiră uşurată, făcând afirmaţia că omul este simpatic, dar cam vorbăreţ.

La balul de la palat, cei doi, mamă şi fiu, străluciră cu adevărat şi nu lăsară să se vadă niciun moment înfrângerea pe chipul lor. Amândoi dansară şi se comportară demni de laudele tuturor. Manuel îşi făcu prieteni cu care îşi dădu întâlnire la o sală celebră de scrimă, unde să-şi mai dezmorţească încheieturile. Domnişoarele se uitau mirate la acest frumos rege detronat şi parcă jinduiau după el. Manuel nu era însă interesat să

144

contracteze o căsătorie. Dansară cu toată lumea fără niciun fel de părtinire însă inima îi rămăsese în piept, doar a lui. Se distră cum nu o mai făcuse de mult, tuturor plăcându-le tonusul lui şi voia bună. Probabil se aşteptau la altceva, dar regele era strălucitor în hainele lui militare, pe care străluceau toate decoraţiile şi ordinele dobândite de-a lungul timpului.

Nu stătuseră până la finalul petrecerii, plecaseră în plină glorie cum s-ar spune, dând astfel frâu liber comentariilor favorabile la adresa lor. Dimineaţă aveau să onoreze invitaţia la slujbă, aşa cum au şi promis de altfel părintelui vicar.

Când intră în biserică, regina îşi aminti de nenumăratele slujbe la care participase când era mică. Nimic nu se schimbase, nici băncile, nici tablourile cu Drumul Crucii şi nici statuile. Totul se păstrase la fel. Parcă era fetiţă din nou şi primise sfânta împărtăşanie în rochiţa albă cu cunună din flori prinsă pe cap. S-au dus la „locurile noastre", aşa cum le numi şi le consideră Amelie, de fapt locurile familiei de Orleans. Nimic nu se schimbase. Cărţile de rugăciuni erau tot în bănci. Multă lume i-a privit un timp îndelungat ca pe nişte rarităţi veritabile, însă mai apoi se obişnuiră să-i vadă în fiecare duminică.

- Mi-a plăcut la biserică, spuse Amelie la prânz. A fost minunat să dau timpul înapoi. Mă văd cu draga mea mamă pe băncuţa bisericii. Dar astea sunt doar gândurile mele tainice. Tu ce faci astăzi?

- Astăzi am să stau în seră, sunt multe lucruri interesante de văzut. Plantele sunt foarte bine întreţinute şi sunt soiuri pe care nu le cunosc. Ştii că am primit o scrisoare de la Gaby? Va veni în primăvară la Londra. De-abia aştept s-o văd! S-a purtat exemplar cât timp am fost rege.

- Trebuie să te căsătoreşti fiule, spuse regina oftând.

- Ştiu, dar nu-mi vine nimeni în minte, iar o nouă încercare cu prinţese engleze nu voi mai face. Nu mai vreau un alt refuz. Am văzut că multe tinere la bal mă priveau într-un fel cu căldură, însă degeaba. M-am hotărât: nu vreau nicio englezoaică! Oricum, vom avea posibilitatea să ne mai aflăm la curtea regelui George, chiar de Anul Nou şi ai să-ţi dai seama că e mai bine altceva decât o băştinaşă. Mi-am făcut amici cu care voi merge curând la o sală de scrimă respectabilă. Nu am mai făcut-o de mult şi mi-e dor să mai mânuiesc sabia. Acum, cam asta mă preocupă.

- Dacă tu ai primit scrisoare de la Paris, află că şi eu am primit o scrisoare din Italia. Bunica ta este bolnavă, din ce în ce mai bolnavă. Are crize nervoase, iar mintea ci se linişteşte cu greu şi doar mulţumită medicamentelor. Şi acum, când are momente de luciditate, plânge pierderea Portugaliei şi înlăturarea ta de pe tron. Vezi tu, ea nu mai are vigoarea speranţelor tale într-un viitor mai bun. Trăieşte în amintiri, ea este încă regină, nu poate accepta ceea ce tu ai acceptat mai uşor. Nici eu nu mă simt mai bine când mă gândesc, dar tinereţea ta îmi dă aripi şi dorinţă de mai bine în viitor. O mai vizitează cumnatul meu, ducele de Porto, dar acesta nu stă prea mult. Afonso e un ursuz şi un morocănos. Nici nu ştiu de ce nu s-a căsătorit până acum. Nu cred că e o relaţie ideală dintre mamă şi fiu, el stă la Napoli, în loc să stea cu ea la Torino. Cine ştie ce face acolo? Îi place aşa, nu se poate despărţi de Mediterana.

După masă, cei doi se îmbrăţişară duios, Manuel sărutând mâna mamei sale după care plecă în seră, unde grădinarul îl aştepta deja. Acolo era cald şi un aer stătut, cu care regele era obişnuit. Făcu cunoştinţă cu multe din plantele de care-i vorbise mamei sale, uimindu-l pe grădinar cu ştiinţa sa. Îi plăceau portocalii care creşteau liber în ţara lui. Erau cam mici, dar bine îngrijiţi, dădeau roade mulţumitoare, dar i-au adus dorul de grădinile palatului regal din Lisabona. Se scutură şi continuă să-şi facă de lucru cu plăntuţele care nu făceau rău nimănui, din contră, aduceau doar bucurie.

Să lăsăm puţin locatarii de la Fulwell să se bucure de liniştea lor şi de speranţele pentru viitor şi să ne îndreptăm către Piemont, la Torino, unde regina mamă stătea cu privirea fixă, obiceiul ei nefericit, aşezată într-un fotoliu la fereastra camerei sale. Refuza cu îndârjire să facă altceva toată ziua. Era cu adevărat nefericită în acest sfârşit de an. Doar când venea preotul ei personal parcă îi mai revenea mintea şi atunci începea să plângă. Lucidă, îi spunea acestuia:

- Părinte, Manuel este tânăr, el mai poate spera la ceva de la viaţa lui, poate şi nora mea Amelie, însă pentru mine a fost prea mult să fug hoţeşte din ţara a cărei regină am fost atâţia ani. Nu mă pot linişti, iar în minte sunt mereu derulate feţele copilului şi nepotului meu puşi în Palacio de Necesidades printre flori, dar fără suflare. Am fost acolo, în trăsură, de ce nu m-a atins pe mine un glonţ? Aveam 60 de ani, viaţa mea era oricum spre apus.

- Fiica mea, îi spuse blând preotul bătrân, ca şi regina de altfel, nu trebuie să punem asemenea întrebări. Dumnezeu i-a vrut martiri şi asta sunt. Asta le-a fost soarta iar noi, cei rămaşi, trebuie s-o acceptăm şi să ne rugăm pentru ei.

- Aş vrea să mă duc la ei, părinte! Cred că în curând am s-o fac. Aşa simt, spuse regina.

- Nu trebuie să-l supărăm pe Dumnezeu. Ştie el când trebuie să mergem la el.

- Şi nici vremea asta nu-mi place. Aici nu este cald, munţii sunt aproape, iar oasele mă dor de la frig, oricât de cald ar fi în încăperi. Am uitat de vremurile în care mă jucam prin parcul palatului, dar nu mai vreau să mă întorc în Portugalia, doresc să fiu înmormântată aici, în capela

146

familiei mele. Urăşc ţara care m-a alungat şi din care am ieşit pe furiş, cu gloanţele nenorociţilor ălora şuierând în jurul vaporului nostru.

Maria Pia obosise de atâta luciditate, îşi puse capul pe fotoliu şi începu să privească iarăşi precum o făcea mereu. Intrase în lumea ei, din care ieşea atât de rar. Închisese ochii, adormise. Preotul făcu semnul crucii şi se retrase. Doamna de companie intră, îi puse reginei un pled pe picioare şi se îndepărtă uşor, lăsând uşa întredeschisă.

- Suferă mult, îi şopti preotul în timp ce era condus către trăsură.

- Din păcate, niciodată nu va mai fi regină, spuse oftând prietena acesteia, sărutând mâna părintelui. Mai veniţi, vă rog, cred că o alină compania dumneavoastră.

- Voi mai veni, negreşit, spuse acesta, făcând cu mâna semnul unei binecuvântări şi apoi făcând semn ca trăsura să pornească.

În timpurile acestea în Londra, Manuel, care îşi făcuse destui prieteni, se afla pentru prima dată la o sală de scrimă de când se afla pe insulă. Râdea şi le spunea prietenilor săi că încă nu şi-a intrat în formă şi că parcă ar avea o platoşă pe el, din cauza lipsei exerciţiului. Sportul acesta îi plăcea foarte mult, îl relaxa într-adevăr. Nici prietenii lui nu erau prea dezmorţiţi, dar promiteau vizite dese la sală. Aşteptau cu toţii 1911 şi focurile lui de artificii, precum şi şampania care curgea nemăsurat şi voia bună a celor ca ei, bogaţi şi fără griji. Aceşti englezi nobili, cărora se alăturase Manuel, nu aveau dorinţele lui de a reveni poate pe tronul lusitan, sau măcar să-şi vadă ţara fără crizele acestea spasmodice în care se afla. El era un adevărat patriot, cu sufletul departe, către acel tărâm plin de soare pe care îl părăsise atât de grabnic.

De Anul Nou el şi mama lui băură o cupă de şampanie pentru Portugalia, pentru salvarea ei. Stătură la petrecerea de la curte până la miezul nopţii, pentru a vedea artificiile, apoi se făcură nevăzuţi. Era deja 1911, nu mai aveau ce să mai aştepte. S-au dus liniştiţi în apartamentele lor, unde s-au culcat în trosnetul lemnelor din şemineele nelipsite din reşedinţele britanice. Apoi, aveau la ce se gândi. Primiseră veşti de la regaliştii portughezi, care doreau restauraţia. Manuel şi-o dorea, firesc, dar fără sânge, în mod legal. Nu avea însă patima cu care şi-o dorea de exemplu bunica lui la Torino. Probabil pentru că era tânăr şi liber şi nu trebuie să uităm că nu fusese crescut pentru a fi rege. În niciun caz.

Dorea să fie rege, fără îndoială, dar paşnic, acceptat din toată inima şi nu aşa cum îi fusese domnia, o luptă continuă între şoarece şi pisică. Nu vedea această acceptare pentru republicani, aveau deja frâiele puterii şi dorinţa nebună de a conduce. Setea de putere era maximă. Se gândea că Teofilo Braga nu-l va aştepta cu flori să coboare de pe navă şi nu-i va preda niciodată şefia statului. Nici gând de aşa ceva.

El simţea de asemenea că regaliştii lui vor ajunge la atacuri şi sângele va curge iar pe străzile capitalei Portugaliei. Asta îl speria. Ura sângele şi morţii de pe caldarâm. Nu uitase acel început de an 1908. Cum ar fi putut să-l uite? Avea oroare de ciocniri violente şi de împuşcături, trase doar din orgoliu sau din cauza oricărui sentiment bolnav. Prefera exilul şi prosperitatea Portugaliei decât război pe străzile şi pieţele Lisabonei.

Aşa era Manuel, un om pacifist, care îşi respecta jurământul dat pe Constituţia ţării în care se născuse.

CAPITOLUL 6

Cea mai interesantă veste şi în acelaşi timp contrariantă, pe care o primise în 1911 regele portughez, fu aceea că monarhiştii lui, cei care îl sprijineau, îşi găsiseră tabăra în Galicia, în Spania. Manuel era uimit cum de spaniolii, în speţă conducerea lor, accepta această mulţime de oameni pe teritoriul lor. În scrisoarea lui de răspuns, îndemnase la calm si la mijloace legale şi paşnice de readucere a monarhiei în Portugalia. În schimb, freamătul şi nerăbdarea celor din tabăra galiciană puneau această perspectivă şi dorinţă a suveranului pe tinereţea lui prea fragedă şi nu o luau în seamă. Interesul parcă era mai mult al lor, iar Manuel era doar o păpuşă. Conducătorul lor, Henrique Conceiro, la scrisoarea lui Manuel în care acesta îl întrebase de tactică, de resurse financiare şi de atâtea alte elemente importante, îi răspunsese că se vor descurca cu puţin şi vor reuşi. Manuel se întristă şi reuşi să aducă aceleaşi sentimente şi în sufletul mamei sale.

- Sunt trist, au cu ei doar un sac de entuziasm şi nimic altceva. Nici nu ştiu pe ce se bazează şi păcat că nu ascultă de cel pe care-l doresc şef din nou. Nu vor reuşi, oricât de pozitivi sunt în gândire. Am primit şi ziarul pe care-l tipăresc în Galicia. E doar hrană pentru suflet, însă pentru o reinstaurare trebuiesc bani, mulţi bani, armată şi conducători cu sânge rece, nu visători.

- O să aşteptăm, spuse Amelie, mama lui. Ce putem noi face de aici?

Ceea ce presimţise regele alungat se adeveri. Planul lui Conceiro fu acela de a ridica la luptă ţăranii, care, săraci cu duhul, nu au înţeles nimic şi nu au reacţionat în niciun fel. Lipsa banilor, a unei armate conduse cu forţă şi pricepere, precum şi a unei tactici perfecte, a făcut ca această incursiune a lui Conceiro să eşueze lamentabil, forţele lui reîntorcându-se în Galicia spre disconfortul spaniolilor din zonă.

Manuel se întristă foarte mult pentru lipsa aceasta de prevedere şi deci pentru pierderea acestei ocazii. Încercase şi el să ajute, însă resursele lui erau limitate. Pe lângă această veste, mai primiseră una în acel an 1911, primul de exil. Regina Maria Pia nu se mai ridica din pat, îşi aştepta resemnată sfârşitul. Au plecat spre Torino, unde au mai găsit-o încă în viaţă, dar a murit imediat după ce s-au întâlnit. Au îngropat-o exact aşa cum şi-a dorit aceasta, în Panteonul familiei sale. Teama de Portugalia o urmărea din moarte. Era regina care nu dorea un loc în Panteonul familiei de Braganza. La urma urmei, ce mai conta? Venise şi Afonso, fiul ei, necăsătorit, iar după ceremonie se despărţiră din nou. Regina avea 63 de ani şi se chinuia destul, spuneau cei care îi fuseseră alături de când se întorsese acasă. Fusese o regină a cauzelor sociale, dar şi a luxului afişat.

Singurele momente plăcute din acea perioadă erau turneele lui Gaby de la Londra, care se sfârşiseră şi acestea prost. La ultima întâlnire frumoasa îl anunţă pe rege de plecarea definitivă în Statele Unite, pentru a-şi desăvârşi cariera. A fost o lovitură pentru Manuel, peste care a trebuit să treacă, dar cu durere în suflet. Îi plăcea Gaby, discreţia şi francheţea sa, dar avea s-o piardă. De fapt, o pierduse deja şi era din nou singur. Chiar trebuia să se însoare, însă nu-l trăgea inima.

1911 a fost un an plin de evenimente, de întâlniri cu prietenii, de rugăciuni lungi la biserica parohiei. Cel mai sincer amic se dovedi a fi chiar regele George, care îl iubea sincer pe Manuel. Se întâlneau destul de des când George avea timp liber, nu conta diferenţa de vârstă dintre ei. De fapt, niciodată nu contează acest lucru într-o sinceră prietenie.

Lui Manuel îi plăcea scrima şi îşi îmbunătăţi foarte mult tehnica în urma antrenamentelor sale. Adora să scrie, iar visul lui era să scrie o carte despre perioada de glorie a Portugaliei. Pentru acest obiectiv, se documenta intens şi strângea foarte multe materiale. Tenisul era o altă pasiune şi participase la Wimbledon pentru prima dată de când se afla în exil. Mereu alături de mama lui, mereu cu zâmbetul pe buze şi mereu etalându-şi decoraţiile lui portugheze. Era mândru să le poarte. Vedea chinul portughezilor de a ieşi din noroi, dar privea neputincios de la distanţă. Oriunde mergea era primit cu simpatie şi cu multă consideraţie. Acesta fu primul an în exil al acestui rege cu inima cât ţara lui de mare.

Manuel era tot timpul la curent cu ce se petrecea cu forţele lui regaliste din Spania. Aceştia pregăteau o nouă incursiune în ţara lor, crezându-se mai bine pregătiţi din toate punctele de vedere şi aşa au şi fost, vremea a demonstrat-o. Însă, cu toată organizarea lor mai bună de acum au avut acelaşi sfârşit ca şi la prima incursiune peste frontieră. Ba mai mult, de data aceasta guvernul spaniol i-a dezarmat pe portughezi, le-a închisziarul din exil, făcând totul pentru a stabiliza şi securiza zona.

Manuel le mai trimise o scrisoare în care le repeta, (a câta oară?) că vrea domnia legal, fără forţă şi vărsare de sânge. Regele era însă tânăr şi puţin băgat în seamă.

În 1912, regele a participat la un eveniment în Elveţia, unde a întâlnit o domnişoară, o prinţesă germană, ce l-a făcut să se întoarcă la Londra uşor tulburat. Acasă începu să se intereseze cu ajutorul unor persoane de bună încredere de această domnişoară, pe numele ei Augusta Victoria, o blondă interesantă, cu ochi mari albaştri. Făcea parte din casa domnitoare de Hohenzolern şi era nepoata regelui român Ferdinand I. Când îi povesti mamei sale despre gândurile sale, aceasta se bucură nespus.

- Cu adevărat, aş fi fericită dacă te-ai căsători! Cred că este o domnişoară interesantă şi te-ai căsători în familie. Voi merge într-o zi la palat şi am s-o întreb pe regina bunului nostru rege George despre acest subiect, bineînţeles ţinând totul ascuns. Cred că Mary of Teck îmi va da mai multe informaţii şi nu tocmai rele despre această prinţesă germană.

Când se hotărî să meargă, Amelie fu primită cu multă căldură de regina Mary, iar când e vorba de căsătorii, femeile sunt neîntrecute. Mary află toate informaţiile despre Augusta şi i-o recomandă lui Manuel din toată inima.

Regele primi de asemenea cu bucurie ştirile despre cea care îi plăcuse atât de mult. Nu exista niciun fel de comparaţie între ea şi Gaby. O uitase, trecuse un an. Se hotărî să scrie o scrisoare oficială prin care să-i ceară mâna verişoarei sale blonde, dar trebuia să-şi amâne această activitate plăcută, datoria către ţara sa i-o cerea. Primisese o scrisoare oficială de la cel ce se numea Miguel al II-lea, fiul regelui Miguel I, cel care uzurpase tronul Mariei a II-a şi apoi abdicase in favoarea ei. Miguel al II-lea cerea o întâlnire cu ultimul rege al Portugaliei, cu privire la succesiunea în cadrul Casei de Braganza. Pentru acest fapt, Manuel se pregăti şi scrise şi el o scrisoare oficială, în care îşi dădea acordul dar în care îşi exprima oarecum şi nedumerirea, el putând să se căsătorească şi să aibă copii, care anulau orice dorinţă din partea lui Miguel al II-lea.

În corespondenţa ce urmă, se stabili o întâlnire la Dover, minunatul port de intrare dinspre Franţa. Amelie fusese de acord, dar nu se deplasă în acel oraş în stil victorian, lăsă totul în mâinile fiului său. Dover este un oraş port foarte frumos, încadrat de stânci albe de cretă, dominat de castelul uriaş, construit în secolul al XII-lea de către Henric al II-lea. Atâta istorie şi atâtea secrete cu privire la această construcţie plină de tunele misterioase. Cât stătu acolo, Manuel fu încântat să se plimbe nestingherit si fără companie pe malul Canalului Mânecii.

Când Miguel al II-lea apăru şi se întâlniră în mod oficial, se bucurară cu sinceritate. Fostul rege îi tăie însă scurt rudei sale începutul compătimirii faţă de soarta lui:

- Mă simt bine, credeţi-mă. Îmi pare rău, doar că un aşa act tăios nu îi va aduce pacea. Aceşti republicani şi-au dorit puterea pentru ei, de popor nu au ţinut deloc seamă. De altfel, cred că ştiţi că au fost două încercări de restauraţie, la care poporul de jos nu a reacţionat. Şi nu pentru că nu mă iubesc, dar aşa sunt ei, se întind cu privirea atât cât le este curtea casei.

- Mă bucur că ai un tonus atât de bun Manuel, spuse Miguel al II-lea. Acesta, se cuvine să amintim, este sprijinit de Partidul Integralist lusitan.

- Da. Regina vă transmite salutări şi îi pare rău că nu a putut veni şi ea la Dover. E frumos aici, spuse regele privind în jur. Se bea un ceai bun aici, zâmbi el.

- Noi i-am învăţat să bea ceai, spuse dom Miguel cu pumnii strânşi.

- Se poate, dar acum nu mai are nicio importanţă. Apunem oricum, cu sau fără ceai, spuse trist Manuel.

- De asta am vrut să ne întâlnim, fiule. Pentru a nu apune. Dorinţa mea este ca Braganza să treacă peste ani, să supravieţuiască, răspunse bătrânul oftând.

- Şi ce doriţi? Succesiunea la conducerea Casei noastre în cazul în care mă căsătoresc şi mor fără urmaşi? Punerea dumneavoastră în drepturile pe care tatăl dumneavoastră le-a pierdut şi pentru care a fost alungat? Pot face asta din toată inima şi o voi face, dar vă spun sincer că nu mai cred atât de mult în restauraţie. Îmi cunosc poporul, el, v-o repet, are grijile sale, plăteşte dări indiferent cine-l conduce.

- Ai dreptate, aşa este, dar mi-ar plăcea să am drepturile înapoi, exact cum ai spus, iar fiul meu, în cazul unei situaţii nefericite, pe care nu mi-o doresc, să te urmeze ca duce de Braganza. Să nu crezi că sunt un şiret şi că, precum o vulpe, te atac. Nu. Vreau să ducem mai departe numele şi casa noastră. Să unim ramurile Casei de Braganza.

- Duarte Nuno? Sigur, de ce nu? Am să redactez în seara aceasta un document pe care o să vi-l înmânez mâine. Stăm la acelaşi hotel, e foarte nimerit. Mă repet, nu mai cred în regalitate în Portugalia. Acum patru ani am trecut printr-o tragedie din care am învăţat multe. Dacă eram un om de rând, acum tatăl şi fratele meu Luis ar fi trăit. Nimic nu a pierit din mintea mea. Liniştea este cea mai de preţ bijuterie, liniştea familiei, vreau să adaug. Mama a prevăzut scopul acestei vizite a dumneavoastră aici în Anglia şi sprijină această latură a Casei noastre din toată inima. Veţi avea toate drepturile, chiar și pe cel succesoral dacă voi muri fără copii. E un pic hilar pentru că am doar 23 de ani, dar vă voi scrie documentul pentru pacea Casei.

- Îți mulțumesc, Manuel, spuse dom Miguel luându-i mâinile într-ale sale. Ești cu adevărat un Braganza și mi-ai înțeles gestul ca atare, fără gânduri ascunse.

- Oricum e nostim, ce m-ar mai interesa pe mine ce se poate întâmpla după ce sufletul îmi va urca la cer sau va poposi pe o floare din sera mea. Și, oricum, mai e mama, dacă trăiește 100 de ani? Ea va fi șefa Casei atunci, pe ea va trebui s-o rugați.

Au luat masa împreună, apoi au mers să privească marea. Era atât de frumos totul. Dimineața, dom Miguel avu documentul prin care era pus din nou în toate drepturile sale și toată latura „miguelistă" a Casei de Braganza reveni sub aripile sale. Duarte Nuno era acum moștenitorul lui Manuel în cazul în care nu va avea copii care să-i urmeze și astfel, totul se termină. La plecare, dom Miguel avea lacrimi în ochi, mulțumindu-i regelui pentru că iertase și înlăturase greșelile tatălui său. Manuel îi zâmbi și astfel se încheie acest important eveniment pentru viitorul Casei de Braganza.

- Căsătorește-te și să ai copii, îi mai strigă bătrânul de pe puntea vasului care avea să-l traverseze Canalui Mânecii.

Când dispăru în zare, Manuel răsuflă ușurat și se gândi să pornească spre casă, pentru a face ceea ce plănuise, înainte de a fi întrerupt de ruda sa. Dorea, dacă vă mai amintiți, să scrie în Germania prințului Wilhelm și să-i ceară mâna fiicei sale pentru el. Aștepta cu nerăbdare plecarea către Londra și apoi îi era dor de mama lui, pe care nu o lăsase singură zile întregi niciodată.

CAPITOLUL 7

Îşi dădu seama pe drumul de întoarcere că dom Miguel, unchiul său, avea dreptate. Duarte Nuno era un copil cu tot viitorul în faţă, iar Casa lor dinastică era pusă la adăpost dacă el nu ar fi avut moştenitori.

A fost tare bucuros când a ajuns acasă. Mama lui îi ieşi în întâmpinare, cerând informaţii despre această întâlnire. A fost mulţumită de documentul pe care îl emisese fiul ei, era justă reintegrarea în drepturi a urmaşilor regelui uzurpator Miguel I. În fond şi de drept, Miguel I era os domnesc, chiar dacă făcuse ce făcuse, domnind ilegal în Portugalia, impunând o teroare nefolositoare. Nu o interesau deloc viitoarele reacţii, pe care de altfel le anticipa, ale celorlalte ramuri ale Casei de Braganza. Erau laturi fără multă importanţă, auxiliare şi îndepărtate.

Manuel ştia foarte bine să scrie şi deci să compună o scrisoare oficială în termeni măgulitori. De-abia aştepta să se aşeze la masa lui de lucru, iar când termină scrisoarea fu cu adevărat mulţumit. Prinţesa Augusta îi furase gândurile. O trimisese printr-un curier oficial şi se pusese apoi pe aşteptat şi îşi însoţea scrisoarea cu gândul. Îşi imagina cât timp face dintr-un loc într-altul, cât timp va trece până ce prinţul german o va avea în mâinile sale. Reacţia lui, reacţia Augustei, totul se derulau în mintea lui. Trebuia să aibă noroc, erau şi rude şi se potriveau de asemenea şi ca vârstă.

Între timp, îşi pierdea vremea la sala de scrimă sau călărind prin prejur. Primise apoi veşti, în sfârşit mult aşteptatele veşti, iar acestea erau favorabile. Wilhelm binecuvânta alianţa, iar Augusta evident era de acord. Aveau o invitaţie specială pentru sărbătorile de iarnă la castelul princiar, pe care o acceptară imediat. Atunci va fi probabil logodna, îşi spuseră ei. De bijuterii ştia că se va ocupa mama lui, regina, astfel că el, în culmea fericirii, încerca să-şi stăpânească nerăbdarea până la mijlocul lui decembrie. Regina era de asemenea veselă şi adora să fie antrenată în planificarea acestui eveniment. Regina Mary se bucură de asemenea de reuşita tratativelor.

- O pereche cu adevărat potrivită, spuse ea felicitând-o pe Amelie. O să fie fericiţi, prinţesa este o fire foarte liniştită, ca şi Manuel de altfel. Bravo! Vestea asta trebuie să i-o spun şi bunului meu soţ George, îl va binedispune cu adevărat.

Îşi făcuseră haine noi, speciale pentru această logodnă mult dorită. Era singurul fiu al Ameliei care se căsătorea. Închidea ochii şi vedea cele două morminte ale soţului şi ale fiului, puse unul lângă altul şi o apuca melancolia, dar îşi revenea repede. Nu-i mai putea aduce înapoi să vadă nunta lui Manuel, oricât ar fi vrut.

Plecaseră către Sigmaringen, un castel minunat, cocoţat ca orice castel pe vârf de munte. Ajunşi pe continent, cum înaintau spre Germania aşa şi ninsoarea se înteţea, iar stratul gros de zăpadă se făcuse permanent în peisajele ce li se arătau. Nu erau obişnuiţi cu frigul, dar peisajul era uimitor şi îi făcea să uite de inconvenienţele traseului.

Au fost primiţi minunat, chiar de către prinţul Wilhelm însuşi şi întreaga lui curte. Augusta produsese asupra lui Manuel aceleaşi impresii din timpul întâlnirii lor precedente din Elveţia. Era frumoasă, blondă şi nepretenţioasă. Îi zâmbi de cum îl văzu, iar reverenţa în faţa mamei sale îi ieşi perfect. Părul blond îl avea prins uşor într-o coafură simplă, care îi scotea în evidenţă ochii minunaţi. De ţinută, nimeni nu-şi mai aducea aminte, în niciun caz regele, care era fericit privindu-i doar ochii. Li se arătară apartamentele unde aveau să stea. Priveliştea de la ferestre era uimitoare, parcă erau într-un cuib de vulturi. Era frumos şi cald.

- Întotdeauna am crezut că aceste construcţii sunt reci, neprimitoare, din cauza zidurilor prea groase şi a imposibilităţii de a păstra căldura, dar m-am înşelat, îi spuse Manuel mamei sale când veni s-o ia pentru a coborî la masă.

Amelie pregătise bijuteriile pentru logodnă şi imediat a fost în măsură să primească braţul fiului său şi să coboare. Serbarea de logodnă a fost foarte intimă şi minuţios pregătită. Nu era foarte multă lume şi asta o bucura mult pe regină. Augusta se îmbrăcase într-o rochie albastră, ce îi încorseta minunat trupul. Era cu adevărat frumoasă, iar Manuel era fericit.

- Să facem nunta la anul, în toamnă, aici la castel, spuse prinţul Wilhelm. Castelul poate fi decorat special pentru acest eveniment. Ce spuncţi?

- Nu am nimic împotrivă, spuse Manuel. E frumos aici. Interesantă aşezare, cocoţată pe stânca aceasta uriaşă.

- Să vezi artificiile de pe Dunăre de Anul Nou! O splendoare! Nu o să le pot uita toată viaţa, spuse Augusta roşindu-se.

- Îți plac bijuteriile? întrebă Amelie.

- Foarte mult. Casa de Braganza are podoabe cu adevărat magnifice.

- Ne bucurăm că îți plac, să le porți cu drag, spuse Amelie.

- Să toastăm pentru acești tineri care își vor uni destinele, strigă prințul Wilhelm. Să dea Domnul ca doar moartea să-i mai despartă, să se înțeleagă din priviri și să fie fericiți.

Toată lumea strigă acel tipic „Heil!" german, ciocniră cupele și aplaudară. Cei doi tineri, ținându-se de mână, stăteau și primeau felicitările foarte emoționați . Nunta a fost stabilită pentru anul următor, la începutul lunii septembrie. Trebuiau pregătite atât de multe lucruri! Această lună era frumoasă pe Dunăre, nu era încă frig.

Cât a ținut această vacanță, Manuel își dădu seama și mai mult de faptul că nu se înșelase cu privire la viitoarea lui soție. Aceasta îi arătase tot castelul, care era mult schimbat de ceea ce fusese înainte de a fi reconstruit, adică înainte de 1893. Luase foc înainte și începuse să fie locuit după ce lucrările costisitoare se terminaseră în 1893.

Manuel adora poziția semeață a castelului, drept deasupra Dunării celei albastre și strălucitoare. Fusese încântat de Galeria portugheză a palatului pe care Augusta i-o arătă râzând de uimirea lui de a găsi crâmpeie din țara lui. Cel mai mult i-au plăcut însă artificiile de pe Dunăre, de la miezul nopții Anului Nou. Erau deja în 1913 și Manuel îi furase logodnicei sale primul sărut. Aveau la ce medita amândoi. Chiar se iubeau, spre uimirea lor și a tuturor. Când au plecat spre Anglia, promiseseră că-și vor scrie cât de des vor putea. iar Augusta îi ceruse lui Manuel încă două vizite până la nuntă, iar acesta acceptă fericit invitația. Prințul Wilhelm zâmbi în legătură cu îndrăzneala fiicei sale dragi și aprobă bucuros și el invitațiile fiicei sale. Fericită până peste poate era mama lui Wilhelm, Antonia, Infantă a Portugaliei, bunica Augustei. Antonia avea pe atunci 67 de ani împliniți, iar faptul că nunta urma să aibă loc la castelul din care ea nu prea ieșea, a fost ca o binecuvântare a cerului asupra ei. Spera să mai trăiască să o vadă pe nepoata ei măritată cu un portughez de-al ei. Păcat că mama Augustei nu mai trăia, murise cu ceva ani în urmă. A fost o femeie foarte frumoasă această prințesă Maria Teresa de Bourbon două Sicilii. A lăsat în urma ei trei copii de asemenea foarte frumoși: Augusta și cei doi frați ai săi, ce-i vor moșteni titlul. Cel mai mare dintre frați era Friedrick, el era prezumtivul conducător al Casei, dar ținând seama de nefericita familie din Portugalia, nimic nu mai reprezenta o certitudine.

La despărțire le păru tuturor rău, dar Manuel promisese două vizite în ținutul Baden Wurttemberg până în septembrie când era data nunții.

Oricum, scrisorile vor curge şi dintr-o parte şi dintr-alta cu acordul prinţului Wilhelm, desigur.

Ajunşi acasă, în ţinutul lor ceţos şi plin de ploi, cei doi, mamă şi fiu, au avut o lungă discuţie.

- Fiule, spuse Amelie, m-am gândit mult în ultima perioadă. Când vei fi aici cu soţia ta, când veţi locui aici, va trebui să ne despărţim. Nu mă întrerupe (spuse ea văzând un semn de nemulţumire făcut cu mâna de Manuel). Am răsucit-o pe toate părţile şi am hotărât să nu cedez insistenţelor tale. Voi pleca în ţara tatălui meu, ducele de Orleans. Mă veţi vizita, iar eu vă voi primi cu multă dragoste. Doresc să fiu singură cu gândurile mele. Am trimis deja o scrisoare în acest sens în Franţa. Chateau de Bellevue va fi pregătit până în septembrie să mă primească. Odată cu această căsătorie, totul se termină pentru mine. Cum s-ar spune, îţi iei şi tu dragul meu fiu zborul din cuib. Ştiu că nu v-aş stingheri, însă cred că am nevoie să trăiesc pentru mine. Sunt un om puternic, ştiu asta, dar vezi tu că şi oamenii puternici trebuie să ia o pauză. Te rog să nu te împotriveşti şi să încerci pe cât posibil să mă înţelegi. Te iubesc din toată inima, numai tu mi-ai rămas şi ştii că îmi este greu să plec, însă trebuie.

- Of, mamă, dacă aşa doreşti, mă voi supune. Te înţeleg că îţi cauţi singurătatea, dar permite-mi să-ţi spun că Franţa nu e ţara ta, ci a tatălui tău. Te duci într-un loc străin, oricâte rădăcini te leagă de el. Dar du-te, te las din toată inima, te voi vizita însă foarte des. Îmi place Parisul, de el se leagă prima mea dragoste şi cred că şi Augustei îi place. Până în septembrie mai este, aşa că nu mă gândesc acum la asta.

- Mulţumesc, Manuel! Întotdeauna sensibilitatea ta a înţeles-o pe a mea. Îţi doresc să fii fericit cu prinţesa ta. Mă voi ocupa cu drag de tot ce îţi trebuie pentru ca reşedinţa în care m-am născut să îi placă soţiei tale şi să se gândească cu drag la cea care s-a ocupat de amenajarea ei, special pentru doi tineri de-abia căsătoriţi.

Cei doi se îmbrăţişară. Se iubeau atât de mult! Manuel nici nu ştia ce surpriză îi mai punea la cale mama lui, dar asta o va afla în ziua nunţii, până atunci rămânea secret.

În vizitele sale la Sigmaringen, Manuel se plimbase cu vaporaşul pe Dunăre, aruncase o privire mai amănunţită asupra încăperilor castelului şi se plimbase după pofta inimii prin pădure, aducându-i Victoriei tot felul de flori, care mai de care mai frumoase. Cel mai mult însă le plăcea celor doi să privească Dunărea din castelul cocoţat pe stânca aceea impresionantă.

- Nu o să-ţi pară rău Augusta că laşi această privelişte pentru Londra? întrebă Manuel când se aflau doar ei doi pe terasă.

- Nu, cu tine pot merge oriunde. Nu ştiu de ce, dar nu cred că ar conta prea mult. Oricum, vom mai veni pe aici, măcar s-o vedem pe bunica, spuse ea surâzând şi strângându-i mâna uşor.

- Ştii că după căsătorie mama se va muta în Franţa, la un castel aproape de Versailles? Aşadar, încă un motiv în plus să ne petrecem vremea pe continent. Ne va lăsa singuri. Acum se ocupă cu amenajarea la Fulwell Park şi crede că o să-ţi facă plăcere, continuă Manuel.

- Da? Minunat, o să-mi placă atunci de două ori mai mult. Oricum, timpul trece şi acuşi e septembrie. De-abia aştept! E o anumită forfotă în castel. Tata când mă vede zâmbeşte. Croitoresele stau mereu pe capul meu, cu excepţia momentelor când ne vizitezi, atunci nu au voie să vină, zise ea râzând. Îmi pare rău că nu e şi mama, s-ar bucura nespus, dar din păcate nu o pot readuce la viaţă. Tata îşi poartă văduvia firesc, bărbăteşte, nu ca o povară, iar ăsta e un motiv în plus să-l iubesc mai tare. Poate să se recăsătorească, cine ştie, însă nu o să-i port pică niciodată. Ne iubeşte nespus pe toţi trei, iar acum şi pe tine.

- Să-i mulţumeşti din partea mea pentru sentimentele sale de afecţiune pentru mine, îi răspunse Manuel.

Cu adevărat, timpul se scurgea în favoarea viitorilor miri. Până şi ruga Infantei Antonia fu ascultată, iar în septembrie trăia fericită aşteptând evenimentul. Văzu cum castelul îşi schimbă înfăţişarea, cum se umplea de ghirlande de flori, de statuete minunate ce simbolizau dragostea şi mai văzu cum mirele şi mama lui sosesc în alai, cu câteva zile înainte de nuntă. Capete încoronate se înfăţişară şi ele la castel, promiţând o nuntă şi un eveniment deosebit, cum nu mai văzuse castelul de mult timp. Bineînţeles că nu putură fi opriţi să discute politică, închişi în cabinetul prinţului. Aici, Manuel îşi spuse din nou temerile:

- Mi-e teamă pentru ţara mea. Republica aceasta este atât de slabă! Mi-e teamă că acest lucru va aduce consecinţe nefaste pentru ţară. Orice s-ar întâmpla, rămân un portughez până la capăt, indiferent unde îmi este casa.

Toţi îl aprobară, vărsarea de sânge din 1908 nu fusese uitată, crease multe probleme în fiecare ţară stăpânită de regalitate. Le plăcu celor prezenţi spiritul lui naţionalist şi se gândeau în ultimul colţişor al sufletului lor, dacă ei, într-o situaţie identică, ar proceda la fel. Cert este că Manuel le era simpatic.

Surpriza pe care Amelie, mama lui, i-o făcu fiului său, fu aceea că slujba de cununie avea să fie oficiată de către Jose Neto, cardinal de Lisabona, aflat în exil în Spania. Acesta îl botezase pe Manuel. Într-adevăr, o bucurie nesperată, pentru care mirele mulţumi îndelung mamei sale. Se adunaseră în ziua nunţii la capela castelului, membrii familiilor regale din Spania, Germania, Italia, Franţa şi România, prinţesa Augusta fiind nepoata regelui Ferdinand I al României. Fusese de asemenea prezent şi prinţul de Wales, Edward.

Minunate cele două zile de sărbătoare. Artificiile îmbrăţişau Dunărea în noaptea dintre cele două zile. A fost o nuntă de vis, iar mirii erau tineri şi frumoşi. Augusta a purtat diadema familiei sale, iar Manuel toate decoraţiile pe care le primise şi le meritase din plin. Luna de miere a fost stabilită dinainte să se petreacă în Munchen şi, de acolo, mirii urmau să se îndrepte către Anglia. Au fost petrecuţi de toată lumea, despărţindu-se de mama lui cu o strângere de inimă. Ştia însă că îi va face vizite dese la Paris, nu se putea altfel. Era tot ce îi mai rămăsese.

Într-adevăr, Amelie, după ce îşi luă rămas bun de la gazde, dar în special de la Antonia a Portugaliei, luă drumul Parisului. Castelul ei o aştepta. Avea să-i fie casă de acum înainte câte zile ar mai fi avut de trăit.

Cei doi tineri s-au acomodat bine împreună la Fulwell Park, totul prevestind o căsnicie liniştită. O singură pată umbrise acel an, moartea bunicii Augustei. Antonia de Portugalia închisese ochii la sfârşitul lunii decembrie, pentru a nu se mai trezi niciodată. Fusese o vreme urâtă la acest eveniment nefericit, dar de la care nimeni nu lipsise. Toată lumea o iubise, avea să fie pomenită mereu şi avea să ramână în inimile lor pentru totdeauna. De când tânărul cuplu ajunsese din nou la Londra, viaţa lor tihnită îşi relă cursul său lin, atât de dorit într-o căsnicie.

CAPITOLUL 8

Amelie le scria destul de des de la Paris unde, spunea ea, a fost vizitată de fiul lui Miguel I. Băieţelul acestuia, Duarte Nuno, era o dulceaţă de copil. Era atât de hazliu. Era întru totul de acord ca acest copil să fie moştenitorul de drept al Casei, în cazul nefericit în care Manuel nu ar fi avut copii. Augusta fusese puţin bolnavă, dar îi trecuse. Primeau vizite, în casa lor aveau loc serate în care lumea bună londoneză era primită cu multă consideraţie.

Nu uitase nimeni de Portugalia însă viaţa mergea înainte. Erau baluri minunate, ţinute cu scopul de a obţine fonduri pentru diverse activităţi caritabile pe care fostul rege le patrona. Manuel adora comunitatea parohiei St. James, unde comandase şi donase un vitraliu cu însemnele Casei de Braganza. Era un catolic practicant, iar lumea care îl privise oarecum uimită la început, încerca acum sentimente de afecţiune faţă de el şi frumoasa lui soţie. Chiar au botezat împreună copii în biserica parohiei, spre bucuria celor din jur. Doareau foarte mult să se simtă integraţi şi acceptaţi de comunitate, iar această dorinţă le-a fost îndeplinită, peste tot erau salutaţi şi respectaţi.

Manuel îşi continua activităţile pe care învăţase să le facă în copilărie, ca duce de Beja. Mergea la tenis, la sala de scrimă, călărea când vremea i-o permitea şi nu în ultimul rând, se gândea la Portugalia lui dragă. Ştia că monarhiştii nu se vor lăsa cu una cu două şi că vor acţiona cu forţe proaspete în curând. Trecuseră doi ani de când fuseseră alungaţi din Galicia, stătuseră prea mult timp liniştiţi, aşa că era momentul unei noi acţiuni.

Regaliştii erau fericiţi că regele are o soţie frumoasă şi visau la o ceremonie de reînscăunare minunată. Dom Manuel zâmbea citind ştirile ce le primea din tabăra loială lui. Regele pleda pentru linişte, mai ales că începuse această vânzoleală de trupe, acest prim război mare în Europa, având drept prim pretext asasinarea moştenitorului tronului austro-ungar, Franz Josef. Erau, în opinia lui Manuel, prea multe imperii în bătrâna Europă, iar ultimatumul Austro-Ungariei dat regatului sârb veni firesc, moştenitorul fiind ucis acolo. Nu vedea oportună luarea Lisabonei cu asalt, acum când apele erau tulburi peste tot. Pentru regalişti însă chiar acest lucru constituia un atu. Astfel, ei nu ţinusără seamă de gândirea pragmatică a regelui şi porniseră la asaltul împotriva republicanilor.

La 20 octombrie 1914, aceştia, foarte înveşunaţi, creară panică şi multă dezordine pe străzi. Teama lui Manuel cu privire la destrămarea statului îl apăsa tot mai mult. Îi era teamă că Spania va anexa Portugalia din nou, existau precedente grăitoare în trecut. Ţara nu putea fi stabilizată de aceşti republicani îmbătaţi cu sângele rudelor sale. Încercă să oprească avântul susţinătorilor săi, dar era imposibil. Monarhiştii continuară şi în 1915, în timpului marelui război mondial, acţiunile de înlăturare a republicii, sub conducerea unor şefi pătimaşi şi nesăbuiţi. Acţiunile acestora au fost condamnate de însuşi Manuel, care nu vedea cu ochi buni aceste revolte desfăşurate în vremuri nesigure.

Regaliştii au distrus monumentul partidului republican, pentru a avea şi ei un pretext de a trezi masele şi lupta de stradă să înceapă. Multă lume a murit sau a fost rănită, marea majoritate nevinovată. Regaliştii, slab dotaţi, au fost învinşi de republicanii democraţi şi trecuţi în ilegalitate. Astfel, republica a preluat controlul, chiar dacă şubrezită de aceste acţiuni destul de bine organizate.

- Cred că vor pierde coloniile dacă se vor mai juca astfel de-a armata, cei ce mă sprijină. E război în Europa, iar ei pun şi mai tare paie pe foc. Conducătorii schimbă atât de des ambasadorii în ţările prietene încât îi exasperează pe diplomaţi. Şi să nu uităm că nu au nici bani şi nici eu nu-i pot ajuta prea mult. Poate s-ar găsi soluţii însă după ce pacea va reînvia în Europa. Nu se pot toate deodată. Cine are timp pe vreme de război să mă recunoască pe mine, în cazul cel mai fericit al restauraţiei? Toată lumea aşteaptă, ceea ce cred că este un război de durată.

Aceste lucruri i le spunea regele soţiei sale, cu o mină destul de tristă. Aceasta îl asculta şi încerca să-l liniştească prin diferite metode, însă înţelegea că dragostea de pământul în care se născuse soţul său era mult mai puternică. Apoi, mai era mama lui, aflată la Paris, singură sau aproape singură, iar scrisorile circulau atât de greu. Un singur lucru memorabil făcuse în 1915 pentru portughezii săi: testamentul. Totul revenea, în caz că nu avea moştenitori, republicii, deci portughezilor, cu condiţia ca puterea lusitană să creeze Fundaţia Casei de Braganza şi trupul lui să fie repatriat şi depus în Pantheonul Casei, lângă stramoşii săi. Exilat, arătă tuturor că iubirea lui pentru ţara de la capătul lumii vechi, este neştirbită şi că nimic nu o va schimba.

De altfel, nu conta pentru el prea mult, căci nu avea un moştenitor de la Augusta. Trăia vremuri pe care le accepta şi le respecta întru totul. Îşi dorea linişte şi pace în Europa, precum şi stabilitatea graniţelor ţării sale dragi. Augusta îl iubea din toată inima, în modul acela tihnit de care bărbaţii au nevoie, însă de care nu au parte prea mulţi. Nici măcar vederile lui politice cu privire la război nu o interesau pe prinţesă. Era soţul pe care-l iubea, pe care i-l dăduse Dumnezeu, ce conta dacă era anglofil? Unchiul său în România se dovedi a fi tot anglofil. Asta nu schimba nimic, doar poate că tatăl său, Wilhelm, era puţin supărat, dar asta nu o interesa câtuşi de puţin.

Augusta adora să se plimbe cu soţul său, să călărească, se nimeriseră foarte bine să aibă aceleaşi pasiuni, cu excepţia poate a scrimei, pe care, fiind război, Manuel nu o mai practica atât de des. Regele se dedică în mod activ războiului, le ceru simpatizanţilor monarhiei să se abţină de la alte manifestări până la finalul acestui război urât. Nu dorea restaurarea monarhiei în aceste condiţii brutale, ba mai mult, ceru înrolarea în armata Portugaliei, însă republicanii îl refuzară, spre dezamăgirea sa. Acest refuz s-a datorat poate şi curentului germanofil, care era îmbrăţişat de conducătorii monarhişti. Cine poate şti? Monarhiştii vedeau prin această adeziune un canal de restaurare a monarhiei, însă regele e anglofil, o altă bătaie de cap.

Manuel primi în timpul războiului doar un post la Crucea Roşie, dezamăgindu-l pe cel care ar fi dorit să lupte în linia întâi. Găsi totuşi soluţii în care să se afirme şi din spatele frontului. Vizită spitale, organiză serate la Fulwell Park pentru strângere de fonduri. Merse la Paris unde, pe lângă faptul că îşi vizită mama, aduse îmbunătăţiri spitalului portughez, mai bine zis sălii de operaţii de acolo. Reveni în Anglia, unde creă secţia de ortopedie a spitalului Shepards Bush, care va funcţiona până în 1925, pentru ca toţi soldaţii care îi calcă pragul să poată fi ajutaţi.

Un singur eveniment fericit în familie a avut loc în această perioadă: în 1917 şi anume căsătoria unchiului său Afonso cu o femeie din America, căsătorie monorganică, prinţul pierzându-şi astfel drepturile moştenite prin sânge. Nevada, Stoody Hayes, se dovedi a fi o doamnă încântătoare, deci unchiul său nu a pierdut prea mult alegând-o. Şi în familia Augustei se petrecu un eveniment la fel de fericit, dar în 1915 şi anume recăsătorirea tatălui ei. Eveniment ce a avut loc în acelaşi castel, însă nu a fost o nuntă aşa de somptuoasă, poate din cauza războiului şi a faptului că mirii nu sclipeau de tinereţe. Mama vitregă a Augustei, Adelgunde de Bavaria, avea peste 40 de ani, iar tatăl ei puţin peste 50.

Aceste evenimente au fost momente de relaxare, de reîntâlnire, de rememorare şi de plimbări lungi la castelul prinţilor de Hohenzollern – Sigmaringen. Amelie nu venise la nunta prinţului Wilhelm, prefera să stea închisă în sine. Primea vizitele dese ale lui Miguel al II-lea şi ale fiului acestuia, Duarte Nuno, pe care îl răsfăţa ca şi cum ar fi fost al ei, iar ea tânără şi frumoasă ca pe vremuri la Vila Vicosa.

Toate aceste activităţi din spatele frontului îi sunt recunoscute lui Manuel odată cu terminarea războiului. Regele George al V-lea îl invită pe regele exilat al Portugaliei la parada militarilor întorşi victorioşi, la terminarea acestui mare război. Se dovedise astfel că Manuel avea fineţe de strateg şi fusese de partea învingătorilor. Acum se putea gândi în linişte, pacea fiind restaurată, la ţara lui şi la tronul său, dar avea să fie dezamăgit din nou. Vom vedea cum, în următorul capitol.

CAPITOLUL 9

Nici nu se terminaseră bine serbările de final de război căci din Portugalia venise o ştire năucitoare cu primele ziare. Acţiunea ce se va desfăşura mai jos a fost una de care regele nici nu a ştiut măcar. A aflat-o ca oricare altcineva ce ştie să citească.

În Portugalia, această fâşie de pământ zdruncinată de atâta timp de tot felul de mişcări sociale şi frământări politice, preşedinte era Sidonio Pais, un republican cu o bogată experienţă în diplomaţie, care fusese în trecut parlamentar şi ministru de finanţe. Era un om deosebit ce îşi dorea din toată inima împăcarea dintre republicani şi monarhişti, sub acelaşi cer însorit al Portugaliei. Toţi erau oamenii aceleiaşi ţări. A fost un personaj, care prin atitudine, a condus la o moderată acţiune. Credea cu adevărat în aducerea la masa tratativelor şi a înţelegerii a poporului său. A crezut până în ultimul moment în ţelul lui şi nu a crezut niciodată în divergenţele atât de discrepante dintre lusitani. Pe timpul conducerii sale a întreprins nenumărate demersuri de împăcare cu regaliştii din ilegalitate. A murit de fapt făcând acest lucru, fiind asasinat.

Pe 14 decembrie 1918, în gara Rossio, pregătindu-se de plecare spre Porto, unde era tabăra monarhică a ţării, pentru a negocia cu regaliştii, a fost ucis cu sânge rece de către Jose Julio da Costa, nemaiputând ajunge la juntele militare din Nord. Criza politică se reaprinse cu acest asasinat la comandă. Republicanii păstrară controlul ţării fără însă a putea împiedica formarea unor noi forţe monarhice în Nord, aceştia prinzând curaj după uciderea lui Pais.

În 1919, monarhiştii, conduşi de Paiva Conceiro, consideră că este momentul să ocupe militar oraşul Porto. Aici, în Porto, se înfiinţă un guvern provizoriu, pro-regalist, care era apărat cu tărie de susţinători. De menţionat ar fi că populaţia de rând, ca de fiecare dată, rămase impasibilă la aceste mari frământări politice, nefiind interesată să se ridice împotriva

164

guvernului de la Lisabona. Aici vedem cât de bine şi-a intuit regele poporul. Regaliştii demontară toată Garda naţională republicană şi astfel au ajuns stăpânii oraşului.

În Lisabona, confruntările dintre cele două tabere au fost mult în favoarea republicanilor. Cei prinşi erau condamnaţi la pedepse lungi cu închisoarea. În Porto, Garda naţională republicană reveni întorcând armele împotriva regaliştilor şi reinstaurează republica. Şi aici mulţi regalişti au fost arestaţi şi condamnaţi la pedepse grele.

De aceste lucruri regele a aflat citind stupefiat ziarele, precum am menţionat anterior. El, care le ceruse tot timpul susţinătorilor săi calm şi stare de legalitate în toate acţiunile lor, rămase uimit de ce s-a întâmplat.

- Augusta, citeşte! Uite cum mă ascultă pe mine cei care vor ca Portugalia să redevină regat! Doamna lui citi şi ea apoi îi spuse trist soţului ei:

- Cred, Manuel, că trebuie să privim doar înainte şi nu înapoi. Nu cred că se va mai întâmpla ceva cu tipul de guvernare al ţării. Nu va mai fi niciodată monarhie în Portugalia. Aceşti oameni nu ascultă de nimeni, adică de tine, se corectă ea. De altfel acum zac prin închisori, iar tu nici măcar nu ai ştiut de ce se întâmpla acolo. Au acţionat după propria conştiinţă, Dumnezeu să-i ierte! Nu eşti asimilat cu nimic acestei acţiuni nefericite, cred că acum poţi să-ţi îndrepţi viaţa către ce ai fost învăţat când erai mic, fără opţiunea de a fi rege vreodată. Nu mai eşti rege, iar fantoma aceasta a revenirii cred că a dispărut odată cu aceste acţiuni necugetate şi extrem de prost gândite şi conduse, fără niciun sorţi de izbândă. Şi câtă vărsare de sânge, câtă nefericire! Păcat! Am să mă rog îndelung pentru acest popor care cântă atât de trist şi totodată atât de nepăsător durerea. Oare mama ta la Paris a aflat aceste veşti nefericite cu consecinţe iremediabile? Cred că da, răspunse tot Augusta. Îmi pare rău, dragul meu, voi fi alături de tine întotdeauna, chiar în interiorul inimii tale ce varsă lacrimi amare.

Cei doi se îmbrăţişară şi rămaseră aşa o vreme lângă şemineul care usca umezeala permanentă a Londrei, a Angliei, a refugiului lor de la Fulwell Park. Manuel se duse apoi în cabinetul său şi se aşeză la masa lui de lucru, pe care o neglijase în ultima vreme. Se gândea la Miguel al II-lea şi la fiul său. Ei erau sprijiniţi de către Junta Centrală din Portugalia, pe când el de cea din nord, cea care distrusese totul, ucigându-l pe Sidonio Pais. Se părea că cele două ramuri de împăcascră, latura Mariei a II-a şi a uzurpatorului Miguel I. De fapt, ce mai conta? Augusta avea dreptate, trebuia să se întoarcă la studiu, la orice altceva, oricum nu avea copii şi nici nu-i păsa de acest lucru. Duarte Nuno era cel care îl moştenea, indiferent cum şi ce latură a Casei de Braganza îl sprijinea. Obosise şi avea doar 30 de ani. Avea toată viaţa înainte.

Atâtea partide, atâtea disensiuni, toate îl epuizau total, astfel mai bine renunţa la a se gândi. Oricum 1919 fusese un an urât, bine că trecea zi după zi. Avea să înceapă să scrie, să citească, să viziteze locuri noi, dar mai ales avea s-o iubească pe Augusta mai mult şi mai mult pentru sufletul ei bun şi blând. Era comoara lui pe care nu o împărţea cu nimeni. Aveau să vină din nou sărbătorile şi poate vor merge în vizită la Paris şi la Sigmaringen, aveau să fie suflet lângă suflet. Iubea Portugalia, dar aceasta îi opusese distanţa astfel că o iubea de departe ştiind că nu va exista o a doua domnie, darămite vreo domnie a lui Miguel al II-lea. Niciodată.

Draga lui soţie scrisese scrisori în care le anunţau vizita celor din castelul de deasupra Dunării, precum şi a reginei Amelie. Răspunsurile gazdelor au fost pline de aşteptare, doreau să-i aibă acolo cât mai curând, după cum hotărâseră cei doi: Crăciunul în Franţa şi Anul Nou în Sigmaringen. Ştiau că nu vor mai fi artificii dar râul albastru era tot acolo, nepăsător.

La Paris au mers la teatru alături de Amelie de Orleans, care era atât de rar văzută în societate. Acesta fu un real prilej ca multă lume să-i prezinte omagiile. De altfel, nici frig nu era, iar slujba de Crăciun a fost foarte frumoasă şi emoţionantă.

Uneori Augusta îşi făcea reproşuri că nu-i putea dărui un copil soţului său, în acest mod s-ar termina toate disputele pentru succesiunea Casei de Braganza, dar când ea îi destăinuia chinul ei lui Manuel vedea că acesta nu acorda o atât de mare importanţă problemei.

- Sunt fericit cu tine, indiferent dacă avem sau nu copii, o liniştea el, iar ea uita imediat de această problemă ce-i frământa sufletul.

Era la fel de frumoasă, poate chiar mai frumoasă cu stropul acela de maturitate pe care-l dă apropierea vârstei rotunde de 30 de ani. Ochii aceia atât de adânci, parcă purtând în ei toată Dunărea albastră, îl fascinau şi acum pe Manuel. Regina Amelie se bucura că fiul ei era fericit şi nici ea nu întreba despre această lipsă a vreunui moştenitor. Nu avea nicio importanţă, era importantă doar buna înţelegere dintre ei.

Când se despărţiră a doua zi de Crăciun, nu au mai curs lacrimi ca altădată. Din contra, Amelie le spusese râzând că această săptămână plină de distracţii îi va ajunge până la următoarea vizită. Şi ea îl sfătui pe fiul ei să se apuce de scris, adică mai bine zis să-şi îndeplinească visele lui din copilărie.

La Sigmaringen era mai frig, dar încăperile castelului erau bine încălzite. Aici se strânseseră şi fraţii Augestei, iar petrecerile aveau şi ceva tineresc în ele. Manuel cânta la pian destul de bine, astfel că serile erau destul de antrenante. De Anul Nou a fost şi şampanie dar nu au mai fost artificii. Nimeni nu-şi permitea aşa ceva după război, mai ales ca nemţii îl pierduseră. Ieşiseră să privească eternul fluviu, care îşi unduia apele nepăsător spre Marea Neagră, unind Sigmaringen-ul cu Regatul Romaniei, adică cu Ferdinand I, ruda lor.

Era anul 1920, primul an cu adevărat fără război, în care Europa îşi pansa rănile, încercând să se ridice în picioare. Destul de grea această năzuinţă am zice noi, dar nu imposibilă. Europenii au avut întotdeauna resurse.

S-au întors la Fulwell Park tot aşa de bucuroşi ca atunci când au plecat în voiaj. Intenţionau să dea un banchet pentru a strânge fonduri cu scopul ajutării victimelor războiului, a văduvelor, a orfanilor. Augusta era neîntrecută când era vorba de organizarea acestor întruniri plăcute, la care trebuia să smulgă bani pentru cauzele finale cărora li s-au dedicat amândoi. Ştia să atragă privirile, era frumoasă, suplă, impecabilă, o prinţesă adevărată, iar englezii o plăceau cu adevărat şi uitau unde se născuse şi cine era ea şi veneau la Fulwell Park din toată inima şi din toată punga, am adăuga noi.

Tristeţea răzbătu până la ei în februarie, când primiră o scrisoare de la Napoli. Unchiul său, Afonso, muri la aproape 55 de ani. Cuplul se îmbarcă spre Franţa, ca mai apoi sa treacă în Italia pentru aceste nefericite ceremonii. La înmormântare venise şi Amelie. Ducele de Porto fu îngropat în pământ italian, Manuel promiţând că se va strădui să-i fie mutat trupul în Portugalia. De altfel, şi soţia acestuia dorea să sprijine aceste eforturi, ea fiind moştenitoarea în totalitate a drepturilor soţului său. Era o persoană interesantă şi plăcută, nimeni nu avea nimic împotriva ei, iar Afonso o iubise cu siguranţă dacă renunţase la tot pentru ea.

La întoarcerea în Anglia, Manuel scrisese o scrisoare lungă guvernului portughez în care cerea ca trupul unchiului său să fie adus în patrie şi înmormântat în Pantheonul Casei de Braganza. Fostul rege menţiona că nu va fi alături de cel decedat, respectându-se legea exilului. Doar soţia Ducelui de Porto, care nu avea niciun drept la succesiunea la tron, avea să-l însoţească în patrie.

După lungi aşteptări, guvernul îşi dădu acordul, iar un an mai târziu, soţia lui Afonso îşi aducea în ţara natală soţul decedat, care a fost depus lângă toţi ai lui în Pantheonul de Braganza. Această acţiune încununată de succes fusese prima breşă în intransigenţa guvernului.

Întorcându-ne cu un an în urmă, Manuel fu înştiinţat şi luat prin surprindere de gestul lui Miguel al II-lea, care renunţă la toate drepturile sale la tron în favoarea fiului său, Duarte Nuno. Prin acest act, cele două ramuri ale Casei de Braganza, cea Constituţională (aparţinând Mariei a II-a, din care făcea parte Manuel) şi cea absolutistă (aparţinând lui Miguel I) şi-au dat mâna şi timid, s-au unit după multă vreme. Manuel fu fericit, el neavând moştenitori, cea mai apropiată ramură de tron era într-adevăr cea „miguelistă". Salută această renunţare, care aducea la tăcere şi partidele care îi susţineau pe cei doi protagonişti, cei din centru îl susţineau pe Miguel al II-lea iar cei din nord pe Manuel all II-lea. Îşi aduse aminte de întâlnirea de la Dover şi de faptul că într-adevăr, moştenitorul lui era acest Duarte Nuno. Ce mult trecuse de atunci! Fusese şi un război şi toate adunate, cu bune şi rele, nu-l doborâseră deloc.

La sfatul Augustei începuse să se documenteze cu privire la perioada cea mai dragă lui din istoria Portugaliei, perioada medievală şi renaşterea, când gloria a ajuns la apogeu în această ţară plină de soare. Începuse să scrie cu pasiune, dar foarte corect, fără strop de patimă, ca un adevărat istoric. Îşi reluase sporturile sale favorite, scrima şi călăria, dar mai ales tenisul, la care o avea parteneră pe frumoasa lui Augusta.

După terminarea războiului nu mai pierduse nicio confruntare de la Wimbledon, sportivă evident. Multe reguli se schimbaseră după acest mare război mondial, el nu mai era singurul exilat al Europei, apăruseră şi alţii prin destrămarea imperiilor bătrânului continent. Toţi plecaseră din ţările lor şi umblau acum oriunde, numai în ţara pe care o conduseseră, nu. Cea mai cruntă soartă lovise Rusia, unde drama ţarilor se răspândise în tot continentul. Poate că a fost mai bine pentru Carlos I că nu şi-a ştiut destinul şi implicit viitorul. Romanovii şi-l vedeau în faţa ochilor în fiecare zi, întrebându-se cu toţii doar: când? Habsburgii căzuseră şi ei, faima lor coborâse odată cu steagul lor negru-galben şi de aici o grămadă de state noi, o altă reaşezare.

Slavă Domnului că Portugalia şi-a păstrat independenţa, gândi el mulţumit, stând odată în parcul casei sale şi cugetând la soarta pe care un război o poate schimba în câţiva ani. Căută în inima lui şi află că era fericit şi că nu mai avea nevoie de nimic pe lume. Lumea se schimbase, trebuia să se dea după lume, nu avea încotro. Îşi dorea să trăiască în această lume cât mai mult, alături de prinţesa lui germană. Mai avea o bucurie: mama lui trăia şi îi scria lungi scrisori, care îi mângâiau sufletul de fiecare dată.

CAPITOLUL 10

În una din zilele calde ale lunii aprilie 1922, Manuel, alături de soţia sa şi câţiva prieteni intimi, ieşiseră la plimbare spre a se bucura de soarele Londrei. Nu ploua, pentru că cerul se dezlănţuise toată noaptea. Regele se distra făcând fotografii. Îşi aranjase aparatele în aşa fel încât îi prindea în tot felul de ipostaze pe prietenii săi. Şi nu era prima dată. Când le scotea mai târziu, se distrau cu toţii copios de situaţiile hilare în care fuseseră imortalizaţi. Îşi pozase câinii, caii, parcul. Îi plăcea minunea aceasta de a rămâne pentru eternitate pe hârtie.

- Toţi sunt nemuritori, spunea el, inclusiv trabucul meu. Priveşte-l aici, Augusta, în fotografie. L-am fumat acum o lună, dar el încă există.

Augusta râdea de nemurirea lor, a tuturor patrupedelor lor şi a tuturor invitaţilor la seratele lor, pe care Manuel adora să-i surprindă. Erau la un ceai când un servitor intră cu o scrisoare, pusă pe o frumoasă tăviţă de argint. Manuel o luă curios şi o citi.

- E de la Miguel al II-lea. Probabil că are ceva să-mi spună foarte important. El, după câte ştim, şi-a cedat drepturile fiului său. Manuel luă scrisoarea şi o citi atent. Întâlnire la Paris! Hm... Un prilej bun de a o vedea pe mama, dar pe el nu-l mai înţeleg. Duarte Nuno este succesorul meu, de la înţelegerea noastră de la Dover. Ce nu e în regulă? Ştii, Augusta, cât e de complicat! Celelalte ramuri fără drepturi la tron nu recunosc această ramură, pentru că nici tatăl şi nici fiul nu sunt născuţi în Portugalia. Miguel I a fost deposedat de toate drepturile, iar fiul şi nepotul său sunt născuţi departe de ţară. Aş vrea să se termine odată cu aceasta! Portugalia este o republică acum şi nu o mai văd niciodată monarhie. Mă voi duce să văd ce mai doreşte acum, dar cred că mai mult mă atrage mama pentru această călătorie.

La Paris, Amelie l-a primit cu braţele deschise. Era mai cald şi mai plăcut decât în Anglia.

- Te sfătuiesc să-l recunoşti încă odată pe Duarte Nuno, spuse ea.

- Da, bineînţeles că îl voi recunoaşte, chiar dacă ar trebui să las Parlamentul ţării să decidă soarta lui, eu neavând moştenitor.

- Da, fiule, dar cuvântul tău ar cântări greu, ar fi ca o sugestie pentru politicieni, spuse regina.

- Şi încă un amănunt interesant: ei mă recunosc ca rege în exil, de parcă nu aş fi şi fără recunoaşterea lor. Am început să scriu despre Portugalia cea glorioasă, cea plină de colonii şi de prosperitate. Mă preocupă asta cu adevărat. Ştii că nu vine tatăl lui Duarte Nuno? Vine cineva care se ocupă de acest copil, cineva care nu este egalul meu ca rang. Mi se pare caraghios. Mă voi duce, fii pe pace. La întâlnire cred că îmi voi trimite şi eu un reprezentant, pe Ornelas, să se întâlnească cu contesa Aldegundes de Bardi.

După întâlnire, secretarul său, Aires de Ornelas, îi transmisese lui Manuel că acordul cu privire la Duarte Nuno rămâne în picioare şi că el va rămâne moştenitorul, aşa cum fusese anterior stabilit şi recunoscut.

- Dar asta ştiam de mult, din Anglia. Şi altceva? îl întrebă Manuel pe Ornelas.

- Vor să închidă ziarul lor, al integraliştilor, exact cum aţi dorit dumneavoastră Majestate. Mi-au spus însă acest lucru cu jumătate de gură.

- Asta e bine, va fi mai multă linişte în ţară, spuse Manuel ridicându-se în picioare, semn că ştia destule. Secretarul său se retrase înclinându-se uşor şi ieşi pe uşă imediat. Cred că trebuie să mă întorc la scrisul meu, e mult mai atractiv şi mai sănătos.

Cât a mai stat la Paris a fost însoţit de mama sa la operă, la teatru şi la plimbări. Îi cumpărase Augustei un cadou care cu siguranţă o va înveseli, gândi el. Întotdeauna soţia lui se bucura ca un copil, oricât de mic şi neînsemnat ar fi fost darul. Pe el acest lucru îl încânta şi îl făcea s-o iubească şi mai mult. Îi era deja dor de ea.

Plecă acasă fericit, după ce fotografiase tot Parisul, după spusele mamei sale, care se obişnuise atât de bine în tihna singurătăţii. Augusta îl primi cu dragoste şi era fericită de întoarcerea lui, ei nu-i plăcea singurătatea în această ţară care o adoptase şi pe ea. Preferase să stea retrasă, ca mai întotdeauna când soţul ei lipsea. Îl aştepta pentru a frecventa împreună societatea. Îi erau de ajuns câinii, cărţile şi florile din seră, care îi făceau o vie impresie prin puritatea lor. Dar nimic nu se compara cu soţul său.

Nu-l întrebă nimic, vedea că vizita aceasta nu trebuia să existe. Timpul trecu apoi între anotimpuri, viaţa în societate şi scrierile soţului ei. Manuel scria atât de frumos despre Portugalia, pe care Augusta nu o văzuse dar şi-o imagina din ce spunea dragul ei Manuel. Acesta îi repeta că acolo nu este iarnă niciodată şi că soarele e sus pe cer mai tot timpul. Augusta era curioasă cum iarna nu este zăpadă şi totuşi perioada aceasta era numită tot „iarnă". Atunci Manuel începea să râdă şi îi mai dădea câte un capitol terminat pentru a-l citi şi pentru a-i împărtăşi impresiile despre ceea ce el scrisese.

Când dorea să facă o pauză, o lua pe Augusta şi pe câini şi se plimbau pe aleile parcului lor minunat. Braţ la braţ, de când se cunoscuseră, an după an îşi împlineau dragostea. Erau fericiţi cu adevărat şi asta conta. Fulwell Park, refugiul lor drag, le era martor. Fiecare copac care îşi mişca ramurile parcă le răspundea şi-i dojenea uneori dacă nu erau împreună sub ramurile lui, pe vreo bancă, la umbra lui. Minunată casnicie, invidiată de mulţi, chiar dacă nehărăzită cu copii. Cuplul era deasupra acestui lucru.

Augusta era mândră de el şi i-o spunea tot timpul. Îi cerea perseverenţă la scris pentru că succesul va dovedi strădania sa şi scopul ei sublim. Augusta era o romantică, ca şi Manuel de altfel.

În sfârşit apăru primul volum tipărit şi stilul lui concis şi elaborat, bine întemeiat pe documente, a prins la public. A fost aplaudat la serata organizată în onoarea acestui eveniment, iar cercetătorii nu au avut critici la adresa lui.

- În sfârşit fac ce îmi place şi ce am fost educat să fac! Uite, mama mă felicită şi George al V-lea o face şi el. Înseamnă că trebuie să tipăresc şi celelalte părţi. Ţara mea ajunge să fie cunoscută peste tot şi prin mine. Sunt şi eu folositor cumva.

Până la sfârşitul deceniului trei Manuel mai scosese un volum la fel de bine primit de critică şi specialişti, dar mai presus de acest lucru, recunoaşterea, dovedea lumii întregi că rămăsese acasă cu inima, că Portugalia este ţara lui şi că sufletul său este plin de patriotism. Nu putea intra în ţara lui, conform legilor din 1834, dar prin scrierile sale era aproape de ea.

Nici măcar scrisoarea contesei Aldegundes de Bardi, din trecutul an 1925, nu-l mai făcuse să reacţioneze. Aceasta era supărată că integraliştii îşi închiseseră ziarul pe când ziarul constituţionaliştilor era încă în viaţă, aducând ofensă astfel primilor. Se rupsese astfel acordul atât de şubred şi relativ dintre cele două laturi ale Casei de Braganza. Manuel însă scria şi ştia pentru ce avea să rămână în istorie, pentru dragostea lui necondiţionată pentru ţara şi poporul său.

În acel an, 1930, cei doi deciseseră să-şi serbeze ziua de naştere împreună, în august, după Wimbledon. Augusta împlinea 40 de ani iar Manuel 41. A fost o idee bună, iar vremea a fost de partea lor, nu a plouat deloc în acea zi. Pe pajiştea din spatele casei lor, prietenii lor adevăraţi le

171

uraseră ani mulţi şi fericiţi împreună. La luminile făcliilor aprinse, cuplul părea mai îndrăgostit ca niciodată. Nu au fost artificii la miezul nopţii, (de fapt cine îşi permitea acest lux?), însă luminile de la făclii fuseseră suficiente şi mai frumoase pentru că durau mai mult, toată noaptea. Nici câinii nu avuseseră parte de somn, alergau de ici colo, nefiind obişnuiţi cu nopţi limpezi asemenea zilelor. Când se termină şi musafirii plecaseră, cei doi mai zăboviseră puţin pe o bancă.

- Manuel, anul ăsta „te-ai născut" de ziua mea şi ai întinerit cu jumătate de an, din martie până în august, spuse Augusta fericită. Îmbătrânim deja, dar nu contează. De-am avea linişte, ce bine ar fi! Tu ai scrie în continuare la lucrarea ta, iar eu aş citi ce termini tu de scris, fără să scot un sunet.

- Eu nu simt că îmbătrânesc, poate doar trupul meu. Sufletul meu, vezi şi tu, este ca şi la 20 de ani. Nimic nu mă împiedică să zburd cu gândurile departe sau să le am împrăştiate în mai multe locuri. Am de asemenea amintirile. Dacă aş avea 20 de ani, nu te-aş avea pe tine, noaptea de logodnă, artificiile acelea de pe Dunăre, nunta noastră şi toate voiajele noastre de până acum cu întâmplările şi amintirile lor. Dar s-a făcut răcoare, răcoarea dimineţii în Anglia. Cred că trebuie să mergem în casă.

Cei doi se ridicară de pe bancă, mână în mână, iar râsul proaspăt al Augustei se auzi până când uşa se închisese în urma lor. Fusese atât de frumoasă în rochia ei simplă, dar foarte potrivită personalităţii şi firii ei.

Astfel, regele se linişti cu privire la o eventuală revenire a lui pe tronul Portugaliei, îşi văzu calm de studiile sale şi de munca sa, iar toată lumea îl elogia şi aştepta volumul al treilea, despre care anunţase deja publicul că este în lucru. Amelie, regina mamă, îi spunea „scriitorului" că e fericită pentru liniştea lui şi că îi aştepta pe amândoi la Paris pentru a se regăsi, doar ei trei. Augusta era mândră pentru că era prima care citea tot ce lucra soţul ei şi mai că nu spunea tuturor despre această fericire. Regele George al V-lea era încântat, citea şi el în timpul lui liber, dar limitat, când nu era prins de treburile statului. Şi el era plăcut impresionat de Manuel şi de ce cuplu sudat făcea cu prinţesa germană. Nu aveau o sută de vieţi la îndemână să se privească în ochi, gândea regele George al V-lea de câte ori îi vedea împreună.

În 1931 merseseră la Paris, unde Amelie se bucură nespus să-i revadă. Regina îmbătrânise, firesc, anii treceau şi peste ea, însă blândeţea ochilor îi rămăsese şi asta te ducea cu gândul la copilărie. Dacă ar fi avut nepoţi, i-ar fi răsfăţat cu siguranţă şi cu greu doicile lor i-ar fi luat din braţele ei atât de frumoase cândva. Dar nu avea nepoţi astfel că îşi răsfăţa animalele de companie. Trăia cu câţiva servitori de încredere, aproape singură, de fapt alături de amintirile sale. O bucurau întotdeauna vizitele

172

pe continent ale fiului său şi nu se supăra când acesta pleca iarăşi. Avea să vină iar şi iar, măcar de câteva ori pe an.

De la Paris aveau să plece la Sigmaringen, la mormântul tatălui Augustei, căci se împlineau acum patru ani de când plecase dintre cei vii. Fusese o vreme posomorâtă la acel sfârşit de octombrie. Prinţesa se strânse puternic lângă soţul ei şi trecuse uşor peste tot. Parcă era o vrajă. De fapt, germanii trec mai uşor peste o asemenea pierdere, au o anumită demnitate pe care alte popoare nu o au.

- Priveşte Dunărea, iubita mea! E întotdeauna aici, spuse Manuel din vaporaşul care-i plimba necunoscuţi de nimeni.

Le plăcea să meargă singuri, să se transforme în oameni simpli şi le reuşea întotdeauna. Dădeau impresia a fi doar nişte tineri foarte îndrăgostiţi, furau zâmbete de la necunoscuţi şi cam atât.

- Aici m-am născut, şoptea ea înfiorată privind castelul cel cocoţat pe uriaşa stâncă. Ce frumos este, dar mai frumos e că nu mă cunoaşte nimeni! Pot să-l privesc în tihnă.

S-au întors mai proaspeţi în Anglia, iar la sfârşitul acestui voiaj. Fulwell Park îi aştepta ca întotdeauna. Toate erau la locul lor, în ordinea de mult ştiută şi neschimbată de nicio idee a cuiva. Era căminul lor, pe care ei îl adorau nespus. Aici se născuse Amelie de Orleans. Îi lega prin multe această casă.

Avuseseră musafiri de Anul Nou, dar nu mulţi ca în ceilalţi ani. Fusese chiar mai plăcut aşa. Ninsese puţin, dar se transformă imediat în ploaie, spre tristeţea Augustei.

- Nu ai voie să fii tristă, draga mea, pentru că astfel vei fi tot anul 1932, exact ca şi acum. Totuşi a nins puţin, desigur nu ca şi la Sigmaringen, dar trebuie să fii mulţumită.

- Da, aşa este, iartă-mă, dragule! Speram să se aşeze, dar era imposibil. Şi acum, să mergem, ne aşteaptă invitaţii!

Toţi oaspeţii lor rămăseseră peste noapte la ei, iar micul dejun din 1 ianuarie 1932 fu unul vesel şi destul de animat. Aveau să plece cu toţii în a doua zi a anului. Întotdeauna toţi cei ce erau invitaţi la regele Portugaliei erau încântaţi. Vinul era întotdeauna de cea mai bună clasă, iar fripturile, o delicatesă. Ca să nu mai spunem că prinţesa era o gazdă încântătoare, iar vârsta nu-i furase această rară calitate.

După plecarea oaspeţilor, casa rămăsese pustie, parcă nu le venea la îndemână atâta linişte după ce casa lor răsunase de veselie aceste zile. Trebuiau să se obişnuiască cu liniştea. Manuel se străduia să termine ultima parte a scrierii sale şi stătea mai mereu în cabinetul său, pe când Augusta îşi găsise o ocupaţie, aceea de a avea grijă de plantele din seră. Era foarte relaxant pentru ea şi chiar îi făcea o reală plăcere acest lucru.

Când se întâlneau, fiecare spunea ce făcuse între timp, apoi se plimbau, luau masa şi astfel vremea trecea.

Manuel avusese un tort minunat de ziua lui. Augusta ceruse să se scrie 43 de ani pe el.

- Atâţia ani am? Eşti sigură? o întrebă regele pe soţia sa râzând.

- Da, bineînţeles, eu am 42 de ani anul acesta şi am să scriu pe tort exact ca şi la tine! Voi arăta că nu-mi pasă că trece timpul.

- Bine faci, Augusta! îi răspunse Manuel aprinzându-şi un trabuc, nu lăsa nimic să-ţi întunece fruntea. Orice vârstă e frumoasă în felul ei. Şi mama e frumoasă şi nu duce lipsă de ani la viaţa ei.

După cină făcuseră o plimbare pe malul Tamisei, mână în mână ca întotdeauna. Ziua era în creştere, iar frigul era mai moderat.

La mijlocul lui iunie Manuel termină şi ultima parte din cartea lui despre Portugalia, pe care nu o mai văzuse de mai bine de 20 de ani. Trebuia doar să vorbească cu editorul său, Margery Winters, şi totul avea să se rezolve. Înainte de asta dorea să meargă la Wimbledon, la acest important turneu de tenis pe care nu-l rata niciodată. De cele mai multe ori mergea cu Augusta, salutându-se ceremonios cu toţi cei cunoscuţi din tribună. Îl încânta sportul pe care de altfel îl practica foarte bine, iar Augusta îi era o parteneră pefectă.

Pe 1 iulie însă, Augusta trebui să meargă într-o vizită urgentă şi nu îl însoţi la Wimbledon. Îl lăsase pe mâna amicilor, „ca între bărbaţi". Se făcu ora de începere a partidei, iar grupul de prieteni era deja pe scaune. Manuel se bucură ca un copil, câştigase cine îşi dorise el. Plecară apoi şi luară masa tot singuri, apoi despărţindu-se. Manuel o aştepta pe soţia lui de-abia a doua zi pe seară şi trebuia să-şi omoare cumva timpul. Se dusese în seră şi mângâie cu dragoste plăntuţele pe care le sădise Augusta. Era mai bună decât el la grădinărit. Probabil era vorba despre fineţe feminină.

Se simţea singur, dar ştia că după această noapte Augusta va fi din nou cu el. Ieşi afară şi hotărî să se aşeze pe bancă şi să meargă la culcare târziu. Începu să fumeze trabuc după trabuc, ca timpul să treacă mai repede. Se duse la culcare după miezul nopţii, spunând deja: „Astăzi!", gândindu-se la soţia sa. Se culcă după ce servitorul pregătise baia, pe care întotdeauna o prefera fierbinte.

Ceva îl ameţea însă, poate de la apă, se gândi el şi apoi doctorul îi spunea asta adeseori. Simţi cum gâtul i se usucă şi se ridică să ia apă. Băuse ca pentru prima dată în viaţă, însă uscăciunea nu îl lăsa. Probabil îl trăsese vreun curent, plus oboseala, plus fumatul, toate se uneau.

Strigă după servitor, rugându-l să-i aducă un calmant pentru gât. Omul adusese repede medicamentul şi plecă. Doctoria nu îi fu de folos. Strigă din nou speriat, dându-şi seama că parcă nu e vocea lui, răguşise deodată. Bunul servitor intră îndată, iar Manuel îi explică faptul că durerea nu-i trece şi că ar fi bine să cheme un doctor. Era nefericit pentru că Augusta nu era cu el. Dacă era ea, cu siguranţă nu l-ar mai fu durut gâtul. Medicul personal veni imediat şi îl surprinse pe Manuel tuşind, vorbind răguşit sau cu o voce stinsă.

- Simt că mă sufoc, doctore! Fă ceva! spuse regele.

Medicul îi puse mâna la gât, se uită la el, îi pipăi pieptul şi oftă. Simţea cum totul se umflă chiar sub mâinile lui.

- De ce oftezi? Doar nu crezi că ..., Manuel nu continuă să spună cuvântul. Am fumat prea mult şi mi-e o sete teribilă.

Doctorul îi făcu un calmant, iar regele se linişti în aparenţă. Către dimineaţă medicul şi servitorul fură treziţi din fotoliile lor de horcăielile fostului rege, care se sufoca. Medicul îi şopti servitorului să cheme un preot, iar omul, clătinându-se, plecă în fugă. Manuel era conştient, chiar dacă creierul lui nu primea destul aer. Criza era la început.

- Spune-mi adevărul, doctore, spuse şoptit Manuel, apoi îl trase cu ultimele puteri spre el pe medic.

- Majestate, ce aveţi dumneavoastră nu se poate controla şi nici prevedea. Este o neaşteptată inflamare a corzilor vocale, o umflare a laringelui, cu o evoluţie foarte rapidă, dramatică.

- Voi muri sufocat de propriul meu gât? întrebă regele palid, horcăind.

- Se cheamă spasm al glotei, Majestate. Nu se poate face nimic, medicina este neputincioasă. Azi te simţi bine şi mâine te sufoci.

Pastorul de la biserica St. James veni iute cu servitorul alături.

- Părinte, uite ce îmi spune doctorul, spuse Manuel cu o voce sâsâită şi şuierătoare. Ieri eram bine şi azi mor, iar soţia mea e pe continent. Trebuie anunţată!

Preotul fu lăsat cu pacientul pentru puţin timp. Vorbele prelatului îl liniştiră cumva, fără însă a surpa durerea şi lipsa de aer. Se zbătea pentru a respira cât de puţin, atunci se calma câteva secunde şi o relua parcă mai tragic. Aşa o ţinu câteva ore. Era încă un bărbat tânăr.

Muri singur, aşa cum condusese Portugalia. Până când Augusta reveni acasă îşi dădu sufletul în mâinile lui Dumnezeu.

- Doamne, ce am făcut? De ce am plecat de lângă el, zise ea când îl văzu fără suflare. Dacă stăteam cu el nu se întâmpla nimic. Era sufletul meu pereche. Acum ce mă fac? Cum să o anunţ pe regina Amelie?

Avu în preot un ajutor de nădejde, iar curând, toată lumea ştia în mod oficial. Cei mai şocaţi fuseseră prietenii cu care stătuse toată ziua trecută. Boala aceasta fusese rapidă şi fără milă.

Astfel muri ultimul rege al Portugaliei, singur, strigând-o fără glas pe Augusta şi lăsând posterităţii volumul nepublicat pentru cunoaştere.

FINAL

La aflarea veştii, prietenul său, regele englez George al V-lea, se posomorî şi nu înţelese neputinţa medicilor. Astăzi nu ai nimic, apoi ţi se umflă gâtul şi te sufoci. Oricui i se putea întâmpla.

Se strânseseră prinţi şi capete încoronate, care îşi luau adio de la Manuel, de la această familie încercată în mod atât de tragic. Regina mamă şi Augusta, în mare doliu, aşteptau trasferarea lui Manuel la Westminster Cathedral pentru slujba de liniştire a sufletului. George al V-lea poruncise ca mai apoi trupul să aştepte repatrierea, care fusese cerută în biserica St. Charles Borremec, din Weybridge. Noul preşedinte al republicii, Antonio de Oliveira Salazar, îşi dăduse acordul pentru ca regele să se întoarcă în ţara lui şi să aibă parte de funeralii naţionale. Avea să-şi odihnească trupul alături de ai săi în Pantheonul familiei, în care se făceau deja pregătiri de primire.

Cine a dorit să-şi ia rămas bun de la rege, a putut-o face câteva săptămâni la rând în biserica în care a fost depus. Amelie a hotărât să rămână alături de Augusta până când trupul lui Manuel avea să fie pus pe navă către Portugalia. Se ştia că familia regală nu avea voie să îl însoţească, deci Manuel pleca singur, spre tristeţea mută a tuturor.

La începutul lui august 1932 urca pe râul Tejo nava engleză HMS Concord, care aducea trupul pe care portughezii îl aşteptau. Din când în când, unul din tunurile ambarcaţiunii arunca cu zgomot câteo salvă, în semn de respect. Toate bisericile din capitală începuseră să tragă clopotele continuu, era înduioşător şi cutremurător totodată. Se aştepta coborârea trupului, în acelaşi loc unde, în 1908, coborâse întreaga familie din vacanţa de la Vila Vicosa: piaţa de comerţ. Se vedea sicriul plin de flori şi acoperit cu steagul monarhic portughez. În piaţă, toate notabilităţile ţării îl aşteptau pe regele cel tânăr. Armata, în costum de paradă cu doliu la braţ, aştepta un semn să dea onorul. Lumea ţipa, plângea şi se îmbulzea spre nemulţumirea poliţiştilor care trebuiau să asigure ordinea.

Englezii coborâseră sicriul şi florile, salutaseră încă odată Portugalia şi plecară apoi încet spre casă. Manuel fu pus pe un afet de tun, cu toate florile în jurul lui. I se făcuse o slujbă, i se dăduse onorul şi se cântă imnul Portugaliei. Încet, cortegiul cu ultimul rege, străbătu străzile printre strigăte, ovaţii şi flori aruncate de pe margine. Balcoanele instituţiilor statului fuseseră împodobite în doliu, iar steagurile erau coborâte în bernă.

Totul se terminase odată cu sosirea trupului neînsufleţit la Pantheonul familiei, unde fu depus la locul pregătit. Acolo i se făcu o altă slujbă, apoi totul se termină, iar florile acoperiră totul.

În Fulwell Park, femeile se gândeau triste la neputinţa de a face ceva. Sperau ca Salazar să-şi ţină promisiunea. Augusta începuse să-şi strângă lucrurile, căci cunoştea testamentul soţului său şi se pregătea să se întoarcă acasă, în ţinutul ei Baden – Wurttemberg. Amelie se gândea şi ea la plecare. Aici totul o îndurera, chiar şi faptul că văzuse lumina soarelui sub acest acoperiş.

- Mai bine că se vinde, nu mai are nicio valoare fără Manuel, spuse Amelie tristă.

- Da, şi eu sunt de acord. Nici nu aş şti ce să fac singură în această casă mare fără el, spuse şi Augusta.

După plecarea Ameliei la Paris, Augusta mai stătu atât cât să-şi strângă lucrurile în tihnă. Guvernul portughez nu îi impusese o dată, dar era stăpân, proprietar acolo. Adunase multe lucruri dragi pe care la împachetase cu grijă, spre a lua calea ţării sale. În ultima seară stătuse pe o vreme minunată în grădină, pentru a-şi lua adio de la tot, de la seră, de la pomi, de la toamna care avea să vină curând.

A doua zi, o maşină şi un camion porneau încet spre Baden. Aveau să treacă apa în Franţa, apoi uşor să pornească spre ţinuturi îndepărtate de dragostea ei, de dragostea lor.

Guvernul Salazar se ţinuse de cuvânt şi, prin vânzarea tuturor bunurilor lui Manuel, crease Fundaţia Casei de Braganza, respectând dorinţa fostului rege. Ca un semn, Fulwell Park fu demolat de către englezi pentru a face loc expansiunii oraşului, doar vechea biserică St. James mai aminteşte prin vitraliile cu stema Casei regale portugheze de trecerea pe acolo a unor oameni iluştri şi minunaţi.

Al treilea volum al cărţii sale, la care Manuel lucrase fericit şi din toată inima, apăru postum, încununând astfel succesul celorlalte două apărute cât era în viaţă. Moştenitor îi rămase Duarte Nuno, care deveni cel de-al 23-lea duce de Braganza şi capul Casei regale portugheze. Astfel, miguelişti avură câştig de cauză, fiind restabiliţi în drepturile pe care le pierduse regele portughez, Miguel I prin acţiunile sale nesăbuite.

Sfârşit

18.03.2013

De acelaşi autor, au mai apărut la Editura Infarom, următoarele romane:

"Destine";
"Lucia; Tatăl meu este soarele iar mama mea este luna"